사람의 마음
귀신의 마음

8인 소설집

사람의 마음 귀신의 마음

한상준
송 언
배명희
구자명
강 물
박명호
심아진
김 혁

책을 내면서

이 삶이 다하기 전에는 누구도 걸음을 멈출 수 없다

어릴 적에 벌레를 잡아 날개를 찢고 다리를 부러뜨려, 몸뚱이에서 떼낸 적이 있었다. 날아다니는 존재에 대한 호기심이나 자유에 대한 그리움이었을까? 그럴 리가 있겠는가. 그건 그냥 작은 악동의 평범한 악이었다. 이제 악마성을 우아하게 포장해 자유나 그리움이라고 우길 수 있는 나이가 되었다. 인간은 나이 먹으며 이렇게 뻔뻔해지는 것이다.

사는 것에 무슨 목적이 있겠는가. 우연히 세상에 내던져져 사랑하고, 미워하고, 죽어갈 뿐이다. 그러니 묵묵히 걸어갈 수밖에. 사랑과 죄와 악에 더 깊이 빠져드는 게 삶이다. 재미있는 것은 시간을 거스를 수 있다고 여기는 것이다. 억센 힘과 불굴의 용기가 있다면 과거로 되돌아가는 것이 가능하지 않을까. 우리는 혹시 그것을 열정이라 생각하는 것일까? 삶에 대한 진정성과 성실함이 아니라, 어리석다고 여겨지는 일에 몰입하는 것. 그것을 열정이라 부르는 것일까?

이 삶이 다하기 전에는 누구도 걸음을 멈출 수 없다. 몸을 돌려 지나온 길을 돌아보지만 순간, 길은 사라진 후다. 다만 머릿속에서 비슷한 것들을 떠올려 볼 뿐이다.

날개를 하나씩 찢어발길 때의 긴장, 다리를 꺾을 때의 죄의식, 몸뚱이를 분리할 때는 이제 어쩔 수 없다는 후회와 체념이 가득하다. 손에 묻은 분비물과 함께 두려움을 털어낼 때쯤이면 순수나 아름다움을 포기하는 심정이 된다. 그러고 나면 한 줄기 바람이나 붉은 석양이 슬퍼 보인다. 어른이 된 것 같다고나 할까.

글을 쓴다는 것은 그런 것이 아닐까 싶다. 날개와 다리를 떼내고 몸뚱이마저 짓이기는 작업. 그 순간, 익숙한 것들은 사라지고 낯선 세계가 다가온다. 그곳에서는 시간을 되돌릴 수도, 오지 않은 먼 시간이나 장소에 도달할 수도 있다. 기원과 열정이 지배하는 기묘한 곳.

문득 정신을 차리면 눈앞에 흩어진 벌레의 잔해를 발견한다. 그것들을 찢어발기지 않고 날려 보냈더라면 좋았을 것을. 그랬다면 반짝이는 별이 되었을 텐데 후회와 함께. 손에 넣어 벌레가 되는 것보다 날려 보내 별이 되는 편이 훨씬 고귀하고 아름다웠을 텐데 아쉬워하면서.

여기 모인 우리는 하지만, 저마다 자신의 곤충을 해부하고 있다. 언젠가 자기가 짓이긴 것들이 별이 되지 않을까 희망하면서. 찢어진 날개와 부러진 다리가 시간을 거슬러 제 모양을 찾고 동강난 몸뚱이가 도로 이어지기를 바란다. 힘없이 꺼졌던 생명이 돌아와 반딧불이처럼 빛을 내며 하늘을 날기를 희망한다.

희미한 작은 빛이 커다란 별에 겹쳐지고, 그 별 또한 산산이 부서진 생명체임을 깨달으면 그때 우리는 인생이 무엇인지 알 수 있을까.

그럴 수 있다면 삶은 얼마나 명료하고 수월하겠는가. 갈등은 저마다 이유를 지니고 삶의 목적 같은 것은 희미해질지도 모른다.

늦은 가을, 동인들이 모여 저마다 자신의 별을 부수어 한 권의 책을 펴냈다. 언젠가는 부서진 별의 잔해가 밤하늘을 날며 빛나기를 바라면서.

과거와 미래가 만나는 어둡고 낯선 공간.
도시의 불빛에 가려진 오늘밤도 별은 바람에 스치울까?

2018년 늦은 가을

차 례

농민

한상준

一. 밀 밟아 주고 잠시 앞산을 보다

입춘도, 우수도 지났다. 소한에 얼었던 얼음 대한에 녹는다지만, 산등성 응달로는 잔설이 드물지 않다. 바람 끝이 여전히 맵다.

"어여 가세이잉."

아내, 경숙이 나설 기미가 없다. 말린 엿기름을 방앗간에서 빻아 오고 독에 담느라, 점심나절부터 분주하다.

"아, 해, 자빠져 불 것네."

재촉한다. 밀밭이 넓다.

"부얼부얼한 털옷 입제는 그라요."

경숙이 이내 마당으로 나서며 옷깃을 여민다. 창고에서 연장 정리하다 속에서 열이 나 겉옷을 벗어놨다. 녹이 탱탱 슨 연장과 손때 전 자루를 만지작거리며 오늘의 농민들 처지처럼 느껴져 미안함과 서러움이 들었던 게다.

"볽다 보믄 땀, 안 나것능가?"

하면서도, 창고로 가 겉옷을 걸치고 나온다.

"옷이 날개요, 야."

한복을 즐겨 입어 왔던지라 어색하기도 했다.

"두툼혀서 등짝에 땀띠 나불것네."

겨울 막 들 무렵, 큰애가 사서 보내준 옷이다. 모자에 붙은 털이 걸렸지만 좋으면서도 좀 쑥스러웠다.

"아덜이고 어른이고 죄다 그런 옷 입고 안 댕깁디요."

"유행 타고 그럴 나이인가, 시방."

"젊어 보인다고 시비 걸 사람도 읎지라아."

"여그 요로케 털이 부숭부숭헌 게 쪼깐 그러네이. …어여, 앞스소."

자식에게서 뭘 받는 일이 아직 익숙하지 않은 속내였다.

"녹차 담은 보온벵을 광이다 놓고 나와 부렀네. 당신 먼침 나스씨요."

"엎어지면 코 닿을 딘디 항꾸네 가제, 머."

해는 아직 중천에 있지만 밀밭은 이천오백 평이다. 오늘이 사흘째다.

"서둘지럴 말던가."

경숙이 보온병을 들고 새실새실 한 마디 건네며 앞선다. 집 옆으로 난 길 따라 숨 한 번 깊게 들이마셨다 뱉으면 닿을 데에 밀밭이 있다. 백구와 황구, 두 마리도 꼬리를 흔들며 따라 나선다.

어제 오늘 사이, 밀싹이 키를 더 키운 듯 한층 푸르다. 입춘 전부터 밟아 줘야지 하다가도 앞선 일에 밀린 밀밟기다. 올 겨울은 눈이 적게 내렸다. 눈이 보리 이불이라지만 밀의 이불이기도 하다. 덮어 주고 밟아 줘야 했다.

대여섯 살 무렵, 보리밟기 할 때가 떠오른다. 마을에서 밀농사를 지었던 집은 없었던 것 같다. 어제는 우리집, 오늘은 아랫집 보리밭을 번갈아 밟고 다녔다. 할아버지 말씀이, 꽉꽉 눌러 줘야 보리를 더 많이 거둘 수 있다고 했다. 그땐 왜 그러는지 알 수 없었다. 그저, 오랜만에 보리밭에서 뛰노는 놀이였다. 보리농사를 몇 해 짓고서야 두텁게 밟아 줘야만 땅속의 벌어진 틈새가 좁아져 뿌리가 얼지 않는다는 걸 알게 되었다. 밀밟기도 다르지 않았다. 꽉꽉 눌러 두텁게 밟아 줘야만 얼지 않고 뿌리의 생장점이 자극받아 새 줄기가 생겨난다는 걸 터득했다. 줄기가 늘어나고, 그 줄기에서 이삭이 더 뱄다. 수확량 또한 당연히 많아졌다. 밀밟기도 세태에 따라 변했다. 트랙터에 롤러를 달아 밀밭을 밀었다. 고령인 농민들이 밀밟기에 나서지 않았다. 밀밟기에 나설 젊은 사람마저 거의 없다. 아내와 단둘이 이천오백 평 밀밭을 꾹꾹 밟아 주려니, 일주일은 족히 매달려야 했다.

"오메, 오늘은 더 널찍허게 보이요, 이."

"그믐까장은 혀얄 것 같으네, 요로케 볿다간."

보리밟기와 밀밟기가 2월의 주요 농사일이다. 보리 수매가 거의 막힌 뒤부터는 보리를 파종하지 않았다. 2월 보리밟기는 이제 옛적 일이 되었다. 밀농사 짓는 농가는 해마다 늘었다. 쌀 소비는 줄면서 밀 소비는 늘고 있어서다. 국민 1인 연간 밀 소비량이 쌀 소비량의 반이라고 한다. 제 2의 주식이라 여기고 있고, 그렇게 부를 만하다. 함에도 거의 전량 수입에 의존하고 있다. 명맥을 유지하던 밀 생산마저 거의 끊긴 건 1984년 수매 중단 이후부터였다. 가톨릭농민회가 우리밀살리기운동을 벌였다. 재배 농가 확산에 앞장서 왔다.

햇수로 26년째다. 결혼하고 3개월 뒤 고향으로 내려온 게 1982년 초였다. 9대째 살다가 할아버지 돌아가시고 10여 년 비워 두었던 집 여기저기를 고치고 정착하느라 그럭저럭 1년이 지난 이듬해 뒷산을 개간해 밭 오천 평을 일궜다. 큰애가 초등학교 입학하던 해인 1989년부터 한 해도 거르지 않고 이천오백 평에 우리밀을 심었다. 우리밀 종자 구하기도 어려웠던 때였다. 오늘 따라 경숙의 말처럼 밀밭이 커 보인다.

"어제 모냥 한번 뽑아 보씨요."

오천 평 밭 절반의 경계를 이루는 소나무 밑둥치에다 보온병을 내려놓으며 경숙이 우스개처럼 건넨다. '한번 뽑아 보'라는 건 '나, 이제 노래 부를 흥이 돋아 있다'는 경숙의 에두름이다.

"당신이 먼첨 뽑아 보제."

"그러께라."

가락이 흥겹다. 밭일을 이렇게 시작하곤 했다.

"요 며칠 새, 하도 들어서 그만 입에 붙어 불었제라."

"허허, 당신은 안즉도 청춘인갑소."

노랫말이 '사랑하기 딱 좋은 나인데……' 어쩌고, 한다.

"당신 차례요."

<농가월령가> 정월령 한 대목을 읊는다.

"에고, 에고, 귓구녕도 싫타 허요."

경숙이 산자락 동쪽 편 밀밭을 밟아 나간다. 앞산, 활성산이 오늘 따라 아내의 수다에 웃음을 지어 보이는 듯 가깝고 맑다.

一. 물푸레나무로 자루를 만들다

삼월 추위가 장독을 깬다지만 그래도 춘삼월이다. 햇볕에 따스함이 배어 있다. 경숙이 마루에 걸터앉아 해바라기하고 있다. 앞산, 활성산을 건네보는 경숙의 눈빛이 햇볕의 온기만큼 은근하다. 마당으로 들어서다 경숙을 하뭇이 건네보느라 등짐 무거운 줄 모른다. 겨우내 얼지 말라며 땅속에 묻어둔 무를 캐왔다.

"자루 부러진 괭이 어디다 뒀소?"

토방에 등짐을 부리며 부러진 괭이자루 바꿔 달라던 두 달 전 경숙의 청을 떠올린다.

"낭구는 잘라 놨다요?"

"놔둔 게 있제."

연장 창고에 세워둔 막대기가 잘 말랐던 걸 어제 봐뒀던 게다.

"괭이자루 껴 달라 헝 게 은젠디, 인자사."

"작년 가실에 비어다 놔뒀는디 좀 더 몰라야 쓰겄다 싶어 그랬제."

"지난번이도 읍내 나간다 혔을 적에 상설시장 생선전 좀 들렀다 오시오 혔등만, 까먹고 오고 그리서 이참에도 그런갑다, 혔제."

"……."

생각을 늘상 거기에다 두고 사는 것도 아니잖는감, 하려다 입을 다문다.

"인자, 일 좀 줄이제는."

"그라고 자픈디 맘대로 되능가?"

들어도 한쪽 귀로 흘려 버릴 만큼 총기마저 떨어졌다.

"동춘 아재, 저녁참에 읍내서 보자등만 어쩔라요?"

"또 전화 했등가. 못 나간다 혔는디."

우리밀영농조합 사업과 관련해 이야기 나눌 게 있다며 읍내에서 저녁참에 만나자는 연락을 받았다. 마다했다. 이 일 저 일, 후배들에게 넘겨주고 뒤로 빠질 나이다. 후배들 하는 일을 뒤에서 지켜 주고 북돋우는 울타리 역할이 이제는 마땅하다. 허나, 어려운 상황이다. 농민운동 하는 후배들, 아니 젊은이들이 농촌에 몇 없다.

"자루로 쓸 만헌 물푸레가 어디 있습뎌?"

"개똥도 쓸라면 안 보이듯 선산 뫼등 지킬 것들만 있드란 말시."

집 뒤, 산자락에 물푸레나무가 듬성듬성 자랐다. 물푸레나무 중 매끈한 막대기 하나 찾아내기가 애써 힘들었다는 걸 굳이 드러내느라 '휘어진 나무가 선산 지킨다'는 속담을 아재 개그처럼 끌어다 써보는 입담이다.

"수작도 인자 많이 늘었소야, 하하."

경숙의 웃음이 밀싹처럼 파랗다.

"내 말인즉슨, 괭이자루고, 도끼자루고, 삽자루고 간에 튼실허질 안 허니, 멫 번 쓰다 보면 금시 부러지는 게 연장 자루 아니던가, 허는 말이제. 자루 박아 파는 연장들은 죄다 그 모냥이당게."

"그러게 말이요."

"그런 장삿속으로다가 연장 맹글어 파는 것도 그렇지만, 그걸 그대로 사다 쓰는 농심도 난 여태껏 마땅허지가 안 혔네. 당신이 분질러먹은 그 괭이자루는 노루 몰아 본 막가지처럼 삼 년은 우려먹어도 될 성싶게 짱짱허길래, 그냥 썼던 것이제."

애당초 자루 박지 않은 연장을 샀다. 쇠로 자루를 만든 삽도, 도끼며 낫도 마다했다. 나뭇짐 져오는 지게도 옛것 그대로다. 날로 쓰는 쇠 부분만 빼면 옛것들은 죄다 나무로 만든 연장이었다. 창고에 걸려 있는 연장들 중 삽, 괭이, 낫, 호미 등속은 연중 쓴다. 손때가 번들번들 짙고, 깊다. 벼농사도 서른 마지기 넘게 짓고 있지만 이앙기, 콤바인, 트랙터 등 농기계를 장만하지 않았다. 벼농사는 기계로 100% 가까이 심고 거뒀다. 농기계는 필요할 때 불러 쓰곤 했다. 언필칭, 일손 없는 농촌에 농기계는 이제 대용이 아니라 필수 장비였다. 비용 절감과 편리함을 줬다. 관행농업 하는 농민들 대부분 농기계로 농사일을 대체했다. 생태농업 하는 농민들 역시 농기계의 유혹을 물리치지 못한다. 소득 작물이 다양하지 않고 여전히 벼농사에서 가장 많은 농가소득을 올리고 있는 게 현실이다.

허나, 농사일 태반은 밭농사다. 밭농사는 애당초 손으로 짓는 손농사다. 농기계 작업이 그만큼 적다. 밭에 작물을 심고 가꾸고, 거둬들이는 데에 여전히 삽, 괭이, 호미 등속이 널리 쓰인다. 오랫동안 그 모양 그대로인 전통의 농구들이다. 질기고 단단한 나무를 자루로 써야 할 이유다. 꾸지뽕나무 자루를 최고로 쳤으나, 귀했다. 근동에선 물푸레나무 자루를 제일로 꼽았다.

"창고 안쪽, 괭이 걸어두는 디다 뒀는디 못 봤습뎌?"

"정신머리 좀 봐. 어지께 거그서 봤는디도, 글씨."

"그러케 정신 놓아 불면 나는 어찌케 살으라 허요."

경숙의 시선이 아릿하다.

"당신 생각혀서라도 그리 안 헐 거네."

"그 말 믿소, 이."

새삼, 절박함이 밀려온다.

-. 장날 벗들과 막걸리를 마시다

이불집에 들른다며 경숙이 가고 국밥집에 든다.

"이녁도 귀는 가렵던 갑제."

한 시간이나 늦었다.

"막, 자네 야그 허고 있었동만."

"핸드폰도 없응게 연락도 안 되고 혀서, 안 올라나 혔네."

매달 17일 장날, 단골 국밥집에서 막걸리 한 잔씩 나누는 오랜 벗들의 모임이다. 두어 사발씩 돌았는지 벌써 낯빛이 붉다.

"퇴비 5톤을 오늘 아니면 갖다 줄 수 없다는디, 워쪄꺄."

밀밭에 거름 얹혀 주고 왔다.

"4월 들자마자 뿌렸는디, 자네가 좀 늦고만."

"흰가루병이 쪼깐 비치길래 방제도 허고."

"멀로 혔당가?"

"황토유황 멩글어 썼는디, 잘 듣도만."

"아이고, 후레 삼배라는디 잔에 술도 안 따랐네."

"우체국장 되아 분졌네, 나가."

"자, 항꾸네 들제."

"묵념이라도 허고 묵세. 어제가 세월호 뒤집힌 2주기 되는 날 아닌감."

"그렇잖혀도 잔 듬서부터 그 야그 혔네."

"몇 순배 걸쳐 부렀는디……."

"'나가 줘였다', 험서나 또 들세."

"그려, 그리 들세."

벗들 모두 가톨릭농민회와 보성농민회의 중심들이다. 몇 안 되는 후배들 다독이며 여전히 치열하게 산다. 말없이 술잔을 든다. 득량 강골마을 오가 화장실 간다며 일어선다. 벗의 눈자위가 어느덧 붉다. 4·16, 말만 들어도 울화가 치밀고, 부끄럽고, 서럽다.

"……."

"……."

조성 시장리 김, 벌교읍 부용마을 강, 겸백 자포마을 황, 문덕 석동마을 이, 율어 모암마을 장, 보성읍 오서마을 최 그리고 나, 모두 육십의 아홉 수에 있는 정해년 돼지띠 갑계다. 이마 벗겨지고, 배도 나온 벗이며, 거뭇거뭇 죽음버짐 돋은 늙다리 사내들이다. 술잔을 입 안에 붓질 못한다. 강골 오가 화장실에서 세면한 듯 물기 묻은 얼굴을 닦으며 나온다.

"아따, 지랄들 허고 자빠졌네, 늙은 것들이. 그럴나면 자리 비워 작것들아. 딴 손님 받을랑게. 장날 대목 깨지 말고. 아, 인나라고, 어서. 빈자리 읎넌 거 보고 저 아랫집으로 가는 치들 안 보여, 시방."

자리가 비지 않은 것도 아니다. 치우지 않아 어지러운 술상이 두 자리다. 애당초 늙다리들이 주로 찾는, 국밥 파는 선술집이기도 하다. 주방할매 입이 늘 저렇다.

"누님. 예, 앉소."

강골 벗이 할매를 챙긴다.

"아, 자식 죽고 멫 날 메칠 밥 굶고 있는 디서, 젊은 놈으 새끼들은 닭도 처묵고 피자도 처묵고 그라던디. 이 엠병헐 늙은 축들이 어찐다고 술잔 앞에 놓고 눈물로 잔을 채워, 금메."

겸백 벗이 누님 잔에 소주를 따른다. 누님은 소주만 마셨다.

"크아, 목구녁이 그만, 쌔허다."

몇 순배 더 돌았다. 침묵이 안주였다.

경숙의 짐 받아 어깨에 걸머진다. 아들 방에 넣어 줄 봄 이불이다. 짐은 가벼웠으나, 못박인 마음이다.

"낯빛이 어찌 채, 어둡소."

"…… 눈 번연히 뜨고 보믄서도…… 이게, 무신 나라여."

"속 끓이며 마셨것네, 다들."

"그러게 말이시."

벗들 속내인들 모를 경숙이 아니다. 운전대 잡은 경숙이 차를 차분히 몬다.

-. 유월이지만, 여전히 오월 광주 속에 살고 있다

오뉴월 겻불도 쬐다 나면 서운한 법이러니, 봄꽃 지고 여름꽃 아직 이른 오월이면 지는 봄꽃마저 아쉽다. 피는 여름꽃 마중하는 눈길 또한 접어야 하는 시절이 유월이다. 불 때던 부지깽이도 거든다는 오뉴월, 농번기다. "비 끝에 별이 나니 날씨도 맑고 따뜻하다/떡갈잎 퍼질 때에 뻐국새 자로 울고/보리 이삭 패어나니 꾀꼬리 소리 난다/농사도 한창이요, 누에도 제철이라/남녀노소 바뻬 나대 집에 있을 틈이 없어/적막한 대사립을 푸르름에 닫았"다는 <농가월령가> 사월령 한 대목, 그대로다.

온갖 모종 내고 씨 뿌리는 오월이다. 가지, 오이, 고추, 토마토, 토란, 호박, 참외를 파종하거나 모종을 냈다. 4월 말에 파종하거나 모종 내는 옥수수지만 올해엔 늦어져 오월 초에 모종을 사다 심었다. 상추는 시기별로 나눠 파종하니 적기가 따로 없다. 상추, 부추는 겨울에도 하우스에서 키우는 집이 없지 않다. 참깨 파종하고 수수와 서리태는 돈 사지 않으려 먹을 만큼만 씨를 뿌렸다. 고구마 모종 심으려 치켜세운 밭고랑 다시 도닥이는 일에도 잔손이 많이 간다. 오이와 토마토 넝쿨이 자라 섶을 만들어 줬다. 땅콩은 작년보다 네 도랑 더 심었다.

종묘상에는 해마다 처음 보는 종자가 넘쳐난다. 채종한 재래의 씨앗만 가지고는 밥상이 풍성하지 않다. 새로운 품종 들먹이지 않으면 농사 정보에 어둡다는 소릴 듣기도 한다. 아무려나, 오월 농사 중 제일은 모내기 채비다. 꼼꼼히 준비하고 서두른다. 위탁 영농회사에서 모판까지 판매하지만 애당초 사서 쓰지 않는다. 관행농업 하지 않는 농가나 노인들이 짓는 대부분의 농가에서는 못자리판을 만든다. 모가 자리를 제대로 잡아가는지 하루에도 몇 번씩 살핀다. 이른 모내기를 하려면 논에 물 댈 준비도 단단히 해둬야 했다. 날이 점점 더워지면서 병충해도 많아진다. 생태농업 하는 농사꾼들은 유기농 약제를 만들거나 구입하여 방제를 게을리 해서는 안 된다. 방제는 적기, 정량에 맞게 했다. 더도 덜도 어긋나서는 병해를 피하지 못한다. 비 온 뒤끝, 햇볕 따뜻해지니 밭고랑이고 논두렁 어디고 빈틈 비집고 풀이 자랐다. 무성하기 전에 한 번 매줬다. 장마 뒤에는 예초기 작업을 해야 한다. 풀은 아무리 솎아내도 해볼 도리가 없다. 멀칭 하지 않고 제초제 쓰지 않는 생태농업 하는 농사꾼에게 풀매기는 그냥, 농사일이어야 했다.

발등에 오줌 싼다는 유월 농사 역시 눈코 뜰 새 없다. 감자 캐 장에서 돈 사고 도시 피붙이들에게 보냈다. 고추밭 매고, 늦콩 심고, 마늘과 양파 거뒀다. 매실 따서 효소도 담았다. 효소도 가지가지였으니, 백초 효소까지는 언감생심이다. 논둑, 밭둑 다듬는 일은 장마가 곧이니 빠뜨릴 수 없다. 보리 심지 않아 타작 일 없어 그나마 다행이다. 밀 거두는 건 너무 힘들어 손으로 거두지 않았다. 트랙터를 불렀다. 올해는 밀 수매량이 조금 늘어 밀 재배 농가가 한시름 놓긴 했다. 농협 수매는 정부의 수매 고시 양보다 좀 더 늘려 잡곤 한다. 수매하는 날까지 잘 말려 건조도를 높여야 한다. 제대로 건조하지 않으면 등급에서 밀린다. 우리밀은 우리밀살리기 운동본부에서 전량 수매했다. 우리밀을 재배하는 일반 농가의 우리밀도 받았다. 우리밀살리기운동 광주·전남본부의 주된 사업이다. 벼와 논보리 등 까끄라기 있는 종자를 뿌려야 할 적당한 시기가 6월 망종이지만, 비닐 모판에서 모가 10일 정도 빨리 자라는 요즘은 모내기가 망종 이전, 오월 중순부터 말엽으로 앞당겨졌다. 좀 더 일찍 모내기를 하니 병충해를 덜 입었다. 수확도 이르고 그만큼 많아졌다. 모내기는 이제 남녘에서는 오월 농사일이기도 하다. 오뉴월은 죽은 송장 손이라도 갖다 쓴다는 농번기인 터, 오뉴월 하루 놀면 동지섣달 열흘 굶는다는 옛말이 참으로 무섭게 닿았다.

함에도, 오월이면 오월 광주가 있다. 전국 방방골골, 처처에서 축제를 여는 계절의 여왕이라지만 오월은 눈물의 계절이기도 하다. 보성역 앞에서 가진 5·18 35주년 기념식에 참석했다. 보성에서 집회가 열리기 시작한

때부터는 광주의 망월에 가지 않았다. 흔히 신묘역이라는 국립묘지에는 발길이 향해지지 않기도 했다. 보성 집회가 열리기 전, 광주 망월에 가더라도 구 묘역을 더 찾았다. 35주년째 맞는 오월 광주는 여전히 광주만의 오월로 갇혀 있다.

오월 광주는 지금도 진행 중이다. 2003년 멕시코 칸쿤에서 WTO에 맞서 자결한 이경해 농민 열사의 죽음과 2005년 WTO 홍콩 각료회의 반대 시위에 수백 명의 농민들이 참여하여 바다에 뛰어들고 홍콩 경찰에 붙잡혔던 싸움 역시 쌀 수입을 막겠다는 정부의 말을 믿을 수 없는 농민들의 분노, 오월 광주였다. 현 정부는 17만 원대인 쌀값을 21만 원대까지 올리겠다는 대선 공약을 저버렸다. 올해는 도리어 14만 원대로 떨어졌다. 작금에도 농민에게 가해지는 오월 광주다.

오월 광주는 나의 삶도 바꿔 놓았다. 1980년 5월, 서울에서 학생운동하다 구속되어 수도군단보통군법회의에서 계엄포고령 위반으로 징역 2년을 선고받고 복역 중 이듬해 3·1절 특사로 가석방되어 나온 뒤, 나는 고향으로 내려가기로 결심했다. 그해, 박경숙과 결혼하고 3개월 뒤인 1982년 2월, 고향집에 정착했다. 농사를 짓기로 했다. 10여 년 비워 뒀던 집을 고치면서 논농사, 밭농사를 시작했다. 논농사는 논농사대로 밭농사는 밭농사여서 버거웠다. 아내, 경숙과 함께하지 않았으면 어림없는 일이었음을 다시금 깨닫는다. 학생운동과는 달랐다. 삶의 운동이었다. 발 딛고 서 있는 여기, 이 자리에 마땅한 운동을 하고자 했다. 가톨릭농민회에 가담했다. 한시절, 갈멜수도원에서 3년을 정진한 수도자였다. 지역의 농민회와도 늘 함께했다. 정부의 농업정책을 따르지 않고 농사짓는 게 남는 것이라는 현실 확인을 수없이 겪으며 아파 했다. 가족농 중심의 농촌 소농구원론에 몰입했다. 농민 생존권 투쟁에 온몸을 내밀었다. 인류의 생존이 6인치 깊이의 땅의 표층, 토양층에서 생산하는 모든 먹을거리에 있다는 사실에 전율하며 땅을 살리고 지구를 보존하는 첨병의 역할이 농사라는 인식을 해를 거듭할수록 견고히 다져갔다. 농사를 지으며 생명과 평화에 대해 늘 고뇌했다. 마땅히 GMO를 배격하고 생태농업을 했다.

오월이 가고 유월이다. 민주주의가 후퇴하고 유신의 망령이 되살아나고 있다. 여전히 또 다른 형태의 오월 광주 안에 갇혀 있음을 상기하지 않을 수 없다.

-. 아내에게도 그 말은 못 하겠다

아침나절 한바탕 쏟아지던 소나기 잠시 그은 틈 타, 피 뽑으러 논에 다녀온다. 논두렁에는 비 온 흔적이 없다. 여름 소나기 밭고랑을 두고 다툰다더니, 옛말이 틀리지 않는다. 마당에도 비는 그어 있다.

"그새 논에 갔다 오요."

"요 며칠 논에 못 나갔드마 피가 그냥 천지시."

비 오고, 아침나절이라 해도 땀이 온몸에 흥건하다.

"셋째헌티서 연락 왔습디다."

수건을 건네며 경숙이 마음을 정했나, 묻는다.

"거그는 밤중일 틴디, 머 헌다고 또 혔으까?"

"칠월 건너고 팔월 중순 지나서 오면, 헙디다."

막내딸이 봄부터 네덜란드에 오라고 재촉했다.

"그려?"

"가기 힘들먼 언능 못 간다고 해불제는 그라요."

경숙도 결정을 차일피일 미루는 속내를 짐작하고 있을 터다.

"이래도 서운 저래도 서운헐 것 같아서, 말여."

네덜란드 여행 제의가 반갑고 고맙기도 했다. 허나, 선뜻 응하기가 쉽지 않다. 막내네 가서 짐이 될까, 염려도 크다. 감기약 한 알 먹어 보지 않았을 만큼 건강 체질이지만 장담할 수 없다. 보름이나 되는 장기간 해외 여행을 해본 적이 없기도 하다. 오뉴월 농번기 지나고 어정 칠월 건들 팔월이라지만, 보름씩이나 농사일을 놔두고 갈 수는 없다.

"일 쪼까 쉬고 갔으믄 허요, 나는."

딸도 손주도 경숙은 더 보고 싶을 게다. 막내 역시 고등학교를 타지로 보냈다. 이후, 쭉 떨어져 살았다. 결혼마저 네덜란드 청년과 했으니 아무리 씨억씨억한 경숙이라도 섧다 할 만큼 마음이 아릿할 테다.

"당신 혼자 댕게오믄 으짜것소."

이렇듯 말해서는 아니 된다는 걸 모르지 않는다.

"말이요, 막걸리요, 시방."

"대한항공이 네덜란드 공항까장 안 쉬고 간다는디 그러면, 막내가 거그에 나와 있을 테고, 머가 어렵것능가."

한국에서 비행기 타는 것까진 언니나 오빠가 알아서 할 테고 네덜란드 공항에만 내리면 하나에서 열까지 편하게 모실 테니, 오라는 막내의 애타는 주문이었다. 사위도 꼭 오라고 권했다.

"바늘 가는 디 실 안 가면 어찌케 꿰메 쓴다요."

"막내 보고자븐 이녁 속내 아니께, 그라제."

"나 맘을 그러코롬 알아준다면 이참에 일 쪼매 내리놓고 항꾸네 갑시다."

"칠월이면 몰르것는디, 팔월이넌 암캐도 밭일이 좀 있잖여."

경숙이 납득하지 않을 변명이다.

"칠월은 사우도 그라고 시부모들도 안 된다고 안 협뎌."

칠월은 그쪽 휴가철이라, 한다.

"그짝은 건들 팔월은 아닌 게비네."

"그라고 야그를 헝게 물을라요. 칠월이믄 진짜로 갈라고는 혔습디여, 당신?"

아차, 싶었으나 엎질러진 물이다.

"생각은 혀 봤제, 칠월이라먼."

"팔월에는 먼 일이 그리 크다요?"

아들이 집에 와 있으니 보름을 비운들 농사일 걱정은 크지 않다. 오이, 토마토, 호박, 참외 따서 먹고, 볕 나면 고추 따 말리는 소소한 일이다. 가을 농사 채비하고 겨울 김장 대비하는 건, 여행 다녀온 뒤에 해도 늦지 않다. 기간을 줄여서라도 다녀오려면 다녀올 수 있는 여행이기도 하다. 집 안팎의 이 일 저 일이며 농사일 모르지 않는 경숙이다.

"……."

큰애 도라지, 둘째 두산, 막내 민주화라 이름 지은 자식들 생각하며 '민주화된 세상에서 백두산에 올라 도라지 타령을 부르자'는, 오랜 숙원을 아직 이루지 못한 채 하물며 유신 시대로 회귀하려는 흉계를 숨기지 않는 이 정권 하에서, 딸아이 사는 곳에 초청받아 가는 것이라지만 외국 여행에 나서는 게 참으로 마뜩찮다는 속내는 지금, 이 자리에서 경숙에게 차마 꺼내지 못하겠다.

– 쌀값 하락, 분노를 삭이지 못하다

구월도 추분 전까지는 아랫녘, 윗녘으로 마실도 다닌다. 추분 지나니 온갖 곡식이 영글었다. 들녘이 누렇다. 보기에 참 좋다. 추석 지나고 개천절 즈음해서 이른 벼는 거두느라 여기저기 콤바인이 부산하다. 콤바인 작업 날짜에 맞춰 중순에 벼 수확을 마쳤다. 쌀값 근심이 크다. 해마다 그렇다. 서둘러 차를 몬다. 해가 중천에서 함지 쪽으로 기운 듯하다. 회의가 길었다. 경숙이 밭에서 겨울 쪽파를 심고 있다. 월동 작물인 양파, 마늘, 시금치, 봄동도 심어야 한다. 참깨 애벌 털고, 두벌 털려고 단을 쌓아 놨다. 콩도 타작했다. 가을 농번기다.

"땅콩도 캐야 허고 호박 따서 광이다 들여야 허는 거, 알믄서도 어디 갔다 인자 오요?"

읍내 다녀오는 걸 경숙이 모르지 않는다.

"오늘 회의가 쪼까 길었네."

"가실건이 놔두고 먼 야그가 그리 많다요?"

"가실이먼, 쌀값 투쟁 야그제."

본 집회는 민중총궐기투쟁본부가 주관하는 민중총궐기대회였다. 쌀값 투쟁은 전농 주관 사전 집회다. 참여 단체별로 사전 집회가 예정되어 있다. 부문별 최대 인원이 집결해야 한다고 강조했다. 회의가 길어진 이유다.

"해마다 허는 투쟁인디 해질녘 그림자멩키로, 먼 야그가 그리 질다요?"

"전농에서 정권 퇴진 투쟁 쪽으로 가닥을 잡은 모냥이여."

"이짝이서 저것덜보다 더 쎄게 나갈 무신 수 있답뎌?"

경숙의 말끝 마디마다 사분사분하지 않다.

"겨울 쪽파 종구는 쪼까 깊이 심제는."

"첨 해보는 농사요?"

네덜란드 여행이 어긋나고 경숙이 좀 뒤틀려 있다. 칠월에는 갈 수 있다면서 팔월에는 갈 수 없다는 걸 경숙은 받아들이지 않았다. 그럴 만했다. 네덜란드 여행을 물리친 진짜 이유를 차마 꺼내지 못한 탓이다. 경숙에게 민망하고, 면목 없다. 쌀값 투쟁 집회 마치고 나면 경숙에게 차마 가지 않으려 한 이유를 밝히리라, 다짐한다. 감추고 건네지 않은 말이 서로에게 없다. 함께 살아오는 동안 그렇다고 여겨 왔다.

"머 허고 서 있소. 씻든지 허제는."

"해 안즉 있응게 지금 캐제."

해가 함지 쪽으로 기우뚱 걸쳐 있다. 땅콩 밭에 든다. 북주기도 잘 해주고 풀도 제때 매줬다. 까치가 파먹고 굼벵이도 많이 먹어치운 듯 수확은 예상보다 덜하다. 작년보다 네 고랑을 더 심었는데, 그렇다. 식구들끼리 나눠 먹을 정도다. 껍질 곱고 알은 굵다. 땅콩은 잘 씻어 말리면 보관이 쉬웠다. 해를 넘겨 먹을 수 있다.

"해 지고만 호박은 언지 딸라고 그라요?"

호박넝쿨이 시들시들하다. 서리 내린다는 상강 전에 따야 한다. 늙은 호박이 보기에도 여러 덩이다.

"낼 아측에 따제, 머."

해가 산등성이에 아직 걸쳐 있다. 지금 따도 늦지 않다. 회의 중에 느낀 감정이 결삭지 않아서다.

"찬도 별반 읎넌디, 언능 때 질러 붑시다."

경숙이 주방에 든 동안 몸을 씻는다. 쌀값 생각하면 절망감이 몰아쳤다. 쌀값 하락 추이와 대책에 대해 살핀 회의 자료를 되새김해 본다. 광주에서 온 젊은 활동가가 차분하게 설명해 줬다. 몇 가지가 또렷하게 떠오른다. 작년 동기 대비 쌀값 하락률은 수확기인 10월 기준, 8%로 예상했다. 출하기인 11월과 12월에는 하락 폭이 더 클 것으로 봤다. 쌀 자급률이 90%대로 떨어진 상태에서 저가 수입쌀 수입 의지를 정부가 여전히 내려놓지 않았단다. 저가 수입쌀의 시장 격리 없이 쌀값 안정은 확보될 수 없다는 지적은 백 번 옳다. 밥상용 쌀 수입은 그나마 주춤하고 있다고 한다. 40만 톤의 쌀을 차관 형식으로 대북 지원을 하면 쌀(80㎏) 한 가마당 7000~8000원의 가격 상승이 예상된다고 한다. 가격 상승은 부차적인 문제다. 대북 쌀 지원은 인도적 차원의 동포애다. 퍼주기가 아니다. 정부의 대북 쌀 지원 외면을 성토하지 않을 수 없다.

"밥 다 식어부요."

그랬다. 한 끼 밥에 들어가는 쌀값이 커피 한 잔 값보다 못하다. 아니 커피 값의 10분의 1도 안 된다. 쌀값은 20년 전이나 지금이나 같다. 쌀농사로 애들 대학 보내지 않았다. 밭농사와 과실 농사가 그나마 보태주곤 했다.

"오메, 밥 다 식고마는 머 해쌓요?"

온몸에 찬물을 훅 끼얹는다. 경숙의 성화를 한쪽 귀로 흘린다.

– 백중밀을 손 파종 하다

초겨울 비가 매초롬히 왔다. 바람 끝은 갈수록 매서워졌다. 상강 지나고 서리가 내렸다. 서리 내리기 전에 거둬야 할 과일과 채소, 서리 맞아도 괜찮은 작물을 미리 갈무리했다. 씨생강은 서리 맞으면 보관이 어렵다. 모래 넣어둔 장독단지 항아리에 담아 뒀다. 겨울이면 생강차를 즐겨 마셨다. 밭 두 마지기에 심었더니 양이 낙낙했다. 생강편강도 처음으로 만들었다. 대봉은 헐값이었으나 그나마 다 돈 샀다. 월하시는 깎아 곶감으로 처마 끝에 매달았다. 줄줄이 걸어놓은 모양이 보기에 늘 좋다. 가을걷이로 바쁘다. 오곡백과 거둔다지만 월동 작물 파종하는 막바지 가을 농번기다.

밭벼 거둔 뒤 밀밭에 넣어둔 퇴비가 고슬고슬하다. 작년보다 두 배는 더 뿌렸다. 손 직파를 할 요량이어서 많이 넣었다. 밀농사 역시 땅심이 우선이다. 그동안 파종기로 밀을 뿌렸다. 볍씨 손 직파 농법이 생태농업 하는 사람들 사이에 널리 퍼지며 생산비 절감이 뒤따르고 생산량 역시 이앙기를 이용한 모내기 방법과 거의 동일한 양이 생산되는 걸 확인한 이후, 다른 농작물 파종에도 손 직파 농법이 널리 도입되었다. 관행농업 하는 규모가 상당한 농사꾼들은 요즈음 볍씨 직파 첨단 파종기로 씨를 뿌린다. 모판 비용 절감하고 모내기 일손 줄이는 효과에다 생산량도 오르는 까닭이었다. 벼농사의 기계화가 첨단화될수록 농업의 화석연료에 대한 의존도는 높아갔다. 두어 해 전부터 밀을 손 파종 해야겠다고 하면서도 미적미적했다. 30마지기 벼농사도 기계를 최소한 빌려 썼다. 직파기 사용을 마다하면 밀농사만큼은 콤바인으로 거둘 때 말고는 거의 손농사를 짓는 셈이다. 이번에는 마음을 단단히 여몄다. 파종기 사용하지 않고 손 파종 해야겠다고 했을 때, 경숙은,

"최신 기계 직파기넌 그런다 치고 분무 직파기도 안 써불라요?"

하고, 염려했다.

"그럴란다 말이시."

"너르디너른 디를 어쩌게 헐라고 그라요?"

"기계화 영농을 줄여야제."

경숙도 그럴 심사를 지녀 왔다는 걸 안다. 농사가 소득 위주의 산업화된 농업으로 바뀐 지 오래다. 농산물의 수확량을 최대한 끌어올려 농가 수입을 높이는 건 당연했다. 하지만, 그로 인한 환경 파괴는 돌이킬 수 없는 지경에 이르렀다. 농사 자체가 지구 환경을 지키는 첨병 역할을 맡고 있는 건 엄연하다. 논의 담수 효과는 대단하다. 비가 많이 오면 담아 뒀다가 서서히 땅속에 스며들어 좋은 지하수를 공급해 주기도 한다. 그럼에도, 동시에 산업화된 농사로 인해 지구 환경을 파괴하는 주범인 사실 또한 인정해야 한다. 전 세계적으로 300만 톤 이상의 농약이 한 해에 살포된다. 환경 파괴의 주요인 중 하나다. 농약의 과다 사용을 억제하고 화석연료에 의존하는 기계화된 상업 영농을 줄여 나가야 한다.

경숙이 고개를 주억거리며,

"지름 안 쓰고 농사 지서 보자고 맘속으로는 혀 왔제만서도… 당신, 괜찮을랍뎌?"

힘들지 않을까, 하는 표정을 드러내며 경숙이 동의한다.

"날짜는 언지가 좋겄는가?"

경숙이 다른 일 없는 날 잡아야 한다.

"열나흗날에 서울 간다고 혔지라."

"열이튿날 허먼 쓰겄는디."

"달력을 봅시다. 목요일잉만. 딴 일은 읎넌갑소."

"종자를 멀로 헐까, 그간 고민을 좀 혔네."

그동안 여러 밀 종자를 심어 봤다. 국수용으로 나가는 그루밀, 은파밀, 백중밀과 제빵용인 금강밀을 재배해 봤다. 수확량과 특성을 파악했다. 국수용으로는 백중밀이 그중 나았다.

문제는 국수용 우리밀 소비량이 늘지 않는다는 점이었다. 금강밀은 수입산 제분보다 단가가 월등히 높다고 제빵사로부터 외면받으면서도 수요는 꾸준히 늘고 있다. 금강밀을 심어야 돈 되지 않나 하면서도 제2의 식량원이라면 당연히 국수용이어야 했다. 딴은, 꼭 돈 되는 농사만 짓지 않은 터다. 해서, 경숙에게 경제력은 빵점이라는 핀잔을 들어 왔다. 제빵용보다 국수용을 심는 게 맞다. 경숙에게 또 지청구를 들을까, 걱정이 들었던 게다.

"백중밀이 으째서라?"

경숙도 밀 종자의 특성과 수확량에 대해 알고 있다. 백중밀을 선호해 온 그간의 경작을 공유해 왔다.

"돈이라도 쪼매 되는 금강밀을 심어야 허지 않을까, 허기도 허고."

"애당초 생각대로 심어 부씨요, 이."

"그걸로 심어야 쓰것제."

고맙네, 마누라, 하는 말은 입안에서만 굴렸다.

열이튿날, 아침이 맑고 밝다. 경숙과 함께 백중밀을 손으로 뿌렸다. 힘이 들었다. 가을 하늘처럼 마음이 푸르렀다.

-. 경숙을 부르다

“성님, 회관 앞으로 나와 제계쓰시오, 이.”

동춘의 전화다. 회관 앞으로 나오라는 말만 하고 전화를 끊는다. 회관 앞으로 나간다. 후배 동춘이 벌써 차를 대놓고 있다.

“어찌 자네가 왔당가?”

민둑골 상모가 오기로 했었다.

“밀을 손 파종 혔다문서 괜찮허요?”

동춘이 안부부터 묻는다.

“어제 하루 쪼까 쉬었드만 개운허네. 근디, 자네는 소 밥은 어짜고 이렇게 일찍허니 왔당가?”

“성님이 상모더러 소 밥 주러 제 집에 가자고 혔담서요.”

“자네, 서울 가먼 자네 집사람이 소 밥 줘야 허는디, 자네 각시 아프잖은가. 그리서, 상모더러 우리가 먼첨 자네 집으로 가서 소 밥 주고 자네 데리고 군청 앞으로 가자고 혔제.”

“오지랖도 넓으요, 성님.”

“상모는 그럼 어딨당가?”

“글 안 해도 새복부텀 와서 소 밥 같이 줬어라. 상모는 지그 마을 아재가 아침에 전화 혀서 민중대회 항꾸네 가잔다고 헝게로, 성님은 나보로 모시라고 허고는 부리나케 민둑골로 다시 갔제라.”

“오지랖은 자네덜이 더 넓네, 그랴. 자네 각시는 어쩐당가?”

동춘의 안사람이 위암 3기다. 방사선 치료 마치고 집에 왔다.

"서울 댕겨 오랍디다."

"대통령 잘 뽑아 놨으면 이런 나들이를 안 혔을 텐디."

"말허먼 머 헐랍뎌."

군청 앞에 상경할 차량이 와 있다. 싸우러 가는 동지들의 얼굴이 밝아서 서럽다. 차량 주위로 정보과 형사 둘이 나와서 알은체를 하고 다닌다. 그네들의 표정이 동지들과 대비될 만큼 어둡다. 그 또한 밉상이다.

"잠시 말씀드리렵니다."

버스가 출발하고 진행을 맡은 사무국장이 마이크를 잡는다.

"먼저, 소개할 두 분이 있습니다. 노동면으로 귀농한 분과 율어로 귀농한 분입니다. 잠시 말을 들어 보도록 하지요."

박수 치고 인사를 끝내자 사무국장이 나머지는 유인물을 참조하되, 유인물 뒷면에 자기 핸드폰 번호 적어 놨다며, 각자 입력해 놓으란다. 이런 집회에 가면 꼭 한둘이 늦거나 헤맨다면서 떨어지면 바로 전화하라, 강조하고 마이크를 놓는다. 그 말을 듣자, 경숙이 아침에 건넨 쪽지 생각이 났다. 일행들과 떨어지게 되면 동춘 아재와 큰애 번호 적어 놨으니 공중전화로 전화 걸라며 준 쪽지였다. 핸드폰이 없어, 이런 때면 경숙이 불안해했다. 피식, 웃음을 머금는다. 동춘이 핸드폰 없는 나를 힐끗 건네보고는 그럴 염려 없기요, 하는 웃음을 자아낸다.

차창 밖으로 시선을 돌린다. 출발 때부터 날이 궂더니 윗녘으로 갈수록 더 흐리다. 그래도 풍경은 얄궂지 않다. 가까이 보이는 산에서도 멀리 보이는 산에서도 단풍이 참 곱다. 남녘은 단풍이 절정이다. 윗녘으로 갈수록 붉은 옷 벗은 산중턱도 눈에 띈다. 가을 가뭄이 들어 단풍이 예년만 못하다지만 관광 차량이 하행 차선으로 적잖이 보인다. 봄과 가을, 농사일 시작 전과 농사일 마친 뒤 관광 여행을 다니던 마을의 단체 여행도 시들해졌다. 단풍 여행을 다녀온 지도 오래되었다. 봉고차 한 대도 차지 않을 만큼 나들이 나설 만한 어르신들이 줄어서다. 집회 마치고 내려가면 경숙에게 어디 여행이라도 다녀오자 할까, 생각하다가 네덜란드 여행도 못 갔는데 간다고는 할까, 지청구나 듣지, 하는 생각이 들어 또 피식, 웃는다. 아침, 집을 나서기 전 경숙의 핀잔이 떠올라 다시 입가에 웃음을 담는다. 비 올지 모른다며 경숙이 배낭에 넣어준 우산을 빼놓는데,

"그게 먼 짐이 된다고 빼요. 갖고 가씨요."

하는 말에, 우산을 넣어 왔다. 요즘 들어, 경숙의 염려가 눈에 띄게 도드라진 걸 느낀다. 얼마 전, 입동 지나고 캔 무 묻을 구덩이를 파고 있을 때였다. 서글프게 바라보던 경숙의 눈빛이 떠올랐다. 비켜서라는 눈짓을 보내는데도 경숙이 물끄러미 바라보면서 움직이지 않았다.

"구뎅이 한나 파문서 어찌 그리 힘들어 해쌓소."

"안즉은 심 쓰네, 그랴."

"삽질이, 심알텡이가 한나도 읎어 보이는디라."

"허허, 참. 무신……."

주머니 속에 넣어둔 쪽지를 확인한다. 시선을 돌린다. 풍경이 차창으로 빠르게 흐른다. 괜한 염려 놓으라며, 경숙을 떠올린다.

태평로 삼성생명 본사 앞에서 농민대회가 2시에 열렸다. 사전 집회였다. 집회를 마치고 행진을 시작했다. 광화문까지 가는 길은 가시덤불을 헤쳐 나가듯 험난했다. 방패로 무장한 경찰병력이 탱자나무 울타리처럼 인도까지도 틈새 없이 막았다. 밀리면 다시 밀고 저지당하면 뚫으면서 광화문에 도착했다. 민중총궐기대회는 처음부터 공방이 치열했다. 차벽을 뚫지 못했다. 차벽 앞의 대치 상황은 일방적으로 불리했다. 차벽에 밧줄을 걸어 차벽을 부수려는 시위대를 향해 경찰은 물대포를 연신 쏘아댔다. 직선의 물줄기다. 경찰은 고춧가루 범벅을 한 것처럼 매운 캡사이신과 최루액을 미친 듯이 뿜어댔다. 시나브로 날이 어두워지기 시작했다. 가로등 불빛 받은 초겨울 비가 이팝나무 꽃잎 지듯 간간이 내렸다. 보성 동지들이 보였다 보이지 않다, 했다. 동춘 후배의 얼굴이 보였다가 사라지곤 했다. 얼추, 내려갈 시간이 된 듯하다. 공방은 한층 격렬해졌다. 광화문에서 종로구청 쪽으로 향했다. 종로구청 네거리에서 상여를 메고 농민들이 앞으로 나선다. 뒤를 따랐다.

"여그 기시네. 한참 찾았고만이라. 내리갈 시간이어라, 성님."

동춘 후배다.

"요로케 치열한 싸움이서 베갈기면, 어찌헌당가."

여기서 밀리면 정권에 무릎 꿇고 말 것 같은 절망감이 밀려왔다.

"내리갈 질이 안 머요."

정권 퇴진과 쌀값 보장을 외치며 상여가 한 발 한 발 나아간다. 상여 메고 나가는 젊은 농민들에게만 앞장서게 할 순 없다는 의지가 솟구쳤다.

"만장은 안 들었어도 따라갈 디까장은 가야 쓰제."

상여는 이 땅에서 민주주의가 종 치고 말았다는, 농사가 끝장났다는 농민들 내면에 담긴 분노의 상징이다. 이렇게 내려가면 밀밭에 손 파종한 밀씨가 싹을 틔우지 않을 것 같은 마음마저 스며든다.

"성님, 다들 지둘린단 말이요."

물줄기가 파팍, 거세게 튄다. 폭압의 물줄기가 상여를 직격했다. 상여가 물대포를 맞고 부서졌다. 대열이 흩어졌다. 저네들은 부서진 상여 위에 계속해서 물줄기를 살포했다. 상여 틀에서 나온 통나무를 들고 젊은 농민들이 다시 앞으로 나간다. 아, 여기서 더는 물러설 수 없다. 앞으로 나가자. 싸움의 앞줄을 젊은 농민과 노동자들에게만 맡겨서는 안 되지 않나, 하는 마음이 솟고라졌다. 앞으로 나섰다. 물대포가 저들에게는 총알이다. 일회용 비옷은 방패가 아니다. 물대포에 맞설 수 없다. 그럼에도, 젊은이들은 앞장섰다. 물대포가 계속해서 직사를 한다. 저들의 울타리가 돼 줘야 한다. 한 발짝, 한 발짝 더 앞으로 나간다. 의혈중앙 4000인의 선두에서 투쟁의 중심으로 이끌었던 80년 오월이 떠올랐다. 오월의 광주에 대한 부채감이 되살아났다.

"성님, 인자 고만 갑시다."

어느 새 다가와 동춘이 옷깃을 잡아끈다.

"한 발짝 더 가세."

여느 정권 아래에서도 무릎 꿇고 살지 않은 농민들이다. 농산물 제값 받지 못하고 살면서도 타협하지 않고 꿋꿋하게 논밭 갈아 온 농민들이다.

여느 싸움에서도 불 일듯이 일어선, 이 땅의 잉걸로 살아온 농민들이다. 물러서지 않으리라.

그 순간, 물대포가 얼굴을 퍽, 쳤다.

"경숙아."

"경……."

쿵, 머리를 찧었다.

사람의 마음,
귀신의 마음

송 언

"요즘은 지내시기 어떠세요? 몸은 건강하시죠?"

고모가 내 옆자리에 앉아 있었으므로 문득 생각나서 말을 건넸다. 물론 건성으로 건넨 인사치레일 뿐이었다. 뭐 그럭저럭 지내지, 하는 뻔한 답변을 예상하면서. 한데 뜻밖에도 코를 한 차례 훌쩍이는가 싶더니만, "이즈막엔, 어쩐 일인지 도통 꿈자리가 뒤숭숭해서 말이여. 생전 안 보이던 현준이 할아범이 불쑥불쑥 나타나는가 하면, 너희 고모부도 덩달아 뛰어들어와 해코지를 해대고……" 하는 게 아닌가.

그 바람에 술상머리에 빙 둘러앉아 있던 우리들은, 모두 합죽이가 됩시다, 하고는 약속이라도 한 것처럼 입을 다물었다. 고모는 잘 마시지도 않던 소주를 이미 석 잔이나 뒤집고 있었다. "……그래서요?" 하고 대꾸했을 뿐, 도무지 그다음 문장이 떠오르질 않아 민망스러웠다.

나는 손바닥으로 공연히 마른 낯바닥을 세수했다.

"그래서 말이여, 마침 자식들도 대충 한자리에 모였고 하니, 탁 털어놓고 상의하고픈 일이 있는데……."

잠시 쭈뼛거리더니 고모가 말꼬리를 다시 붙잡았다.

"이참에 푸닥거리라도 한판 벌여야 할까 보구나. 두 양반이 겨끔내기로 나타나서는 왜 제사를 따로 차려주지 않느냐고 성화를 부려대는 게야. 처음엔 뭔 소릴 지껄이나 몰라 어리둥절했었다. 그러다가 두 양반이 우연히 한날한시에 나타난 적이 있는데, 저승에서 앙앙대며 서로 드잡이를 하는 모양이드라. 사납게 도끼눈을 뜨고는, 서로를 한 입에 꿀꺽 삼킬 듯이 흘겨보는데, 가슴이 벌렁거리고 마구 무섭더라니까. 이 자리에 현준 에미가 없어 말하기가 좀 그렇다만, 어멈과 내가 사이가 안 좋은 것도 그 두 양반 때문이 아닌가 싶더구나. 요즘은 마음이 자꾸 그쪽으로만 쏠리니, 대관절 내가 뭔 죄가 많아서……."

고모가 기어코 치맛자락을 걷어 올리더니 눈가로 가져갔다. 잠시 전까지만 해도 술렁대던 술자리가 대번에 숙연해졌다. 납덩이라도 꿀꺽 삼킨 듯 분위기도 착 가라앉았다.

"왜 그런 말씀을 하세요!"

고종형이 들었던 소주잔을 슬그머니 내려놓으며 꿍얼댔다. 그때까지도 술잔을 든 채, 입으로 가져가야 할지 내려놓아야 할지 고민했던 모양이다.

고모가 고종형의 대꾸엔 아랑곳하지 않고 "혼자서 며칠 고민하다가, 일전에 방아다리에 있는 무당집을 찾아갔었다. 명치끝이 콱 막힌 듯 꼽꼽하여 당최 사람이 살 수가 있어야지. 그 무당 참 용하더라" 하고는 우리들을 힐끔 훑었다.

"그 무당이 대체 뭐라 그러기에, 엄마?"

승혜 누님이 앉은자리에서 고모 쪽으로 슬쩍 몸을 디밀었다.

"너희 아버지랑, 너희 오라비의 아버지가 저승에서 자꾸 싸운다는 게야. 그래서 꿈에 자꾸 그런 모습이 보이는 거라더라. 너희 올케와 내 사이가 안 좋은 것은 물론이고, 지난달 너희 오라비가 교통사고로 입원했던 사실까지 대번에 콕 꼬집어내더구먼 뭘. 이대로 그냥 지나쳤다간 집안에 어떤 우환이 또 닥칠지 모른다고 하더구나. 해서 날 잡아 푸닥거리를 한판 벌이기로 아예 약조를 하고 돌아왔다. 너희들과 상의해서 결정할 일이겠다만, 그 일로 부러 한자리에 모이라고 하기가 뭣해서 말이여."

"세상에나……!" 하고 장단을 맞춘 건 승혜 누님이었다.

나머지 우리들은, 살다 보니 별 희한한 일도 다 있구나, 또는 고모 혼자서 남몰래 그런 속을 끓이고 있었구나, 하고 가만가만 고개를 끄덕였을 뿐이다. 왠지 난데없다는 느낌마저 지울 수는 없었지만.

"나래 아범아, 여기 술 한 잔만 더 쳐라."

고모가 소주잔을 내밀며 말했다. 내가 소주병을 들어 고모의 술잔에 맑은 액체를 따르면서, "괜찮으시겠어요, 벌써 넉 잔짼데요?" 하고 염려했더니, "괜찮다. 너희 엄마 말마따나 잘 해야 죽기밖에 더하겠니?"

불쑥 중풍으로 쓰러져 누운 어머니가 떠올랐다. 멀리 떨어져 산다는 핑계로 자주 찾아뵙지 못해 늘 죄스러운 마음이었다. 어머니는 술 때문에 기어이 쓰러지셨다. 안주를 통 안 드시니 언제고 그런 날이 올 줄 알았으나, 막상 쓰러지자 형 내외의 가슴이 일차로 덜컹 내려앉았다. 아버지는 더 말할 나위도 없었고.

사람이 살면는 몇백 년이나 살더란 말이냐
죽음에 들어서 남녀노소가 있느냐
살아생전 시에 각기 맘대로 놀거나, 헤에……
아들은 낳아서 며느릴 주고요
딸은 낳아서 사위를 주고요
이 내 심사를 누가 알아주느냐
말 못하는 술 담배만이 내 마음을 알아주누나.
니나노 닐리리야……

술이 망양되도록 취해 가지고, 걸핏하면 육자배기 가락에서 닐리리야로 넘어가면서 목청껏 불러젖히는 통에, 우리 자식들을 더욱 속타게 했던 어머니였다.

고모는 어머니의 소꿉동무였고, 아버지의 하나밖에 없는 여동생이다. 고모와 어머니는 관계가 좋은 듯 나쁜 듯 평생 평행선을 그으며 살아왔다. 미묘한 대결 의식도 전혀 없지는 않았지 싶다. 그러다가 두 해 전, 어머니가 중풍으로 덜컥 쓰러져 누우면서 두 분의 대결 의식은 일단락되었다고 볼 수 있다.

"그런데 말예요, 고모?"

고모 이야기 중에 미심쩍은 부분이 있어 참지를 못하고, "저승의 귀신들이 말예요. 기왕지사 한세상 등지고 떠난 마당인데, 서로를 못 잡아

먹어 싸우기는 왜 그렇게 싸운대요? 서로 허허 웃고 악수하며, 이승에서 살 때의 이야기를 도란도란 추억거리 삼아 나누어 가지면서, 의좋게 지낼 수도 있을 텐데 말예요. 그 편이 한결 마음도 가뿐할 것 같은데 그게 또 그렇지가 않은 모양이지요?" 하고 물어 보았다.

"……그러게 말이다."

고모가 한숨을 폭 내쉰 다음 말했다.

"방아다리 무당이 그러는데 말이여. 사람의 마음이나 귀신의 마음이나 오십 걸음 백 걸음 상간이란 게야. 마음만 한번 돌려먹으면 초가삼간도 동해 바다 수정궁 못잖다고 누구는 그래쌓더구먼, 산 사람이고 저승 귀신이고 간에 그게 말처럼 쉽기야 하겠니? 살아생전 시보다 오히려 죽은 다음이 더 어렵기도 한 모양이더라. 두 양반이 의좋게 지내주기만 한다면야 여북이나 고맙고 황송하겠냐만, 제각기 맺힌 사연이 많아서 그러시는가. 물건 싫은 건 내다버리면 그만이건마는 사람 미운 건 이승 저승이 매일반인지, 이거야 당최……."

"돌아가신 분들은 기왕지사 그렇다고 치고요, 산 사람이라도 마음 편히 살다 가야 하는데, 죽어서까지 화해를 못하고 자꾸 다투시면, 어디 산 사람이 부대껴서 견딜 수가 있겠어요?"

공연히 밑에서부터 울화가 치밀었다. 죽은 귀신들의 싸움이 산 사람의 삶을 억압한다는 데 대한 거부 반응이었을까. 아니 저승의 도덕성이 그 지경이라면, 인간사 세상만사가 너무 허망하지 않겠는가, 싶은 것인지도 몰랐다.

"살아생전 시의 마음을 대개는 저승까지 그대로 가져간다고 그러잖니. 그래서 옛 어른들 말씀이 이승에서 살 때 공덕을 많이 쌓으라고 했던 것이고. 애고 답답하구나, 이제 와 낸들 어쩌겠냐?"

"꿈속으로 두 분 고모부가 찾아왔을 때, 제발 싸우지 말고 조용조용 지내시라고, 당부라도 해보지 그러셨어요?"

"꿈속에서야 반가움 반 두려움 반, 게다가 마음은 어찌나 분주한지, 어디 그런 가닥이 잡히기나 했어야지. 어차피 이렇게 된 마당이니, 푸닥거리라도 해서 혼이나마 달래줘야 하잖겠어? 그러면 맺힌 마음이 풀려서 서로 화해를 하려는지……."

고모의 갑작스런 푸닥거리 타령으로 분위기는 예상하지 못했던 새로운 국면으로 접어드는 느낌이었다.

"자아 자, 푸닥거리를 할 때 하더라도 우선 술이나 더 드시면서 천천히 이야기하도록 하시죠."

장 서방이 갑자기 술잔을 높이 치켜들며 실추된 분위기를 되살리기 위해 건배를 제의했다. 그날이 장 서방네 집들이하는 날이라 모두들 군소리 없이 술잔을 들어올렸다. 고모의 둘째 딸 선혜네가 얼마 전 오산 읍내에 있는 아파트로 이사했던 것이다. 승혜 누님은 시부모를 모시며 수원에 살고, 막내딸 미혜도 시집가서 서울에 살기 때문에, 그 동안 둘째 선혜네가 고모 집에 들어와 혼자 된 고모를 모시고 살았다. 결혼하고 줄곧 5년 동안이나. 상부상조라고 남의 집에 세를 들어 사느니, 집 장만할 때까지 함께 살기로 결혼 승낙과 동시에 고모가 오금을 박아 뒀던 것이다. 장 서방도 사람이 그만이어서 표나지 않게 장모를 제법 모시었다.

고종형은 고모와 같은 마을에 살기는 하나, 고부 사이의 갈등의 골이 깊어 일치감치 따로 살림을 사는 처지였다. 고모와 고종형이 사는 곳은 오산 읍내에서 십 리쯤 떨어져 있는 내산리였다 그날 장 서방네 집들이에 고종형과 나는 혼자였고, 고모의 세 딸들은 부부동반으로 참석했다. 내가 그 자리에 굳이 끼어들게 된 건 오산 가까운 평택에서 선생 노릇을 하고 있었고, 이따금 장 서방을 만날 때면 짐짓 고담준론을 흉내내곤 했기 때문이다. 하지만 그것은 어디까지나 형식적인 이유였고, 혼자 된 고모를 장 서방 내외가 5년이나 모셔 준 데 대해, 친지의 한 사람으로서 차마 모른 체할 수가 없었기 때문이다.

고모는 열일곱 살 때 처음 시집갔다.

그 이듬해 고종형을 낳았다. 1948년생이니 저 비극의 동족상잔이 터졌을 때 고종형은 겨우 세 살배기였다. 전쟁의 소용돌이 속에서 고모부는 붉은 완장을 차고 군인민위원회에서 활동했다. 서울에서 가까운 경기도 고양군.

그해 9월 28일 유엔군과 국군에 의해 서울이 수복되자 고모부는 인민군을 따라 북쪽으로 올라갔다. 고모는 어린 고종형을 데리고 서울 친정으로 피신했다. 전쟁이 끝난 후 고모는 돌아갈 곳이 없어 그대로 친정에 눌러앉았다. 시댁은 고모부가 빨갱이 활동을 했다는 이유로 이미 풍비박산이 나버렸던 것. 전쟁통에 북쪽으로 올라간 고모부는 그 후 소식이 일체 돈절하였다. 생사조차도 확인할 길이 없었다.

어디까지나 내 추측이지만, 어린 자식과 함께 친정에 얹혀살게 되면서부터 어머니와의 갈등도 전혀 없지는 않았지 싶다. 어린 시절 소꿉동무가 시누이와 올케 사이가 되어 한집에 기거하게 되었으니 충분히 그럴 수 있는 일이었다. 게다가 친정이라고는 그곳이 찢어질 듯 가난했으니 더 무슨 말을 보태겠는가.

고모가 새 남자를 알게 된 건 전쟁이 끝난 그 이듬해였다.

공교롭게도 새 남자는 반공포로 석방 때 남한을 선택한 인민군 포로 출신이었다. 아무튼 고모는 새 남자와 살림을 살게 되었다. 인민군 포로 출신이라 우선 경제력이 젬병이었다. 북쪽에 있을 때 고등학교까지 배웠다고는 하지만, 인적 물적 기반이 전무한 남쪽에서 고모의 새 남자가 할 수 있는 일이란 막일뿐이었다. 고모는 몇 해를 더 친정에서 기숙하지 않으면 안 되었다. 하루속히 친정의 굴레에서 벗어나려고 새 남자를 만났건마는 상황이 그러했으니 어쩔 수 없었을 것이다. 1954년생인 승혜 누님은 당연히 고모의 친정인 우리 집에서 태어났다.

매우 피상적이긴 하나, 내가 두 고모부의 전력을 이만큼이나 알게 된 건 훨씬 훗날의 일이었다. 더 정확히는 7년 전, 두 번째 고모부가 위암으로 돌아가신 직후였다. 일종의 피해의식이겠지만 고모는 한사코 그 같은 전력을 발설하지 않은 채 살아왔다. 고종형이 연좌제 때문에 일치감치 장래 희망을 포기하고, 국민학교를 간신히 졸업함과 동시에 생활전선에 뛰어든 것도 그와 무관하진 않을 터였다. 그 후 고종형은 운전대 하나로

버거운 삶을 견뎌 왔고 지금도 그렇게 살고 있는 형편이었다.

고모부가 외도를 시작한 건 고모에게서 더 이상 아들을 기대할 수 없게 된 후였다. 고모는 승혜 누님을 시작으로 내리 딸 셋을 낳고 단산하게 되었다. 반면, 어머니는 위로 딸 하나 그러고는 아들만 내리 셋을 생산한 후 경도가 그쳤다. 고모부의 외도로 인해 부부싸움이 그칠 날이 없었다. 빤스를 뒤집어 입고 왔느니, 런닝구가 바뀌었느니, 심지어는 빤스에 난데없이 핏자국이 묻어 있다느니 하면서, "어느 년하고 붙어먹느라고 그랬느냐?"며 먼저 싸움을 거는 쪽은 언제나 고모였다.

인민군 포로 출신인 고모부는 고향이 평양 근처 어디라고 했다. 그래서인지 수틀리면 불문곡직 박치기로 응수하는 통에 주변 사람들이 아예 시비를 붙지 않으려고 슬금슬금 피하기 일쑤였다. 부부싸움 할 때도 예외가 아니어서, 고모부의 박치기 솜씨에 고모 코피가 터진 일이 부지기수였다. 이빨이 성한 게 그나마 다행일 지경이었다.

"그 코피를 한 군데로 모았으면 빠께스 네댓 개로도 부족했을 거라."

어머니의 허풍 섞인 너스레가 그 정도였으니 어지간히 싸우고 엔간히도 코피를 흘린 모양이었다. 한번은 부부싸움을 말리다가 어머니가 곤욕을 치른 적이 있었다. 그날도 고모부는 바람을 피우느라 외박하고, 다음날 저녁 무렵에야 털레털레 집으로 돌아왔다고 한다.

고모부와 아버지의 직장은 줄곧 같은 곳이었다. 그 당시 아버지는 이곳저곳 공사 현장의 책임자로 떠돌아다니고 있었는데, 고모부는 아버지 밑에서 공사장 인부들의 간조나 그 밖의 출납 따위를 정산하는 경리책임자로 일했다. 돈을 만지는 자리에 있었으니 바람을 피우는 데 그만큼 유리했는지 모를 일이었다. 아버지는 고모부가 드러내놓고 바람을 피어 대도 싫은 소리 한 마디 못했다. 당신의 성품 자체가 워낙 그렇기도 하지만 켕기는 구석이 꼭 두 가지 있었던 것이다. 고모가 자식이 하나 딸린 여자였다는 것. 그리고 혈혈단신으로 남쪽에 정착한 사내에게 아들 하나 낳아주지 못했다는 것.

아버지는 한 달에 한두 차례 집에 들르는 게 고작이었다. 공사 현장이 언제나 바쁘게 돌아가기 때문이기도 하거니와, 일처리에 있어 여간 꼼꼼한 양반이 아니어서 마음 편히 공사 현장을 비우지 못하는 까닭이었다. 그 덕분에 우리 삼형제는 청소년기를 넘길 때까지 아버지 얼굴을 거의 보지 못한 채 컸다. 어쩌다 집에 들르더라도 밤늦게 찾아왔다가 이튿날 새벽같이 떠나곤 했으니까.

그리하여 어머니가 음식이나 옷가지를 싸들고 아버지를 찾아가곤 했다. 공사 현장으로 직접 찾아가기 뭣하니 우선 고모네 집으로 갔다. 고모와 고모부는 아버지의 공사 현장을 따라 숱하게 이사를 다녔다. 그나마 공사 현장 가까운 곳에 고모가 있다는 게 어머니에겐 적잖이 위안이 되었을 것이다.

그러니까 그날 고모 내외의 부부싸움이 있던 때도 어머니가 모처럼 아버지를 찾아간 날이었다. 그날따라 고모부의 박치기 솜씨가 헛방으로 그쳤다는데, 그 바람에 울컥 열불이 치밀었는지, 방바닥에 놓여 있던 놋쇠 재떨이를 집어던졌다고 했다. 고래 싸움에 새우등 터진다는 격으로,

쌩 하니 바람을 가르고 날아간 놋쇠 재떨이는 고모가 아니라 그 곁에서 싸움을 말리던 어머니의 무릎 관절을 강타했다.

"에구머니나!"

비명을 지르며 어머니가 그 자리에 폭삭 주저앉았다. 어머니의 무릎은 순식간에 맹꽁이 배처럼 탱탱하게 부풀어 올랐다. 그 길로 가까운 병원으로 옮겨져 치료를 받았다. 그 바람에 부부싸움은 아닌 밤중의 홍두깨처럼 종결되었으나 집으로 실려 온 어머니는 열흘 넘도록 꼼짝을 못한 채 누워 지내야 했다. 그런 일이 있어도 아버지는 고모부에게 이러쿵저러쿵 싫은 소리를 하지 못했다.

십여 년을 줄기차게 바람을 피어 댔으나 고모부는 끝내 아들을 얻는 데 실패했다. 팔자에 애당초 아들이 없었던 것인지, 너무 바람을 피어 대는 통에 처가 쪽 조상들의 노여움이 극에 달했던 때문인지, 거기까지는 분명히 알 수 없는 일이었다. 그런 와중에 고모부는 직장에서마저 쫓겨나는 신세가 되었다. 그 무렵 고모는 내산리에 구멍가게를 차려 소일거리로 삼고 있었다.

당시 아버지가 책임지고 있던 곳은 어느 골프장 건설 현장이었는데, 공사가 끝나자 그곳의 현장 관리책임자로 눌러앉게 되었다. 고모부도 덩달아 눌러앉았으나, 회사 내에 불미스런 소문이 파다하게 퍼져 버렸기 때문에, 아버지 힘으로도 실직 사태를 막아낼 수 없었던 모양이다. 때마침 경기 침체로 인해 회사 내에선 끝없이 감원설이 나돌았는데 고모부는 감원 대상 1순위에 올라 있었다고 한다. 다행히 고모부가 실직당하기 얼마 전부터 이번엔 고종형이 아버지 밑에서 일하게 되었고, 고모가 구멍가게나마 운영하고 있었으므로 가정경제가 파산되는 국면은 피할 수 있었다.

그 후 고모부는 거의 술로 허송세월을 보냈다. 원래부터도 두주불사하는 체질이었거니와, 그나마 다니던 직장마저 잃게 되었으니, 허구한 날 술 없이는 그 긴긴 하루해를 보내기가 힘들었을 것이다. 고모부는 부쩍부쩍 늙어갔다. 이제는 누가 보더라도 바람을 피울 만한 근력도 없어 보였다. 부부싸움도 자연스레 물 건너갔다. 고모부 스스로도 아들을 얻겠다는 기대를 포기한 듯했다. 그러니 자연 고모부의 휑뎅그렁한 가슴을 위로해 줄 수 있는 건 오로지 술뿐이었을 것이다. 나날이 늙어가면서도 고모부는 끝끝내 입에서 술을 떼지 못했다.

"끄억, 끄억!"

시도 때도 없이 신트림을 해대면서까지.

고모부는 쓰린 속을 달래느라 소다를 장복했다. 일명 탄산수소나트륨. 고모부의 옆구리엔 언제나 소다 주머니가 따로 부착되어 있었다. 위산과다로 속이 쓰려 올 때마다 여인네의 속살보다도 하얀 소다 가루를 한 숟가락 푹 퍼서 입 속으로 탁 털어 넣곤 했다. 나중에 고모부가 위암으로 돌아가시게 되었을 때 어머니는 다음과 같은 진단을 내놓았었다.

"그놈의 소다를 엥간히두 잡숴어야지. 필시 위에 소다 더께가 쌓였다가 그것이 굳어 암이 됐을 거라."

손님들에게 팔려 갈 소주는 언제나 구멍가게 진열장에 가지런히 놓여 있었고, 막걸리는 가겟방 한구석 커다란 항아리에 언제나 칠넘칠넘했다.

고모부는 공연히 구멍가게를 들며나며 바가지로 항아리 속 막걸리를 떠서 들이키곤 했다.

"크아, 막걸리 맛 조옿다!"

소주보다는 막걸리가 위에 부담이 덜 되었던 모양이다. 고모부는 온종일 술에 취해 게슴츠레한 눈빛으로 세상을 바라보는 재미로 사는 것 같았다. 깨끗한 눈빛으론 세상 보기가 두려웠던 것일까.

내가 대학을 다니다가 별안간 캠퍼스 생활이 시들하게 느껴져 휴학하고 반년 가까이 고모네 집에서 더부살이를 한 적이 있는데, 그때도 고모부의 행실은 조금도 달라지지 않았다. 나는 아버지가 일하는 현장에 올라가 잔일을 거들기도 했다. 일당 900원을 받고 서너 달 일했던 기억이 난다. 5일간 일하고 4500원 간조를 타던 날 나는 고종형과 술을 마셨다. 세상에 나와 처음 노동하여 번 돈을 고종형에게 투자한 셈이었다. 그 후로도 고종형과는 간간이 술잔을 부딪치곤 했다.

고종형은 그때 신혼 초였다. 고모부에게 아들이 없기 때문이기도 했겠지만, 어쨌거나 고종형은 고모 내외와 한집에서 살았다. 당연한 얘기지만 고종형에게 고모부는 의부였다. 둘 사이가 정상적일 까닭이 없었다. 고종형은 어려서부터 고모와 의부의 부부싸움을 지켜보며 얼마나 가슴을 졸였을까. 천덕꾸러기가 따로 없었을 것이다. 허나 마음이 모질지 못해 가출 한번 하지를 않았고, 그 오랜 세월 의부의 타박을 잘 견디어냈다. 의부보다는 고모를 생각해서 꾹꾹 참았던 것이겠지만.

고모부는 이북 사투리를 전혀 쓰지 않았다. 억양에서조차 이북 사람이었다는 흔적을 찾아보기 어려웠다. 만약 아들을 보았다면 고모부의 삶은 어떻게 변했을까. 남쪽 땅에 튼튼하게 뿌리를 내렸을까. 내 생각이지만 고모부가 아들에 대한 미련을 완전히 포기한 건 고종형이 첫아이를 낳은 직후가 아니었던가 싶다. 고종형은 대번에 첫아들을 낳았다. 아들 타령으로 한세월을 탕진한 고모부 보란 듯이. 그런데 웬일인지 고모부는 손수 대문에 금줄을 걸었다. 그리고 그것만으론 무언가 미진하다고 판단한 것이었을까. "내가 아기 이름을 한번 지어 봤는데……" 하고 이름이 적혀 있는 종이쪽지를 내게 슬그머니 내밀었던 것이다.

그때 나는 가게 앞 등나무 밑 의자에 앉아 더위를 식히고 있었다. 얼떨결에 종이쪽지를 받아 펼쳐 보니 거기엔, 최광철崔光哲이란 이름이 한자로 적혀 있었다. 고모부의 성姓은 선우鮮于 씨였다. 우리나라에선 분명 희성이었다. 그래서 고모부는 그토록 아들을 원했던 것일까. 최광철이란 아기의 성명 삼 자 중 최씨는 그러니까 고종형이 생부로부터 물려받아 아들에게 대물림해 주는 성이었다. 거기에 고모부가 광철이란 이름을 지어 참여한다는 건 어떤 뜻이 담겨져 있는 것일까. 아무튼 나는 고모부가 그토록 달필인지 그때 처음 알았다. 소위 대학에 다니고 있던 당시의 내 필적은 댈 것도 아니었다.

"고모부가 직접 지으신 거예요?"

내가 물었을 때 고모부는 그저 먼 하늘 쪽을 바라보며 실쭉 웃었을 뿐이다. 나는 고모부의 눈빛을 따라잡기라도 하려는 듯 시선을 하늘 쪽으로 던졌다. 그때 내 시야로 들어와 박힌 건 맑은 하늘이 아니라 보라색 탐스러운 등꽃 무더기였다. 그 너머는 자줏빛 노을이 수채화처럼 번지고 있는 서쪽 하늘이었다. 구멍가게 앞 등나무는 고종형이 산에서 캐어다 심은 것이었다. 보라색 등꽃이 탐스럽게 늘어져 있는 통나무 의자에 앉아 나는 한동안 멍한 기분에 사로잡혔다. 고모부의 마음을 어떻게 헤아려야 좋을지 몰랐던 것이다. 게다가 하필이면 나를 전령으로 점찍고, 아기 이름이 적혀 있는 종이쪽지를 건넸을까, 하는 데 생각이 미치자 난감하기조차 했다.

"빛 광자에 밝을 철자니 뜻이 참 그만이네요."

내가 겨우 그렇게 운을 뗐을 때였다.

"괜찮은 것 같아? 너희 고종형도 마음에 들어 할까?"

고모부가 어린애처럼 히죽 웃었다. 그제야 나는 고모부의 마음에 자리 잡은 것의 정체가 무엇인지 어렴풋이 깨달았다. 나는 슬그머니 자리에서 일어나 고종형에게로 갔다. 고종형은 방금 전에 일터에서 돌아와 펌프 물을 퍼올려 세수하고 있었다. 당시만 해도 시골이어서 내산리는 상수도 시설이 되어 있지 않았다. 해서 집집마다 마당에 펌프를 설치해 놓았다. 식수로 사용해도 손색이 없을 만큼 물맛이 좋았다. 또한 물이 얼마나 차가운지 등목을 할 때면 간담이 얼어붙을 지경이었다.

고종형이 세수 마칠 때를 기다렸다가, "고모부가 아기 이름을 지으셨네" 하고 종이쪽지를 넘겼다. 고종형은 한참 동안 종이쪽지를 들여다보았다. 아무런 대꾸가 없었다. 뒤늦게 나는 고종형이 국민학교밖에 나오질 못해 한자를 못 읽는다는 걸 알았다. 해서, "이다음에 커서 밝게 빛나라는 뜻으로 광철이라고 지으신 모양이야" 하고 아기 이름에 담긴 의미를 일러 주었다. 수건으로 목 언저리를 훔치며 고종형이 말없이 고개를 끄덕였다.

"마음에 들어요?"

"최광철이라……, 어련히 알아서 지으셨을라고."

그리하여 광철이란 아기 이름은 고종형의 마음을 일단 무사히 통과했다. 아기가 태어나고 사나흘쯤 지났을 때였다. 그때부터 고모네 식구들은 아기를 광철이라 부르면서, 말귀조차 알아차리지 못하는 갓난아이를 상대로 깍꿍깍꿍 얼러대곤 하였다. 그런데 고종형의 아내 되는 형수만큼은 무언가 탐탁찮은 표정이었다. 여러 사람이 보는 앞에서 광철이란 이름을 부르는 걸 나는 한 번도 들어 보지 못했다.

"광철이가 뭐야, 촌스럽게……."

혼잣소리로 그렇게 중얼거리는 걸 한두 차례 엿들었을 뿐. 그러나 드러내놓고 거부하는 건 아니어서 호적에까지 최광철로 올렸다.

고모부는 광철이를 끔찍하게 대했다. 친손자인 양 귀여워하려고 노력하는 흔적이 역력했다. 당신의 아들 하나 얻기 위해 노력한 세월이 무릇 얼마였던가. 그로 인해 주변 사람들은 또 얼마나 피해를 보았던가. 비록 친아들은 아니나 집안에 남자라곤 고모부와 고종형 둘밖에 없었는데, 광철이가 태어나 두 사람의 어색한 관계를 단박에 화해시키는 것이었으니, 그것이 어찌 예사로운 일이겠는가. 고모부는 여느 할아버지 못잖게 광철이에게 애정을 쏟는 듯이 보였다. 고모부도 그즈음엔 쉰 줄에 들어선 다음이라 제법 할아버지 티가 났다.

내가 고모네 집을 떠나 서울로 다시 올라온 뒤의 일이었다.

고모가 무슨 일로 우리 집에 왔다가 어머니와 두런두런 이야기하는 중에 광철이 이야기가 나와 번쩍 귀가 띄었다. 광철이 이야기 틈틈이 며느리 험담도 끼어들었는데 그 이야기의 전말은 대강 이러했다. 광철이가 9개월쯤 되었을 때 까닭 없이 열병을 앓게 되었더란다. 여러 차례 읍내 병원으로 광철이를 업고 뛰기도 한 모양이었다. 그래도 별 차도를 보이지 않자 병원에 들렀다가 오는 길에 읍내 용하다는 점쟁이를 찾아갔다고 한다. 고종형의 아내 되는 형수 혼자서. 그 점쟁이 왈, "누가 애 이름을 이따위로 지었어? 명줄 끊으려고 환장을 했어? 당장에 애 이름부터 바꿔!" 하고 호통을 치더라나.

가뜩이나 애 이름이 마음에 들지 않던 차에, 또 까닭 없이 열병을 앓고 있는 애를 보고 그래 놓으니, 어미 되는 심정에 점쟁이의 호통에 홀딱 넘어가게 된 것은 불문가지라. 고종형의 아내 되는 형수는 군소리 없이 점쟁이에게서 새 이름을 지어 왔다. 하기는 이름이 안 좋아 애가 아프다는데, 그 말에 기죽지 않고 배짱으로 맞받아칠 수 있는 부모가 세상에 몇이나 되겠는가. 광철이 이름이 현준鉉俊으로 바뀐 사정이 그러하였다.

어쨌거나 그 후에 일이 돌아간 사연인즉슨, 고종형의 아내 되는 형수가 점쟁이에게 새 이름을 지어 와선, 집안사람들을 모아놓고 선전포고를 한 모양이었다. 이후 절대로 광철이란 이름을 부르면 안 된다고. 호적에 올린 것이야 나중에 어떻게 고쳐 보겠지만, 당장 집안에서부터 현준이라고 불러야 한다고. 그 말을 듣고 가장 충격을 받은 사람은 두말할 나위 없이 고모부였다. 손자 이름을 잘못 지었다고 점쟁이에게 케이오 펀치를 맞은 셈이었으니. 그렇다고 그 일을 가지고 재판을 걸 수도 없는 노릇이었다. 점집에 찾아온 손님을 상대로 이름 좋다고 말하고, 운수대통할 사주라고 말하는 점쟁이 만나 보기 어려운 게 현실이고 보면, 무턱대고 점쟁이의 말만 믿은 형수에게도 문제의 소지는 있었다.

아무튼 애 이름 사건 때문에 그렇지 않아도 껄끄럽던 고부 사이가 천리만리 더 소원하게 벌어졌다. 고모부와 고종형 사이도 광철이를 사이에 두고 제법 근접하는가 싶더니만 다시 등을 돌리게 되었다. 항아리에 있던 물이 땅바닥에 엎질러진 격이었다. 한번 마음이 틀어지면 좀처럼 원상복구하기 어려운 게 사람의 마음일까. 고부간의 갈등은 세월이 흐를수록 그 골이 깊이 패여 끝내는 고종형이 분가하는 사태로까지 발전하였다. 그런 와중에서도 고종형은 마음이 모질지를 못해 차마 먼 곳으로는 떠나지 못하고, 고모네 구멍가게에서 백여 미터쯤 떨어진 곳에 새 집을 장만하여 식솔들을 옮겨갔다. 그 무렵엔 광철이 밑으로 둘째 민준이가 태어나 있었다.

이번에는 고종형이 새중간에 찡겨 고부간의 갈등을 해소하려고 애썼으나, 그게 노력한 만큼 진척을 보이는 일이 아닌지라, 결국 고종형도 시난고난 지치기 시작한 모양이었다. 고모부는 광철이가 태어나고 아홉 달 동안 지극히 자상한 할아버지의 모습을 보이다가, 광철이가 하루아침에 현준이로 돌변해 버리자, 또다시 술로 허송세월을 보내게 되었다. 고모부는 눈 뜨면서 자리에 누울 때까지 가겟방을 들며나며 막걸리를 바가지로 떠서 위장에 포만감을 보태었고, 짬짬이 속이 쓰려 오면 소다 한 숟가락을 입속으로 탁 털어 넣곤 하였다. 그 습성은 좀처럼 바뀔 것 같지 않았다. 고모부의 몸뚱이는 나날이 여위어 갔다.

고모부가 위암으로 돌아가신 건 쉰아홉 가을이었다.

아홉수의 강을 건너기가 그토록 힘겨웠던 것일까. 하지만 술과 소다를 장복하면서 그만큼 살았으니 결코 짧은 생애를 산 것은 아니었다. 서울의 큰 병원에 입원하여 수술까지 받아 보았으나, 암이란 게 쉽사리 고쳐지는 병이 아님을 증명이라도 해 보이듯이, "이젠, 집으로 모셔 가는 수밖에 없을 것 같습니다" 하는 담당 의사의 퇴원 권고가 있고 꼭 한 달 만이었다. 고모부는 퇴원한 후 수시로 밀려드는 고통을 호소하다가 마침내는 곡기마저 끊게 되었고, 곡기를 끊은 지 이레 만에 고단했던 이승의 숨을 스르르 멈추었다. 돌아가시기 하루 전날, 잠시 말짱한 정신으로 돌아와 자식들이 실낱같은 희망을 품어 보기도 하였는데, "나 죽으면 화장시켜 다오" 하는 말을 유언으로 남기곤 입을 꾹 다물더라고 했다.

고모와 고종형 그리고 승혜 누님을 비롯하여 선혜와 미혜까지 울며불며 고모부의 야윈 몸뚱이를 부여잡고, 마지막으로 뭐 하시고 싶은 말씀이 있으면 원 없이 다 풀어놓고 가시라 종용했으나, 가만가만 고개를 가로젓다가, 마지못해 결심한 듯이 "나……, 광철이에게 죄 지은 것 없다"라는 말을 힘겹게 마치고는 영영 눈을 감아 버리더라는 것이었다.

고모부의 그 마지막 언표는 앙금처럼 착 가라앉았던 원망을 먼지 털듯 훌훌 털어 버린 것이었을까. 아니, 어쩌면 마음속 원망을 저승까지 가져가겠다는 안간힘은 아니었을까. 사람이 이승을 떠나면서 남겨놓은 마지막 언표의 의미심장함. 그것을 염두에 둘 때 더욱 그런 생각이 드는 것이었다.

내가 고모부의 부음을 전화로 연락받고 평택에서 한달음에 내산리 고모네 구멍가게에 이르렀을 때, 돌아가시고 얼마 안 되어선지 집안은 온통 부산하기 이를 데 없었다. 북망산 검은 새가 푸드덕거리며 거대한 날갯짓을 시작한 듯이. 고요히 집 안팎의 분위기를 장악하고 있다가, 아연 산 사람들에게 활기를 부여하는 죽음의 의미란 대체 무엇일까. 나는 대문 안으로 들어서자마자 잠시 멍하니 서 있었다. 고종형이 내 옆으로 다가서며 어렵사리 말을 꺼냈다.

"갑작스레 누구 사람이 있어야지. 어렵겠지만 자네가 고모부 염하는 것 좀 거들어야겠다."

"내가 언제 염을 해봤어야지 말이지."

당황하여 내가 멀뚱거리자, "누가 혼자 하래니? 직장 동료 둘과 허겁지겁 달려오긴 했는데, 친지 중에서 누가 거들어 주는 게 예의라고 하더라. 자식인 내가 직접 나설 수는 없고, 때마침 자네가 일찍 당도했으니……" 하고는 눈길을 옆으로 돌리는 것이었다. 고종형 옆에는 직장 동료로 보이는 두 사람이 서 있었다. 한 사람은 얼굴이 각지고 빼빼 말랐고, 또

한 사람은 울퉁불퉁한 근육질이었다. 그중 근육질의 남자가 내 어깨를 툭 치며, "별로 어려울 거 없시다. 옆에서 거들기나 하슈" 하고 노가다판 언사로 억양을 퉁기며 대번 앞장서는 것이었다.

그러자 빼빼가 기다렸다는 듯 근육질을 뒤따랐다. 더 이상 쭈뼛거린다는 게 뭣했다. 나는 보이지 않는 손아귀에 멱살이라도 붙잡힌 양 쫄레쫄레 두 사람을 뒤따라 안방으로 들어갔다. 윗목에 고모부 시신이 모셔져 있고, 언제 구해 왔는지 여덟 폭짜리 병풍도 준비되어 있었다.

이레 동안이나 곡기를 끊은 상태에서 숨을 마감한 까닭이리라. 시신은 마른 장작개비처럼 바싹 말라붙어 있었다. 생전의 고모부 체취는 온데간데없고, 낯선 물체가 눈앞을 턱 가로막고 있다는 느낌이었다. 사람 같다는 생각이 전혀 안 들 정도였다. 악취가 진동할 것이라 예상했는데 꼭 그렇지만도 않았다. 비오는 날 귀신을 상면한 듯 모골이 송연해지는 현상도 일어나지 않았다. 마음가짐만 경건해질 뿐이었다. 근육질의 남자가 고모부 옷을 벗겼다. 똥 싼 아기 옷을 벗기듯 스스럼없는 동작이었다. 손놀림도 그런 일에 제법 익숙한 태가 났다. 유경험자란 증거이리라. 빼빼가 옆에서 근육질의 남자를 자진해서 도왔고, 나 역시 두 사람을 돕는답시고 허둥대긴 했으나, 어쩐지 겉도는 것 같은 기분을 지울 수 없었다.

근육질의 남자가 내게 명령했다.

"형씨, 거기 세숫대야에 수건 좀 빨아 주슈. 찌꺽거리잖게 물기를 꼭 짜내고 말이유."

"네에, 네에……."

서둘러 팔뚝을 걷어붙이고 플라스틱 세숫대야 옆에 있는 수건을 집어 들었다. 두 사람이 그 경건한 의식에 정식으로 나를 동참시켜 준 데 감읍하며 정성껏 물수건을 만들었다. 내게서 물수건을 받아 쥔 근육질이 고모부의 몸을 구석구석 닦아냈다. 고모부의 피부는 바싹 마른 늙은이처럼 쪼글쪼글했다. 마른 땅바닥에서 먼지가 일 듯 살비듬이 조금 날렸을 뿐 주검에는 알 수 없는 정갈한 기품이 서려 있는 듯했다. 빼빼가 근육질의 동작을 돕기 위해 고모부 시신을 뒤집었다. 그때 나는 보았다. 주검이 검은 아가리를 벌리고 있는 듯 뻥 뚫려 있는 시커먼 시신의 항문을. 사람이 죽으면 항문부터 열린다는 사실을 그때 처음 확인했다.

순간 나도 모르게 욕지기가 치밀었다. 갑작스레 죽음이 두려워지기 시작했다. 두 사람이 그런 내 마음의 변화를 눈치채는 게 싫어 얼핏 고개를 숙이고 나지막이 심호흡을 했다. 발작적으로 잔기침이 터져 나왔다. 두 사람은 낑낑거리며 시신을 깨끗이 손질하는 데만 열중하고 있었다. 나는 주검에서 등을 돌린 채 조용히 가슴을 쓸어내렸다. 그러자 마음이 다소 가라앉았다.

"이거 가져가고, 수의 좀 이리 주소."

근육질의 명령에 나는 잽싸게 물수건을 받아 세숫대야 옆에 놓았다. 그러고는 아랫목에 곱게 접어 놓은 수의를 가져다 바쳤다. 수의는 분명 고모가 미리 장만해 놓은 것일 터였다. 근육질의 이마엔 송알송알 땀방울이 맺혀 있었으나, 빼빼는 땀을 흘리지 않은 말짱한 모습이었다. 나는 두 사람이 수의를 입히는 걸 거들기 위해 가까이 다가가 고모부의 팔뚝을 잡았다.

"앗, 차거!"

하마터면 소리 지를 뻔했다. 온기가 빠져나간 시신은 보기와는 달리 사뭇 차가웠다. 서늘한 냉기가 빠르게 내 척추를 훑었다. 몸에 징그러운 이물질이 닿을 때처럼 좋은 감촉이 아니었다. 주검의 온도는 몇 도쯤 되는 걸까. 그날의 백엽상 온도와 정확히 일치하는 걸까. 생명이 수기水氣에서 탄생한다면 생명을 보전시키는 것은 화기火氣이다. 그러므로 생명 활동이란 화기를 유지하는 과정일 뿐이다. 물리적 관점에서 볼 때. 그런저런 엉뚱한 생각이 머릿속에서 번잡을 떨었다.

"일을 거들려거든 좀 똑바로 해요."

빼빼가 각진 얼굴을 찡그리며 날 나무랐다.

"네에, 제가 잠시……."

근육질과 빼빼의 일손을 거들면서 나는 죽음은 삶의 종착역이며, 결국 아무것도 아니라고 생각했다. 말할 수 없고, 의식할 수 없고, 게다가 온기조차 없는 주검은 한갓 뻣뻣한 물체에 지나지 않는다. 유기물에서 무기물로의 변화가 곧 죽음이니까. 따라서 고모부는 이제 사람이 아니다. 그런데 어쩌자고 사람이 아닌 주검에 깨끗한 수의를 입히는 걸까. 마치 살아 있는 사람이기나 한 것처럼. 귀신의 존재를 인정하는 경건한 의식일까. 그저 예로부터 내려온 풍속에 지나지 않는 걸까. 죽은 사람에 대한 산 사람의 마지막 예의인 걸까. 나는 갑자기 혼란에 빠졌다.

"자아, 이제 입관할 준비 하라 이르고, 우리는 뒤로 물러섭시다."

근육질이 꼿꼿이 허리를 펴며 말했다. 근육질과 빼빼가 수의를 입힌 고모부의 주검을 윗목에 반듯이 눕히고, 여덟 폭짜리 병풍을 둘러칠 동안, 나는 세숫대야와 물수건을 들고 먼저 밖으로 나왔다. 세숫대야와 물수건을 펌프 가장자리에 가져다 놓고, 나는 정신을 빼앗긴 사람처럼 허청걸음으로 등나무 아래 의자가 있는 곳으로 다가갔다. 느릿느릿 담배를 피우고 있을 때 고종형이 다가와, "큰일 거드느라 수고했다" 하고 고마워했다.

등꽃이 다 떨어진 등나무는 늙은이의 얼굴처럼 추레해 보였다.

"이제, 고모가 쓸쓸하시겠어."

생각났다는 듯 내가 말했다.

"그러시겠지. 부부로 만나 자식 낳고 산 사이인데……."

고종형이 먼 산을 바라보며 중얼거렸다.

"이제, 형님 어깨가 더욱 무겁겠네?"

"글쎄, 아버님 장사나 치른 다음에 천천히……."

고종형의 '글쎄'라는 말 속에서 나는 깜박 잊고 있던 사실을 발견했다. 어깨가 무거워진 것만은 아닐 수 있다는 것을. 의부 밑에서 자라면서 형성된 저 사무치던 억압의 굴레. 그 암담한 사슬에서 풀려나 고종형의 마음이 조금은 홀가분해졌을지도 모른다는.

승혜 누님과 막내 미혜가 꺼이꺼이 울며 대문 안으로 들어서는 것을 끝으로 곧 입관 절차에 들어갔다. 둘째 선혜는 직장이 오산에 있어 미리 와 있었다. 입관할 때 나는 그 자리에 참석하지 않았다. 친지들이며 그 밖의 많은 사람들이 속속 모여든 후였으므로.

고모부의 주검은 당신의 유언을 따라 화장했다. 누구도 이의를 제기하는 사람이 없었다. 고모만이 조금 섭섭한 마음을 가졌으리라. 수원 변두리쯤에 있는 화장터에서 고모부는 시커먼 연기로 변해 승천하였고, 지상에 한 줌의 뼈를 남기는 것으로 모든 생애의 절차를 마감했다. 아니, 적어도 나는 그렇게 믿었다.

고모부가 화장을 원했던 건 제사 지내 줄 아들이 없다는 것과 무관하지 않았을 터이다. 당신에게 고종형은 백번 다시 생각해도 다른 사내의 자식이었을 뿐일까. 설령 그것이 사실이라 하더라도, 고종형을 사뿐히 건너뛰어 광철이에게선 어떤 핏줄 의식을 조심스레 품어 보았던 건 아니었을까. 그리고 그 일이 오해를 뒤집어쓴 채 무위로 돌아갔을 때 고모부는 허탈감에 빠졌던 것이리라.

고종형을 끝끝내 아들로 인정하지 않으려고 몸부림쳤던 저 지루하고도 잔약한 세월. 당신의 아들을 얻기 위해 숱한 부부싸움을 감수하면서까지 몸뚱이를 뒤척이던 세월. 고모부가 고종형의 아내 되는 반쪽 며느리에게, 예상 밖의 불화살을 얻어맞고 비틀거리게 된 것은 무엇을 의미할까. 인간세의 철저한 인과응보였던가.

화장터에서 돌아오는 길에 우리는 잠시 장의차를 세웠다. 수원과 오산 사이에 있는 어느 이름 모를 샛강 언저리였다. 고종형이 고모부의 뼛가루를 가슴에 안고 먼저 차에서 내렸다. 승혜 누님과 선혜, 미혜가 비척비척 그 뒤를 따랐다. 고모부의 세 딸은 고종형을 오빠로 깍듯이 대했다.

언제나 그랬다. 고모의 핏줄을 함께 나눠 가졌다는 분명한 명분이 있었으므로. 고종형이 축축한 눈길로 의부의 뼛가루를 샛강에 뿌렸다. 따가운 가을 햇볕이 샛강 위로 빗발치자 강물이 은비늘처럼 퍼덕이며 제 몸을 뒤집었다. 승혜 누님과 선혜, 미혜는 약속이나 한 것처럼 또 한 차례의 통곡으로 그 마지막 행사에 동참했다. 절로 눈시울이 붉어지는 장면이 아닐 수 없었다. 샛강에 뜬 하얀 뼛가루는 멈칫멈칫 물과 섞이기를 망설이다가, 더러는 수면 아래로 가라앉았고, 더러는 강물에 실려 하류로 흘러 내려갔다. 수면 아래로 가라앉은 것은 물고기의 먹이가 되었을 것이고, 멀리 하류까지 내려간 뼛가루는 언제쯤 드넓은 바다의 품에 안길까.

고모부의 마지막 잔해는 우리의 시야에서 이제 완전히 사라져버렸다. 철저하게 유에서 무로 돌아갔다. 이제 이 세상 어디에도 고모부의 자취는 없었다. 흔적조차 말끔히 옷을 벗었으니까. 죽은 고모부에겐 서운하게 들릴지 몰라도 그건 엄연한 사실이었다. 아니, 적어도 나는 그렇게 생각했다.

그것은 죽음에 대한 아, 얼마나 속 좁은 편견이었던가. 죽은 사람에 대한 아릿한 기억과, 지워 버리려 해도 문득문득 되살아나는 아련한 영상을, 설령 그 사람이 이승을 먼저 떠나 자취를 감추었다 하더라도, 각자의 의식 속에서 완벽하게 말소시키기 어렵다는 사실을, 그때 나는 소홀히 생각했던 것 같다. 왜 그랬을까. 나완 무관한 죽음이었기 때문일까. 덜 끈적끈적한 관계의 죽음이란 그렇듯 속절없이 잊힐 수밖에 없는 것일까.

장 서방네 집들이는 애초 흥청대던 축하 분위기완 달리 묵직하게 가라앉은 가운데 마감되었다. 고모가 방아다리 무당과 죽은 두 고모부 이야기를 꺼내지 않았다면 모를까. 어쩌면 예정된 결말이 아니었을까. 그날 나는 무거운 마음을 안고 평택으로 돌아갔다. 고종형을 비롯한 세 딸의 마음은 아마도 나보다 더 무거웠을 것이다.

그로부터 엿새가 지났다.

주어진 수업을 마치자마자 나는 부리나케 내산리로 향했다. 방아다리 무당이 와서 푸닥거리 하는 날이었던 것이다. 토요일 오후였다. 내가 고모네 구멍가게 앞에 당도했을 때 굿은 이미 시작되어 있었다. 고종형 내외와 승혜 누님, 선혜와 미혜도 부부동반으로 참석했다. 그날 고모의 강권이 있었으므로, 조퇴를 했든지 아니면 월차라도 디밀고 모두 한자리에 모이게 된 것이었다.

방아다리 무당이 푸닥거리를 하는 동안 나는 등나무 아래 의자에 앉아 장 서방과 조용히 맥주를 마셨다. 7월 폭양이 지상 위의 단단한 고체를 엿가락처럼 녹여 버릴 듯 무작스레 내리쬐고 있었다. 보랏빛 등꽃 무더기도 축축 늘어져서 나뭇잎 사이에 얼굴을 감춘 채 숨을 할딱거리고 있었다. 가겟방 냉장고에서 계속 맥주를 꺼내 왔으나 더위를 삭히기엔 역부족이었다. 장 서방이 불쑥 물었다.

"형님, 굿을 한다고 뭐가 달라질까요?"

그 물음 속엔, 사위라서 어쩔 수 없이 참석한 것이지 굿에는 별 관심이 없다는 의미가 내포되어 있었다. 장 서방이 손아래이고 연배도 나보다 두 살 아래이나, 우리는 제법 말주변머리가 통했다. 술을 좋아하는 습성이 같았고, 주량도 얼추 겨눌 만했다.

“글쎄, 그것이 궁금해서 나 역시 오늘 굿판을 기웃거리게 되었지만, 도대체 어떤 결말에 도달하게 될는지…….”

“형님 생각에도 그렇지요?”

“뭐가?”

“뭐가라뇨? 요즘처럼 개명한 세상에서 굿판이 먹히기나 하겠어요? 결과는 보나마나 말짱 황이 아닐까요?”

“그거야 좀 더 두고 봐야겠지. 우리네 생각이야 상식에 바탕하고 있지만, 무당의 굿이란 게 어디 그런가?”

“저는 굿이나 지켜보면서 시원한 맥주나 마시렵니다. 참 날씨 한번 무덥네.”

“아무려나, 우린 예서 술잔이나 부딪히세.”

나는 맥주잔을 들어 장 서방 술잔에 냅다 부딪쳤다. 장 서방과 둘이 7월 폭양 속에서 권커니잣커니 술을 마시는 동안 어느덧 태양도 서산마루에 걸리었다. 이글거리며 좀처럼 식을 것 같지 않더니만, 태양도 시간의 흐름만은 역행할 자신이 없었던 모양이다. 서쪽 하늘에서 깨끗한 흰색과 노란색이 혼합되면서 모처럼 맑은 노을을 만들어 놓고 있었다. 며칠째 장맛비가 장대같이 쏟아지더니 그새 하늘이 맑아진 탓이었을까. 흰색과 노란색의 혼합이 선사하는 아름다움에 취해 나는 한동안 노을에 시선을 빼앗겼다. 제아무리 달걀의 흰자와 노른자를 잘 뒤섞은들 저토록 해맑은 빛깔의 노을을 만들어내진 못할 것이라 상상하면서. 노을 사이로 언뜻언뜻 붉은색 빛깔이 침범하고 있었다. 그것이 노을의 아름다움을 배가시켜 주고 있었다.

"이제 굿이 다 끝난 모양이죠?"

장 서방이 내게 맥주잔을 넘기며 말했다. 그러고 보니 악머구리 끓듯 하던 장고와 징소리가 어느새 뚝 그쳐 있었다. 혼탁한 세상이 씻기고 맑은 세상이 도래한 듯 사위가 온통 적막감에 사로잡혀 있었다. 그때 마당가 은행나무 쪽에서 왁자하게 울어젖히는 매미 울음소리가 귀청을 후려쳤다. 별안간 머릿속이 텅 비는 듯한 느낌이었다. 나는 주춤주춤 자리에서 일어섰다. 그리고 무엇에 이끌리듯 비척걸음으로 대문 쪽으로 걸어갔다. 소변 때문에 그러는 줄 알았던지 장 서방은 아무런 관심도 내게 보이지 않았다. 이윽고 대문 안으로 들어섰다.

선풍기 바람이 전적으로 무당을 향하고 있었으나 그것만으로는 부족했던 것일까. 방아다리에서 왔다는 무당이 마루 끝에 걸터앉아 손수건으로 땀을 훔치고 있었다. 하기는 7월 폭염 속에서 굿판을 벌인다는 것 자체가 살인적 인내를 요구하는 일이 아니고 무엇일 텐가. 나는 무턱대고 무당 앞으로 다가가 마루 끝에 엉덩이를 걸쳤다. 내가 무슨 작정으로 그랬는지 지금 생각해도 납득이 되지 않는다. 술이 거나하지 않았다면 언감생심 그런 언행을 보이기나 했을까. 무당이라면 어쩐지 낯섦을 느끼며 적당히 거리를 두려는 게 보통사람의 심리이고 보면.

"저어……, 한 가지 물어 볼 게 있습니다."

내가 먼저 말문을 열었다.

"……?"

방아다리 무당이 뜨악한 표정으로 나의 위아래를 훑었다. 무당 특유의 매섭고 서늘한 눈매. 그러나 나는 아랑곳하지 않고 물었다.

"굿이 다 끝났습니까?"

무당이 가만히 고개를 가로저었다. 굿을 완전히 끝낸 것이 아니라, 잠시 쉬는 시간이라는 뜻이었다. 하긴 무더운 날씨에 무당이라고 쉴 참이 없으랴.

"이 집 주인이 제게는 고모님이 됩니다."

내가 신분을 밝히자 무당의 경계하는 듯한 눈빛이 대번 부드럽게 풀렸다. 무당과 내 주위에는 새끼무당과 고모 그리고 승혜 누님을 비롯해 여러 사람이 듬성듬성 포진해 있었다. 그러나 나와 무당에게 주목하는 사람은 아무도 없는 듯했다.

"세상에 귀신이 있습니까?"

내가 물었다. 무당이 가만가만 고개를 끄덕였다.

"저승이 아니라 이 세상에 말입니다."

그러자 이번엔 빙그레 웃기까지 했다.

"그렇다면 귀신도 사람처럼 싸움을 합니까?"

"그건 왜?"

무당의 눈에서 별안간 안광이 번쩍 빛났다. 무당의 도도한 말투에 나는 조금 움찔했다. 그러나 어차피 내친걸음이었다.

"우리 고모부가 두 분인데요. 지금은 물론 두 분 모두 돌아가셨죠. 그런데 말입니다. 저는 이해할 수가 없어요. 두 분이 대체 왜 싸우시는 겁니까? 이승에서라면 모르겠지만 저승에서 말입니다. 서로 허허 웃으며 화해할 수도 있을 텐데……. 그것이 저승에 사는 귀신들의 도리가 아닐까요? 제 말인즉슨, 귀신이 뭔 권한으로 세상사에 관여하느냐 하는 것입니다. 어째서 저승 귀신이 이 세상의 고모님을 괴롭히느냐 그런 말입니다!"

나는 생각나는 대로 지껄여 댔다. 그리고 조금 흥분하고 있었다. 무당은 그러나 너무도 침착했다.

"당신이라면……, 그렇게 할 수 있겠어!"

무당이 버럭 소리를 내지르는 바람에 나도 모르게 찔끔했다. 술기운이 화닥닥 달아나는 것 같았다. 아니 쇠망치로 뒤통수를 강타당한 듯 한동안 정신을 차릴 수 없었다. 주위 사람들의 시선이 무당과 나에게 일제히 날아와 꽂히는 걸 어렴풋이 의식하면서. 하지만 그쯤에서 멈출 수도 없는 노릇이었다. 그럴 작정이라면 처음부터 무당에게 따져 보지도 않았을 것이었다.

"사람이 그러는 게 아닙니다. 아니, 귀신이라도 그러는 게 아닙니다. 귀신 주제에 뭐가 그렇게 대단하다고."

무당이 차분하게 말했다.

"젊은 사람이 남 하는 일에 함부로 끼어드는 게 아니야. 사람의 생사에 대해 뭘 얼마나 아는지 모르겠으나, 남 제사상에 감 놓아라 대추 놓아라, 하고 나서는 게 아니라니까. 여북하면 귀신들이 그럴까. 그건 왜 생각을 못 해!"

무당의 언사가 의외로 완강하고 인간적인 논리에 바탕하고 있다는 데 나는 놀랐다. 그래서 그랬을까. 어느 결에 내 말투가 공손하게 바뀌어 있었다.

"귀신끼리 질투한다는 게 믿어지지 않아서 그럽니다. 서로 화해하고 다정하게 지낸다는 게 그렇게나 어려운 일인가요?"

"귀신이고 사람이고 간에 마음은 똑같은 거야. 젊은이가 그 두 당사자라면 마음이 어떠하겠어? 의붓어미가 전처의 소생을 진정으로 사랑하기 어렵듯이, 이 경우도 마찬가지야. 입장을 바꾸어 만약 젊은이라면, 자식 낳고 살던 아내의 전남편을 허물없이 대할 수 있겠어? 또한 이차저차 하다가 동족상잔의 끔찍한 전쟁 소용돌이 속에서 부인과 헤어지게 되었는데, 부인이 새 남자를 만나 재혼했어. 그리고 오랜 세월이 흐른 뒤에 부인의 새 남자를 저승에서 만났어. 그랬을 때 아무런 감정 없이 대할 수가 있겠느냐 그 말이야. 백의 백 사람에게 물어 봐. 그게 말처럼 쉬운 일이 아니야. 그리고 손뼉도 마주쳐야 소리가 나듯이, 이승과 저승의 인간사도 마찬가지야. 어느 한쪽이 설령 화해를 청했다손 치자고. 만일 다른 쪽에서 받아들이지 않는다면 그땐 어쩔 것이야. 내 마음 같아선 세상사가 별것 아닌 것 같아도, 사람에 따라서는 꼭 그렇지만도 않은 거야. 세상사 호락호락한 게 하나도 없는 거야."

"그렇다면 말입니다. 굿을 하면……, 두 분이 저승에서 화해할 수 있을까요?"

"그걸 내가 어떻게 알아!"

무당이 눈알을 부라리며 꽥 소리쳤다. 나도 모르게 언성이 높아졌다.

"그것도 모르면서 왜 굿을 하는 건데요?"

무당이 차분하게 목소리를 가라앉혔다.

"어리석은 사람이 무엇을 알겠는가. 그렇다고 마냥 뒷짐 지고 나는 모르는 일이라고 발뺌할 수도 없는 상황이 아닌가. 그러니 일단은 최선을 다해 보는 수밖에. 그런 다음 기다려 보는 것이지. 전쟁을 겪어 보지 않은 사람은 모를 거야. 두 귀신이 하나는 남쪽에서 북으로, 다른 하나는 북쪽에서 남으로 넘어오질 않았는가 말이야. 화해가 그만큼 더딘 것도 산 사람이 탓할 수만도 없는 일이지. 그놈의 사상인지 이념인지 하는 것에서부터 박자가 어그러졌을지 누가 알겠는가 말이야. 그래서 하는 말인데, 산 사람은 또 산 사람대로 최선을 다해 보는 게 뭐가 나빠! 나머지는 그저 맡기는 거지."

"누구에게요?"

"하느님이든, 귀신이든……."

"솔직히 저는 잘 모르겠습니다. 오늘과 같은 일이 제 눈앞에서 벌어지고 있다는 사실이 도무지 믿어지질 않습니다."

나는 자리를 박차고 일어났다. 무당의 인간관을 어떻게 받아들여야 할지 선뜻 판단이 서지를 않았다. 무당의 인간관이 지나치게 일방적인 것은 아닌가, 하는 생각도 떨쳐 버릴 수 없었다. 등나무 아래로 돌아가 나는 곰곰이 생각에 잠겼다. 그때껏 자리를 지키고 있던 장 서방이 내 잔에 술을 채우며 물었다.

"무당과 대체 뭔 말씀을 나눴어요?"

"누가 그래?"

"제 집사람이 방금 전에 잠깐 나왔다가 그러던데요, 뭘."

"그냥, 뭐 이것저것 궁금했던 걸 물어 봤지."

"뭘 물어 봤는지 저도 좀 압시다, 형님."

장 서방이 관심을 드러내며 턱살을 디밀었다. 무당의 굿판이라면 조용히 혀를 내두르더니 뜻밖이었다.

"뭐랄까……, 무당이 그러더구먼. 사람과 사람, 귀신과 귀신, 귀신과 사람의 관계가 결코 녹록한 게 아니라고. 사람의 마음이나 귀신의 마음이 별반 다를 바가 없다고. 그러니 이런 집단과 저런 집단, 동쪽 지역과 서쪽 지역 하는 따위의 갈등은 어느 천 년에 해소할 것인가, 문득 암담한 생각이 들더구먼. 지역감정을 내세워 끈질기게 상대방을 물어뜯는 나라에서 살고 있잖아, 우리가. 게다가 부자 나라와 가난한 나라, 이런 민족과 저런 민족의 문제에 이르면 더 말해 뭣하겠나?"

"귀신 이야기에서 민족 문제로 넘어가는 겁니까?"

장 서방이 지나가는 소리를 툭 내던졌다.

"아니, 나 혼자 불쑥 그런 생각이 들더란 말이지 뭐."

"말이 나왔으니 하는 말이지만, 이런 민족이니 저런 민족이니 하며 다른 민족 이야길 들먹일 것도 없지요. 배달민족이라고 하는 우리도 서로 갈라져서 등을 돌린 채 여태껏 색깔 논쟁을 벌이고 있는 판국인데요, 뭘. 그러니 통일이 되어도 큰 문제예요."

"통일? 난데없이 통일 문제는 왜?"

"언젠가 텔레비전에서 봤는데요. 가수 나훈아가 북한에 갔다 온 이야기를 하더라고요. 몇 년 전 데탕트한 분위기를 틈타 남북한 예술인 교류가 잠깐 있었잖아요. 잠실 주경기장에서도 공연 무대를 마련하고 말입니다. 암튼 나훈아 말이 통일이 되어도 큰 걱정이라는 거예요. 한가로이 감상에 젖어 '녹슬은 기찻길' '서울에서 평양까지' 어쩌고 노래나 지어 부른다고 될 일이 아니라는 거예요."

"이유가 뭔데?"

"남북한 사람들의 감정이 판이하게 다르다는 거였어요. 하긴 어디 감정뿐이겠어요. 하나에서부터 열까지 티격태격 안 맞아떨어지는 일이 부지기수일 텐데요. 가수 나훈아가 북한의 실상이 아니라, 그쪽 사람들의 살아가는 모습을 보고 식겁을 했던 모양입디다. 텔레비전에 나와 절레절레 고개를 흔들더라고요. 감정 격차가 워낙 엄청나다고 느꼈던 모양이에요."

"그러니까 자네는 나훈아 편이란 말이지?"

"아니죠. 힘이야 더 들겠지만, 그럴수록 하는 데까지 최선의 노력을 다해 봐야죠. 우리의 소원은 어디까지나 통일이니까요."

장 서방이 풀풀거리며 웃었다. 후텁지근한 더위 때문인가. 나는 벌컥벌컥 술을 들이켰다.

굿이 끝난 건 밤 아홉 시쯤이었다.

그때쯤 나는 술이 많이 취해 있었다. 인사불성이 될 정도는 아니었지만 그만 쓰러져 눕고 싶은 마음 간절했다. 고모네 식구들은 굿판을 마무리하느라 한자리에 모인 모양이었고, 혼자 등나무 아래 의자에 앉아 꾸벅꾸벅 졸고 있을 때였다. 내 졸음을 흔들어 깨우며 장 서방이 호들갑을 떨었다.

"형님, 거 참 기막힌 노릇이데요."

눈알을 끔벅거리며 멀뚱멀뚱 장 서방을 쳐다보았다.

"그 무당 참 용하더라고요!"

장 서방의 때 아닌 호들갑에 번쩍 정신이 들었다.

"뭐가? 뭔 일이 있었어?"

나는 까닭 없이 흥분하고 있었다.

"글쎄, 제 말을 좀 들어 보세요. 판이 거의 끝나갈 무렵 슬그머니 일어나 굿 구경을 갔잖습니까, 제가. 결말이 궁금해서 말입니다. 아무려나 방아다리 무당이 막판에 뭐라 했는지 아세요?"

"뜸 들이지 말고 결론만 얘기하게."

내가 목마른 사람처럼 다그쳤다.

그랬더니 장 서방 하는 말이, 방아다리 무당이 고모부 살았을 적 목소리를 그대로 흉내 내면서, 아니 목소리뿐 아니라 가겟방을 들며나며 바가지로 막걸리 떠마시던 행동거지까지 고스란히 재현하면서, 고종형의 아내 되는 형수에게 다음과 같이 말하더란 것이었다.

"나……, 광철이에게 죄 지은 것 없다."

고모부가 죽기 직전 마지막으로 남긴 말과 정확히 일치하는 대목이었다. 그 소리를 듣고 고모는 물론 모든 식구들이 소스라쳐 놀랐다.

이어, 방아다리 무당이 울먹울먹하면서, "광철이를 날 다오. 여북하면 내가 죽어서까지 이런 부탁을 하겠느냐. 길게 원하는 것도 아니다. 너희 시어머니 살아 있을 동안만 광철이를 나에게 다오. 광철이 말고도 너에겐 아들이 하나 더 있지를 않느냐" 하더라는 것이었다.

하지만 그 자리에 있던 식구들이 정작 놀라 기겁한 것은 "어억!" 하고 고종형의 아내 되는 형수가 무당 앞으로 쪼르르 달려 나가 폴싹 엎어지더니만, "네에, 네에, 아버님. 제가 잘못했어요. 다시는 안 그럴 게요. 네에, 다시는 안 그럴 게요" 하면서 발이 손이 되도록 빌더란 것이었다.

"세상에, 이런 기막힌 화해를 누가 짐작이나 했겠습니까? 산 사람과 죽은 사람이 화해를 했으니 어쩌면 죽은 사람끼리도 화해가 가능하지 않겠습니까, 네?"

장 서방의 마지막 말을 들으며 나는 아연실색했다. 모골이 송연해지면서 술기운이 천 리 밖으로 달아나 버렸다. 그때였다. 후드득후드득 등나무 잎사귀를 때리는 빗소리. 아직껏 장마가 물러가지 않았는지 난데없이 굵은 빗방울이 떨어져 내렸다. 이어 온 세상을 말끔히 씻어 버릴 듯 세차게 장맛비가 내리 퍼붓기 시작했다.

노란 가로등

배명희

싱크대 위쪽에 나 있는 작은 창으로 밖을 내다보았다. 아파트 정문 옆에 가로등이 바닥에 원을 떨구고 있었다. 연극 무대처럼 조명을 벗어난 원 바깥은 어둠이 짙었다. 시골의 밤은 도시와 달리 두텁고 그리고 투명했다.

가스레인지 위에 올려둔 찜통에서 김이 올라왔다. 뚜껑을 열고 국자로 위에 뜬 기름과 거품을 걷어냈다. 가스 불을 줄이고 뚜껑을 닫았다. 병원에서 주는 멀건 미음으로는 병을 이길 수 없을 거라고 말한 옆 침대 환자의 말이 생각났다. 담당 간호사는 환자가 좋아하는 음식을 가져와도 괜찮다고 했다. 언젠가 어머니와 함께 대게를 먹던 일이 떠올랐다. 겨울, 대게철이었다. 어머니가 좋아했는지 어쨌는지 잘 모르겠다. 게를 발라 먹을 때 눈앞에 작은 산처럼 쌓이던 껍질만 기억에 남아 있었다. 국물은 점차 뽀얀 색을 띠었다. 김을 올리며 끓는 소리에 마음이 편해졌다. 부엌 창을 활짝 열었다.

개는 바닥에 엎어져 낑낑댔다. 나는 장롱을 뒤져 면으로 된 누비 패드를 꺼내왔다. 냉기가 발바닥에 닿지 않게 카펫 대신 바닥에 까는 얇은 패드였다. 패드를 반으로 접어 거실 한쪽에 깔았다. 발바닥에 마찰이 생기자 녀석은 그제야 바닥에 발을 딛고 일어섰다. 몇 발짝 걷던 녀석이 중심을 잃고 비틀거렸다. 원을 그리며 돌다 보니 속도 조절이 되지 않은 탓이었다. 개가 원을 그리며 걷는 것은 치매 증상일 수도 있다. 녀석은 열일곱 살이니 인간으로 치면 90세가 넘은 셈이다. 나는 소파에 앉아 있다가 녀석이 비틀대면 재빨리 일어나 부축해 주었다. 넘어지고 일으켜 세우고 하는 행동이 반복되었다. 나중에는 지쳐서 녀석이 넘어져도 내버려두었다. 녀석이 캉, 캉, 재촉하는 소리를 지르면 그제야 일으켜 세워 주었다.

주방에서 구수한 냄새를 머금은 수증기가 뭉클뭉클 피어 올랐다. 곰탕 냄새와 뜨겁고 축축한 증기가 오래된 벽에서 떨어져 나온 낡은 벽지 틈새로 스며들었다. 그것들은 틈새에서 빠져나오지 못하고 집의 일부분이 될 것이다. 틈이 벌어진 벽지의 한 끝을 잡고 당겨 버리고 싶었다. 낡은 벽지를 죄다 뜯어서 속에 갇혀 있는 온갖 것들을 털어내고 싶었다.

동심원을 그리며 웅웅대던 텔레비전 소리가 사라졌다. 동생의 일과가 끝난 거였다. 동생은 양치질을 한 후 잠자리에 들 준비를 했다. 주변이 조용해지자 피로가 몰려왔다. 개를 소파에 올려놓고 주방으로 갔다. 가스불을 끄고 찜통을 들어올렸다. 집에서 가장 서늘한 베란다에 두었다가 위에 엉긴 기름을 걷어내고 한 번 더 끓일 생각이었다. 면으로 된 행주로 손잡이를 감싼 후 찜통을 들어 올렸다. 뜨거운 국물이 가득이라 꽤 무거웠다. 나는 소파에서 멀찍이 떨어져 거실을 가로질렀다. 국물이 출렁이지 않게 조심스럽게 발을 뗐다.

소파에 앉아 있던 꼬마가 나를 보더니 펄쩍 뛰어 올랐다. 꼬마는 소파를 박차고 공중으로 붕 날아올랐다. 나는 앞으로 나가지도 뒤로 물러서지도 못한 채 그 자리에 서버렸다. 공중으로 나는 놈의 모습이 어찌나 날렵한지 마치 고양이처럼 느껴질 정도였다. 하지만 그런 느낌은 순간이었다. 공중에 잠시 머무는가 싶던 녀석은 수직으로 바닥에 떨어졌다. 퍽 하는 소리와 함께 녀석의 처참한 비명이 뒤를 이었다. 네 다리를 사방으로 쭉 뻗어 깔개로 쓰는 양털 러그가 되어 버렸다. 자세히 보니 양털 러그가 아니라 마른 오징어처럼 바닥에 눌러붙어 있었다. 불행하게도 면 패드를 깔아놓은 곳을 교묘하게 피한 채였다. 내가 딱히 도와줄 방법이 없었다. 얼굴을 박고 널브러진 개를 그냥 둔 채로 베란다로 나갔다. 뜨거운 국물을 엎지르면 더 큰 재앙이 닥칠 게 분명했다. 나는 바닥에 붙은 개를 쳐다보며 베란다 문을 열었다. 찜통을 바닥에 내려놓자 갑자기 비죽 웃음이 터져 나왔다. 이런 상황에 웃다니 어이가 없었다.

녀석은 자신의 처지를 이해하지 못하는 모양이었다. 다리의 관절과 뼈들이 서서히 벌어지고 엉덩이가 무너져 내리는 것을 깜박 잊은 것 같았다. 작년만 해도 녀석에게 소파쯤은 아무것도 아니었다. 식구들이 아침에 바삐 집을 나가면 식탁 위에 올라가 치우지 못한 채 대충 덮어둔 반찬을 우적우적 훔쳐 먹은 적도 있었다. 잡지 못할 정도로 날렵하게 거실과 주방 사이를 뛰어다녔다. 네 다리는 튼튼했고 목줄을 잡은 나나 딸아이쯤은 멋대로 끌고 다녔다. 바닥에 엎어져 있는 녀석을 조심스레 만져 보았다. 녀석은 혼이 나간 듯 검은 눈을 끔벅거렸다. 어디 다치지 않았을까 걱정이 되면서도 자꾸 웃음이 나왔다.

할아버지, 이제 점프 같은 건 못해요. 나이 생각을 해야죠.

나는 네 발과 엉덩이와 등을 차례로 눌러 보았다. 고통스러워하지는 않았다. 개를 안아 올리자 늘어진 물풍선처럼 천천히 딸려 왔다. 어머니도 입원 중인데 개까지 아프면 보통 일이 아니었다. 심각한 상황에서 실실 웃고 있는 내가 조금 한심해졌다.

나는 현관 옆에 붙은 작은 방으로 갔다. 동생이 쓰던 방이었다. 어머니가 없는 동안은 동생이 안방에서 자기로 했다. 내 자리 옆에 담요를 접어 녀석의 잠자리를 만들었다. 작은 방의 창은 바깥 복도 쪽으로 나 있었다. 가끔 복도를 걸어가는 발짝 소리가 들렸다. 귀뚜라미가 울어 귀를 기울였더니 금방 사라져 버렸다. 밤이 깊어 가자 사방이 물속에 잠긴 것처럼 조용했다. 허리가 묵직했다. 힘든 하루였다. 딸아이에게 문자라도 보낼까 하다 그만두었다. 핸드폰을 만지면 이것저것 들여다보다 훌쩍 시간이 지나가 버릴 것이었다. 핸드폰을 꺼내려고 일어나기도 귀찮았다. 개가 불편한 듯 낑낑 소리를 냈다. 화장실로 데려갔더니 오줌을 누었다. 샤워기를 틀어 화장실 바닥에 묻은 오줌을 씻어냈다.

전등을 끄고 자리에 누웠다. 눈을 감은 채 검은 물속을 이리저리 떠다녔다. 얼음에 균열이 생기듯 희미한 빛 한 줄기가 물속으로 파고들었다. 눈을 뜨고 싶지 않았다. 빛줄기를 쳐다보는 것이 고통스러웠다. 꼼짝도 않는 무거운 쇠문을 온힘을 다해 미는 기분이었다. 눈을 반쯤 감은 채 일어나 벽을 더듬어 스위치를 눌렀다. 형광등 불빛이 눈을 찔렀다. 눈을 감고 잠시 서 있었다. 얼음이 갈라지는 소리라고 생각한 것은 개가 앓는 소리였다. 녀석은 언제부터 울고 있었을까. 나는 개를 품에 안고 가만히 흔들어 주었다.

어디가 아파? 잠자리가 바뀌어서 그래?

개가 울음을 그쳤다. 나는 담요 위에 녀석을 모로 눕혔다.

무서운 꿈을 꿨어? 불 켜고 잘까?

전등을 켜둔 채 자리에 누웠다. 감은 눈 위로 불빛이 쏟아졌지만 나는 금방 잠에 떨어졌다. 물속에 잠긴 것처럼 뻐근한 팔다리와 묵직한 허리에서 무게가 사라졌다. 몸뚱이가 낱낱이 해체되어 땅속으로 스며드는 것 같았다. 평화는 잠시였다. 금속의 날카로운 단면 같은 빛이 다시 눈을 파고들었다. 잠결에 녀석의 머리를 쓰다듬자 울음이 잦아들었다. 손을 떼면 다시 큰 소리로 울었다. 그렇게 몇 차례를 반복하는 동안 잠은 달아나 버렸다.

잠투정? 배가 고파? 어디가 아픈 거야?

내 허벅지에 머리를 올려 재워 보았지만 잠시뿐이었다. 오 분도 지나지 않아 개는 큰 소리로 울었다. 개의 울음은 머릿속에서 쇠구슬이 두개골의 안쪽을 아주 빠른 속도로 날아와 부딪치는 것 같은 충격을 주었다. 있는 힘을 다해 울부짖으면 머리가 울렸다.

한밤중이었고 벽을 사이에 두고 붙어 있는 아파트 단지였다. 벽 너머 옆집에서 누군가 자고 있을 터였다. 천장 위와 아래층은 또 어떻고. 층간 소음으로 살인까지 일어나는 세상이었다. 나는 개를 품에 안고 방 안을 서성거렸다. 녀석의 울음이 잦아들었다. 이웃집에 들리지 않을 것 같았다. 녀석을 안은 채 거실로 나가 커튼을 젖혔다.

하늘은 별 하나 없이 까맸다. 어둠 속에 덩그마니 서 있는 건너편 아파트가 보였다. 도시의 아파트는 밤새 불이 꺼지지 않는 창이 더러 있었다. 노인들이 많이 사는 탓인지 이곳은 불이 켜진 집은 한 곳도 없었다. 그래서 밤은 더 어두웠다. 노란 가로등이 유일한 빛이었다.

녀석은 점점 무거워졌다. 나는 거실과 베란다를 서성거리다 가끔 소파에 앉았다. 개는 작은 소리로 끙끙대다 내가 앉으면 있는 힘을 다해 짖었다. 그럴 때마다 등에서 식은땀이 솟았다.

안방에서 이불이 부스럭대는 소리가 났다. 녀석의 앙칼진 소리 때문에 동생이 깬 모양이었다. 나는 품속의 개를 물끄러미 보았다. 어딘가 아픈 게 분명했다. 그렇지 않다면 밤새 울어 댈 리가 없었다. 말을 할 수 있다면 물어 보기라도 하련만. 언젠가 텔레비전에 개와 대화를 한다는 남자가 나온 것을 본 적이 있었다. 지금 그에게 전화라도 하고 싶은 심정이었다.

창밖이 희부옇게 변해 갔다. 어느 순간 거짓말처럼 가로등이 꺼졌다. 저만치 푸른 새벽이 오고 있었다. 가로등은 플라스틱 덮개를 이고 있었다. 오랜 세월을 견딘 가로등 덮개는 원래의 색깔이 바래 잿빛에 가까운 허술한 모습으로 서 있었다. 가로등에 켜켜이 쌓인 먼지는 세찬 비라도 내려야 씻겨 나갈 것 같았다. 녀석은 칭얼대다 잠이 들었다. 긴 한숨이 절로 나왔다. 나도 잠깐 눈이라도 붙여야 할 것 같았다.

어머니의 얼굴은 물이 부족한 화초처럼 버석거렸다. 고농축 영양 수액이 느린 속도로 어머니의 팔뚝을 통해 몸 속으로 스며들었다. 링거액 한 봉지가 계란 한 개만 못하다는 말이 귓가에 맴돌았다. 어머니는 병원에서 나오는 밥에 손도 대지 않았다. 입원 후 입에 넣은 것이라고는 물밖에 없었다. 나는 사물함 위에 곰탕이 든 보온병과 반찬통을 꺼내 늘어놓았다.

도로 가져가. 아무것도 넘어가질 않아.

드시고 싶은 건 없어요?

시원한 물이나 좀 다오.

어머니는 차가운 물 한 잔을 몇 번으로 나누어 마셨다. 생수 병을 냉장고에 넣으러 간 사이 어머니는 잠에 떨어졌다. 어머니의 어깨를 가만히 흔들어 보았다. 가늘게 코를 고는 소리가 났다. 병실에 수면제라도 뿌리는 것일까? 옆 침대의 아주머니도 등을 돌려 자고 있었다.

병실 유리창 너머에 스산한 바람이 펄럭였다. 잿빛 하늘이 땅 가까이에 내려와 있어 작은 읍내는 더욱 쪼그라든 것 같다. 밤사이 기온이 뚝 떨어졌다. 늦은 오후부터 비가 온다니 짧은 가을이 금방 지나갈 것 같았다. 가습기에서 미세한 물 입자가 안개처럼 흘러나왔다. 적당한 습도와 따스한 공기, 타인의 배려. 약자가 되는 것은 어쩌면 안락한 온실 속에 머물 수 있는 특권일지도 모르겠다. 늙고 병드는 것이 반드시 나쁘지는 않은 것 같았다.

담당 의사는 추석 연휴가 끝나야 검사 결과가 나온다고 말했다. 일주일이 훌쩍 지났는데 무슨 병인지 알지 못했고 어머니는 여전히 아무것도 먹지 못했다. 간호사는 링거를 맞고 있으니 걱정하지 않아도 된다고 했지만 나는 심란했다.

병원에서 나와 마트에 들렀다. 어머니의 입맛을 돋워 줄 게 있나 찾아보았다. 과일 코너에 사과, 배, 감, 포도, 복숭아 등이 쌓여 있었다. 알이 굵고 모양이 반듯한 것을 보니 추석 선물이나 제수용으로 들여놓았던 것 같았다.

어머니는 이제 제사를 지내지 않았다. 동생이 집에 오면서부터일 것이다. 아버지 기일에 어머니는 제사 대신 성당에서 미사를 올렸다. 아버지는 성당 묘지에 누워 있다. 묘지 입구에는 하얀 옷을 입은 마리아상이 서 있었다. 어머니는 그곳을 성당산이라 불렀지만 낮은 언덕에 가까웠다. 경사가 완만한 기슭에 작은 비석이 빼곡했고 비석들 사이로 좁은 길이 나 있었다. 직사각형의 작은 봉분과 키 낮은 비석이 망자가 차지하고 있는 전부였다. 어머니는 아버지 옆에 묘지 터를 사둔 것을 다행스러워했다. 성당 묘지는 이제 꽉 차버려 빈터가 없었다. 성당 측에서는 읍내에서 먼 곳에 새 묘지 터를 조성하고 있었다. 나는 신자가 아니기 때문에 미사에는 가지 않았다. 성당 묘지를 찾는 것이 내가 아버지를 추모하는 유일한 방법이었다. 그런 면에서 어머니는 진보적이었다. 동생에게 제삿밥을 얻어먹기 글렀다고 생각해서일까? 어머니는 어쩔 수 없이 현실과 타협한 것인지도 모르겠다.

마트에서 황도 통조림과 돼지고기와 철 이르게 나온 귤을 샀다. 통조림은 냉장고에 두었다가 차게 해서 귤과 함께 병원에 가져갈 거였다.

달짝지근한 과일 통조림 국물은 칼로리가 높을 터였다. 맹물을 마시는 것보다 나을 것 같았다.

마트에서 나와 우회전을 했다. 신호등을 지나 조금 달리자 오른쪽에 기차역이 보였다. 역 앞에는 작은 광장이 있었고 광장을 중심으로 국밥집과 상가들이 모여 있었다.

서울에서 학교를 다닐 때 방학이 되면 주로 기차를 타고 내려왔다. 청량리에서 밤 기차를 타면 새벽에 도착했다. 요즘처럼 버스나 승용차가 많지 않았고, 서울을 오가는 직통 버스는 아예 없었다. 기차역 부근은 읍내의 중심부였다. 그때만 해도 식당은 환하게 불을 밝히고 새벽까지 국밥을 팔았다. 사람들로 북적이던 식당은 너무 오래 산 노파처럼 보였다. 페인트가 벗겨져 엉뚱한 글자로 변해 버린 간판과 틈이 벌어진 낡은 문짝. 그런 식당이나마 남아 있는 곳은 몇 군데 되지 않았다. 지금은 서울에서 버스를 타면 긴 영화 한 편을 보는 시간이면 떨어졌다. 6~7시간이나 걸리는 허름한 기차를 이용하는 사람은 별로 없었다. 사십 년이 지난 것이다. 변하지 않은 것이라고는 기차가 도착하는 시간뿐이었다.

스무 살의 여자가 역을 빠져나와 광장을 걸어오고 있었다. 검은 머리칼이 어깨 위에서 찰랑거렸다. 초여름 나무 같은 여자의 목에 도트 무늬의 자줏빛 스카프가 매여 있다. 광장을 벗어나 큰길로 나선 여자애가 차 옆을 스쳐간다. 얼굴에 나 있는 솜털이 다 보였다. 나는 화장기 없는 발그레한 뺨을 가진 여자에게서 시선을 떼지 못했다. 여자애는 문득 걸음을 멈추더니 나를 빤히 쳐다보았다. 차창 유리를 사이에 두고 나와 여자애는 서로를 바라보았다. 스무 살, 그때로 돌아간다면 다른 삶을 살 수 있을까? 나는 필사적인 심정으로 여자애를 쏘아보았다. 하지만 아무것도 알아내지 못했다. 미래의 삶을 예측할 수 있을 것 같은 표식은 없었다. 운명을 점쳐 볼 어떤 상징도 보이지 않았다. 눈앞에서 여자애는 새벽안개처럼 밀려나더니 가뭇없이 사라져 버렸다. 스산한 광장과 과거의 식당, 철이 한참 지난 여행용품을 팔고 있는 잡화점 주변을 살펴보았지만 스무 살의 나는 어디에도 없었다.

뒤차가 경적을 울렸다. 흠칫 놀란 나는 브레이크에서 발을 뗐다. 차 앞 유리에 눈물처럼 생긴 빗방울 하나가 툭 떨어졌다. 휘익 바람이 지나갔다. 은사시나무의 넓은 잎이 회색빛 대기 속으로 펄럭이며 떨어졌다.

커다란 냄비에 돼지고기를 넣고 물을 넉넉히 부었다. 된장 한 숟갈을 물에 풀었다. 가스레인지를 켠 후 불꽃을 올렸다. 오십 분 동안 고기를 익히면 맛있는 수육이 된다고 정육 코너의 주인이 알려주었다.

개가 담요에 오줌을 흠뻑 싸놓았다. 낑낑댔을 텐데 동생은 알아채지 못했나 보았다. 알았더라도 왼손을 쓰지 못하는 동생으로서는 방법이 없었을 거였다. 녀석의 왼쪽 배와 등 쪽이 오줌에 젖어 척척했다. 전기 포트로 물을 데워 배와 아랫부분만 씻어 주었다. 담요를 세탁기에 넣는데 현관 벨이 울렸다. 문을 열었더니 중년 여자가 서 있었다.

할머니 안 계세요?

여자는 문밖에서 집 안을 살피며 물었다.

아파서 입원하셨어요.

누군지 묻기도 전에 여자가 말을 이었다.

요즘 잘 안 보이시더니 편찮으시구나. 어디가 아프신가요?

노환이에요. 금방 좋아질 거예요.

서울 사는 따님이세요?

나는 가볍게 고개를 끄덕였다.

할머니께서 가끔 따님 자랑을 하셨어요. 저는 옆집에 살아요.

여자는 복도에 나란히 붙어 있는 현관문을 손가락으로 가리켰다. 나는 문을 막아선 채 여자를 쳐다보았다. 여자는 내 어깨 너머로 집 안을 기웃거렸다. 들어오라는 말을 기다리는 걸까? 여자는 약간 사이를 두고 던지듯 물었다.

혹시 개가 있나요?

누군가 눈앞에 종주먹을 들이댄 것 같았다. 이후 일어날 모든 것이 눈앞에 선명하게 펼쳐졌다. 올 게 왔구나. 뭐 이런 기분이었다. 나는 주눅이 든 목소리로 대답했다.

어젯밤에 많이 시끄러우셨죠?

나는 비굴하게 미소까지 지어 주었다.

옆에서 개 짖는 소리가 나는데, 할머니는 개를 안 키우니 다른 집인가 생각했어요.

나름 조용히 하려고 새벽까지 녀석을 안고 달래며 집 안을 서성거렸다. 개가 큰 소리로 울부짖은 시간은 자정 전후일 것이다. 머릿속이 갑자기 복잡해지기 시작했다. 방음 상태가 그렇게도 부실한가. 집에 수험생이라도 있는 것일까? 옆집 여자는 사십대 중반쯤으로 보였다.

남편이 화물차를 몰아요. 잠을 설치면 다음날 운전하는 데 지장이 좀 있죠.

갑자기 무례한 사람이 되어 버린 것 같아 당혹스러웠다. 정면에서 타인의 항의나 불만을 받은 일은 거의 없었다. 만약 내가 옆집 여자의 입장에 처했다면 똑같이 행동했을까? 베개로 양쪽 귀를 막고 밤잠을 설쳐도 나는 소음의 출처가 어딘지 찾아 나서지도 항의를 할 생각도 못할 것이다. 만약 남편이 화물차 기사라면 옆집 여자처럼 할 수 있을까? 나는 고개를 가로저었다. 절대 그럴 일은 없을 것 같았다. 나는 오랫동안 착한 여자 콤플렉스에 걸려 있었다. 내 얼굴이 가면인 것조차 몰랐다. 지금은 남편을 위해 무언가를 해야 한다는 마음 같은 것은 사라진 지 오래였다. 그런 마음이 한때 존재했는지조차 의심스러웠다. 나는 여자에게 머리를 조아렸다. 여자는 전쟁에서 승리한 장군 같은 표정을 지었다. 여자가 자신의 집에 들어간 다음에도 나는 잠시 복도에 서 있었다. 이따금 남편과 한몸인 것처럼 구는 여자들을 보면 착잡해졌다. 왜 그런 기분이 드는 것인지는 알 수 없었다.

가을비답지 않게 굵은 빗줄기가 쏟아졌다. 물방울이 부서지는 소리가 사방에서 들렸다. 어머니는 가져간 통조림의 달콤한 즙과 곰탕과 잘게 썬 과일에는 손도 대지 않았다. 냉장고에서 금방 꺼낸 생수만 마셨다. 병원에 가져갔다가 풀지도 못하고 도로 가져온 것을 동생에게 주었다. 수육과 묵은 김치를 곁들였더니 잔칫상 같다고 입을 벙싯거렸다. 동생이 저녁밥을 먹는 동안 꼬마에게 밥을 주었다. 그릇을 입 가까이 갖다 대주었다. 녀석은 같은 자세를 오래 유지하지 못했다. 주저앉거나 그릇에 고개를 박고 고꾸라지곤 했다. 책을 몇 권 쌓은 후 그 위에 식기를 올렸다. 곰탕 국물에 불린 사료를 주었더니 녀석은 쩝쩝 소리를 내며 먹었다. 배가 몹시 고팠던 것 같았다. 녀석이 다리를 부들부들 떨었다. 날이 개면 잠깐이라도 운동을 시켜야겠다고 생각했다. 쓰지 않는 근육은 퇴화했다. 근육뿐만 아니라 마음까지 함께. 나는 녀석이 주저앉지 않도록 양손으로 엉덩이를 받쳐 주었다. 배가 부른지 녀석이 그릇에서 물러났다. 그릇 바닥에는 퉁퉁 불은 사료가 그대로 남아 있었다. 녀석은 어머니처럼 국물만 핥아먹었다. 녀석이 사료를 먹지 않은 지는 한참 되었다. 이가 부실해졌는지 씹는 것은 잘 먹지 않았다. 물만 먹어서는 몸을 지탱할 수 없다. 사료를 먹지 않는다면 무엇을 먹여야 할지 감이 오지 않았다. 사람이 먹는 것을 그대로 먹였다가는 예상치 못한 병이 생길지도 몰랐다. 어머니만으로도 머리가 터질 것 같은데 녀석의 먹이까지 걱정해야 하다니. 기분이 좋은 듯 녀석은 내 허벅지를 베고 누워 뒹굴거린다. 가끔 긴 혀를 내밀어 손등을 핥아 준다. 분홍색 배가 봉긋하다. 봉제 인형처럼 조용할 때 녀석은 천사 같다. 집에서 녀석이 큰 소리로 짖어 댄 적은 없었다. 이웃에서 우리 집에 개가 있는지도 모를 정도였다. 우리는 녀석을 점잖은 선비라고 부르기도 했다. 그런데 이곳에서는 며칠 사이 평생 하지 않던 행동을 죄다 하고 있었다. 집에 가면 단골 동물병원에서 진단을 받아야겠다고 생각했다. 그러려면 어머니가 빨리 건강을 찾아야 했다.

녀석이 또 오줌을 쌌다. 녀석이 낑낑댔는데 오줌을 싼 지 얼마 되지 않아 마려울 거라고 생각지 못했다. 샤워 타월을 반으로 접어 깔아 주었는데 푹 젖어 있었다. 녀석이 이런 식으로 오줌을 싼 적은 없었다. 태어난 지 한 달 만에 데려왔는데 처음에는 집 안 곳곳에 똥오줌을 싸고 다녔다. 하지만 녀석은 곧 자신의 화장실을 정했다. 거실에 달린 베란다였다. 거실과 베란다 사이에는 커다란 통유리문이 있었다. 바깥 풍경을 보기 위해 중앙에 대형 통유리문 하나와 양쪽에 좁은 문을 각각 달았다. 도심의 아파트에서 보이는 풍경이라 해봐야 건너편 아파트의 외벽과 벽에 매달려 있는 에어컨 송풍기가 전부였지만 말이다. 녀석은 기를 쓰고 베란다에 나가 용변을 해결했다. 겨울에는 문을 닫아 두기 때문에 베란다에 나갈 일이 생기면 커다란 검은 눈을 해맑게 뜨고 나를 빤히 쳐다보았다. 책을 보거나 원고를 쓰거나 청소기를 돌리다 나는 급히 거실을 가로질러 가 육중한 유리문을 열어 주었다. 녀석은 엉덩이를 씰룩거리며 베란다로 나가 뒷다리 하나를 들고 대형 화분에 대고 힘차게 오줌을 갈겼다. 벤자민과 관음죽이 심어진 화분은 녀석의 오줌에 절어 냄새가 코를 찔렀다. 베란다뿐 아니라 온 집안에 녀석의 배설물 냄새가 배었다.

냄새가 좀 나는군. 사랑스런 가족이 생겼는데 이 정도는 감수해야지.

나와 딸아이는 별로 개의치 않았다. 매사 깔끔한 남편은 질색을 했다. 퇴근해서 집에 들어오면 버럭 소리부터 질렀다.

당장 갖다 버려.

날씨가 흐리거나 비가 오면 증상이 심해졌다. 녀석은 남편의 비명 따위에 아랑곳 않고 쫄랑대며 다가갔다. 현관에 올라선 주인의 발이나 다리에 머리를 슥 문질렀다. 반응이 시원찮다 싶으면 한 번 더 문질렀다. 남편은 움찔하는 표정을 한 채 획 방으로 들어가 버렸다. 임무를 마친 녀석은 돌아서서 자신의 영역으로 갔다. 거실과 주방의 식탁 부근을 어슬렁거리다가 쩝쩝 소리 내며 물을 먹었다. 우리 식구 중 가장 영리한 놈이었다. 그런 녀석이 벌써 몇 번씩이나 자리에 오줌을 싸다니. 녀석은 자신도 믿기지 않은 듯 의기소침해했다. 분홍빛 배를 오줌에 절게 만드는 나를 못마땅한 눈으로 쳐다보았다. 나이 탓도 있겠지만 죽과 수분이 많은 음식을 주로 먹었고 환경이 바뀐 탓도 있는 것 같았다.

집에 가면 한 방에 해결될 거야. 괜찮아. 오줌 좀 싸는 게 뭐 대수라고. 할머니가 나으면 금방 집에 갈 거야. 나는 타월을 걷어내어 세탁기에 던져 넣었다.

녀석은 깊게 잠이 들지 못했다. 주방에서 소리가 나면 끙끙댔다. 내가 다가가 머리를 쓰다듬으면 다시 눈을 감았다. 그러다 안방에서 갑자기 텔레비전 소리가 크게 들리면 깼다. 나는 주방에서 큰 소리로 동생에게 텔레비전 소리 좀 죽여, 라고 소리 질렀다. 동생은 들은 척도 안 했다. 나는 안방으로 가 동생 옆에 놓인 리모컨을 집어 들고 꾹꾹 눌렀다. 음량이 줄어들 때마다 집 안의 모든 물건이 제자리를 찾아 가는 것 같았다.

이 정도로도 잘 들리지?

동생은 쳐다보지도 않고 고개를 끄덕였다. 리모컨을 넘겨주고 안방을 나오는데 텔레비전 소리가 따라 나왔다. 나는 고개를 절레절레 흔들었다. 동생은 특별히 귀가 나쁘지는 않았다. 아마도 큰 소리에 귀가 익숙해진 모양이었다. 남편도 텔레비전 음량을 있는 대로 올려서 보는 편이었다. 골프 채널을 자주 보았는데 소리를 크게 해서 볼 필요가 없는 프로그램이었다.

한 번 먹을 양만큼 덜어낸 곰탕을 지퍼팩에 나눠 담았다. 얼려 두었다 필요할 때 꺼낼 요량이었다. 찜통의 국물이 절반도 줄어들지 않았는데 지퍼팩이 바닥이 났다. 나머지는 내일 지퍼팩을 사와서 나눠 담아야 할 것 같았다. 동생이 화장실에 들어갔다. 아홉 시가 넘은 모양이었다. 텔레비전도 오늘은 이만, 작별 인사를 하고 침묵에 들어갔다.

하루에 두 번 병원에 다녀오고 시장을 봐 동생 밥을 챙겨 주고 나면 하루가 후딱 지나갔다. 읽으려고 챙겨 온 책은 표지조차 들추지 못했다. 아무것도 한 일이 없었다. 나이에 비례해 시간이 흐른다는 게 사실일까. 그렇다면 남아 있는 날이 얼마 되지 않는다는 말이다. 어머니도 나도 동생도 커다란 틀에서 보면 모두 조만간 소멸할 존재들이다. 그런데 삶은 왜 이렇게 복잡한 걸까. 십 년이나 오 년. 좀 더 길거나 짧은 시간의 어긋남 때문에 인간은 너무 많은 일을 겪으며 살고 있는 것 같다. 그럴 가치가 있는 것인지 잘 모르겠다는 생각이 들었다.

동생이 말끔한 얼굴로 절뚝거리며 화장실에서 나왔다.

건너 아파트에 가서 잘게.

그게 좋겠다. 옆집에서 또 시끄럽다고 할지도 모르니까.

동생은 맞장구를 쳐준다. 나는 건성으로 대답을 하고는 필요한 물건들을 챙겼다. 자동차에 먼저 짐을 실어 놓고 다시 돌아와 녀석을 안았다. 비 맞지 않게 무릎덮개를 펼쳐 녀석의 머리 위에 덮어씌웠다.

내일 아침에 일찍 올게. 문단속 잘하고 자.

동생은 현관까지 따라 나와 손바닥으로 꼬마의 머리를 몇 번 문질렀다.

내일 또 보자. 비 오니까 보일러 켜고 따뜻하게 해놓고 자.

그렇게 말해 놓고 동생은 천진한 아이처럼 씩 웃었다.

녀석을 조수석에 눕혔다. 반쯤 잠이 들었던 녀석이 눈을 떴다. 녀석은 공기가 달라진 것을 알았는지 일어나려고 버둥거렸다. 나는 버둥대는 녀석을 무시하고 출발했다.

동생의 아파트는 한 블록 건너에 있었다. 어머니 집에서 백 미터도 떨어져 있지 않았다. 동생이 뇌경색으로 입원했던 서울의 병원에서 퇴원을 하고 옮긴 곳은 읍내에서 가까운 병원이었다. 어머니 집에서 자동차로 삼십 분이 걸렸다. 동생이 처음 입원했던 종합병원은 일정한 기간이 되면 퇴원을 한 후 재입원을 하는 절차가 필요했다. 의료보험 규정 때문이라고 했다. 동생은 입원과 퇴원을 반복했다. 일 년이 넘자 담당 의사가 다른 병원으로 옮길 것을 권했다. 그곳에서 할 수 있는 것은 이제 없다고 했다. 동생은 목발을 짚고 힘겹게 한 발짝 뗄 수 있게 되었을 뿐이었다.

서울 근교의 재활 병원을 찾아보았다. 적당한 곳이다 싶으면 동생을 태우고 함께 가보았다. 사십대의 건장했던 남자가 갈 만한 재활 병원은 드물었다. 퇴원할 날이 다가오고 있던 어느 날 주치의가 중소도시의 병원을 추천했다. 주치의는 그곳 출신이었고, 작은 도시 근처 소읍이 우리의 고향이라는 사실을 알고 있었다. 옮겨간 병원에서 동생은 2년을 있었다. 기적처럼 목발을 버렸고, 왼손을 쓰지 못하고, 절룩거렸지만 혼자 걸을 수 있었다. 거기까지였다. 상태는 더 이상 좋아지지 않았다. 그때 병원 생활을 정리하고 구입한 것이 이 아파트였다.

비밀 번호를 누르자 걸림쇠가 풀렸다. 아파트는 방금 도배를 한 것처럼 깔끔했다. 컴퓨터와 침대, 냉장고와 2인용 식탁과 장식장이 전부였다. 주방에는 가스레인지조차 설치되어 있지 않았다. 작은 방에는 옷장 대신 조립식 옷걸이가 있었고, 자잘한 소품이나 속옷 등을 넣는 낮은 3단 서랍장이 놓여 있었다.

동생은 자신의 아파트에서 하룻밤도 자지 않았다. 낮에 들러 컴퓨터 게임을 하거나 인터넷 쇼핑을 하는 게 전부였다. 최근에는 인터넷으로 구입한 실내자전거로 운동을 하다가 퇴근하듯 시간 맞춰 어머니의 집으로 갔다. 베란다에 놓여 있는 세탁기나 주방의 냉장고는 방금 포장을 푼 것처럼 깨끗했다. 이곳은 시간이 흐르지 않는 공간이었다. 어떤 것도 시간에 침식당하지 않았다. 화장실 타일 바닥과 세면기, 양변기까지도 금방 설치한 것처럼 반짝거렸다.

바닥이 차가웠고 위쪽 공기는 서늘했다. 집을 따뜻하게 해서 녀석을 껴안고 빗소리를 들으며 잠들고 싶었다. 스위치를 올리려고 보일러실 문을 열었다. 맙소사. 탄식이 절로 나왔다. 플라스틱 호스가 빠져나와 늘어져 있고 밑에는 둥근 대야가 놓여 있었다. 보일러의 전면 케이스는 뜯어져 벽에 세워져 있었다. 보일러 내부는 빨갛고 파란 전선이 어지럽게 뒤엉켜 있었다. 굵고 가는 파이프가 빠져나온 채 멋대로 얽혀 있었다. 아파트를 수리할 때 보일러는 교체하지 않았다. 덩치가 큰 구형 보일러였는데 사용에 문제가 없었다. 지난해 왔을 때만 해도 작동이 잘 되었다. 스위치를 눌러 보일러를 켰다. 빨간 불이 들어오자 모터 돌아가는 소리가 났다. 늘어진 호스를 통해 물이 쏟아졌다. 보일러 몸체가 덜덜 떨었다. 금방이라도 폭발할 듯한 이상한 소리가 점점 커졌다. 가스가 폭발해 집이 통째로 날아가는 게 아닌가 싶어 얼른 스위치를 내렸다. 호스를 통해 쏟아지던 물이 멈췄다. 작동이 잘 안 되자 동생은 보일러를 뜯어 이것저것 닥치는 대로 비틀고 당겨 망가뜨린 것 같았다. 동생은 가끔 그런 식으로 물건을 못 쓰게 만들 때가 있었다. 주로 두 손을 써야 가능한 일을 한 손으로 고집스럽게 시도할 때였다. 불가능하다고 말해도 듣지 않았다.

세탁을 끝낸 커튼을 매달 때였다. 동생이 커튼에 꽂힌 핀을 커튼 레일의 작은 고리에 넣으려고 의자를 끌고 왔다. 나를 도우려는 마음이었겠지만 고맙지 않았다. 의자 위에서 나동그라지면 누가 수습을 하나, 라는 생각이 먼저 들었다. 위험하니 그만두라고 몇 번이나 말했는데도 듣지 않았다. 집요하게 커튼에 꽂힌 핀을 커튼 레일에 넣으려고 했다. 두 손을 써도 쉽지 않은 일이었다. 한 손으로 쉽게 될 리가 없었다. 시간이 걸리기는 했지만 동생은 몇 개의 핀을 집어넣었다. 그제야 나는 천천히 하면 되겠다고 생각해 자리를 떴다. 얼마 후 거실로 나와 보니 커튼 레일이 반쯤 구부러져 벽에서 떨어져 있었다. 커튼은 찢어진 채 레일에 매달려 있었다. 핀을 넣다 마음대로 되지 않자 커튼을 잡아당긴 모양이었다. 몇 번이나 커튼 레일이 떨어질 때까지 말이다. 아마 보일러도 그랬을 것이다. 마음대로 되지 않자 누가 이기나 해보자, 라는 심정으로 비틀고 잡아뜯었을 것이다. 내장을 드러낸 짐승처럼 엉망이 된 보일러를 보자 측은한 마음이 들었다. 현실을 받아들이면 이렇게 상처 입지 않을 텐데 싶었다.

나는 개를 껴안고 침대에 누웠다. 설핏 잠이 들려는데 개가 버둥거렸다. 벌떡 일어나 녀석을 안아 일으켰다. 녀석은 잠시 조용하더니 울기 시작했다. 양철 조각으로 후벼파는 듯 날카로운 소리였다. 비가 내려 습도마저 높으니 소리는 더욱 잘 퍼져 나갈 것이다. 어제처럼 개를 안고 새벽까지 서성댈 수는 없는 노릇이었다. 오줌을 누이자 녀석은 다소 진정되는 듯했다. 그러나 삼십 분도 채 지나지 않아 끙끙 앓았다. 오른쪽 집은 노부부가 살았다. 왼쪽은 누가 사는지 모른다. 어머니 집보다 좁아 소리가 더 잘 들릴 수도 있었다. 개를 달래 보려고 해도 아무것도 없었다. 녀석이 울 때마다 품에 안고 좁은 집을 뱅뱅 돌았다. 녀석은 끊임없이 낑낑댔고 이따금 허공을 향해 큰 소리로 짖었다. 이런 식이면 동네 사람이 다 깰 것 같았다. 나는 개를 안고 집을 나섰다. 승강기를 타고 내려가 비를 맞으며 주차장으로 갔다. 집에 가서 녀석이 먹을 것을 가져올 생각이었다. 배가 부르면 쉬 잠이 들 수도 있었다. 녀석을 조수석에 눕히려고 차문을 열었다. 굵은 빗줄기가 등으로 떨어졌다.

양손으로 머리를 감싸고 운전석으로 뛰다시피 갔다. 시동을 넣고 전조등을 켜자 불빛 속으로 비가 와르르 뛰어들었다. 와이퍼를 빠르게 작동시켰다. 내리는 빗소리가 녀석의 울음보다 컸다. 조금 숨통이 트였다.

여기서는 마음대로 울어도 좋아, 라는 여유까지 생겼다. 아무리 울어도 빗소리를 이길 수 없는 것을 깨달았는지 녀석의 소리가 조금씩 작아졌다. 천천히 주차장을 빠져나왔다. 바닥에 고인 물이 양쪽으로 갈라지는 느낌이 전해졌다. 비에 젖은 도로는 비어 있었다. 아파트 건너편에 24시간 문을 여는 슈퍼의 불빛이 도로에 길게 누워 있었다.

내부가 훤히 보이는 슈퍼를 지나 어머니의 집으로 가는 골목으로 접어들었다. 모퉁이를 돌자 아파트가 보였다. 담벼락에는 차들이 빼곡히 서 있었다. 나는 헤엄치듯 좁은 길을 헤치며 앞으로 갔다. 후문으로 들어가 차를 세울 공간을 찾아볼 생각이었다.

나는 가로등 불빛을 보면서 차를 몰았다. 불빛이 미치는 곳에만 비가 내렸다. 멀리서 기계음 소리가 희미하게 들려왔다. 아무도 없는 밤이었다. 소리는 끊어지지 않았고 계속 들렸다. 뒷자리에 던져둔 가방에서 나는 소리라는 것을 깨닫는 데 오래 걸리지 않았다. 전화는 가방 속 잡동사니들 사이에 숨어 있을 것이다. 가로등 옆에 차를 세웠다. 가로등의 노란 불빛이 자동차의 앞 유리에 조금 걸렸다. 비는 불나방처럼 불빛 속으로 날아들어 유리에 부딪쳐 흩어졌다. 자디잔 물방울이 사금파리처럼 반짝이며 사방으로 튀었다. 나는 몸을 비틀어 뒷자리로 길게 팔을 뻗었다.

숄더백에 손을 넣고 더듬었다. 지갑, 수첩, 물휴지, 시폰 머플러와 파우치와 무엇인지 짐작이 가지 않는 것들이 두서없이 손에 잡혔다. 허리와 팔을 최대한 뻗었지만 가방 밑바닥까지 손이 닿지 않았다. 가방을 끌어당겼다. 어딘가에 걸렸는지 숄더백은 조금 딸려 오다가 더 이상 움직이지 않았다. 비는 차체를 우그러뜨릴 듯 사납게 떨어졌다. 푸른 섬광이 잠깐 차 안을 엿보았다. 전화벨은 천둥 소리에 묻혀 버렸다. 녀석은 놀랐는지 자신의 몸통을 내게 화들짝 밀착시켰다.

나는 가방에서 손을 뺐다. 뒤로 뻗었던 몸을 당겨 녀석의 여윈 등을 쓸어 주었다. 누가 전화를 했든 나의 대답은 뻔했다.

비가 내리지만, 여기는 괜찮아. 다 괜찮아.

천둥 번개에 겁을 먹은 녀석을 무릎 위에 올렸다. 늙은 녀석과 단둘이 빗소리를 듣고 있자니 조금 쓸쓸했다.

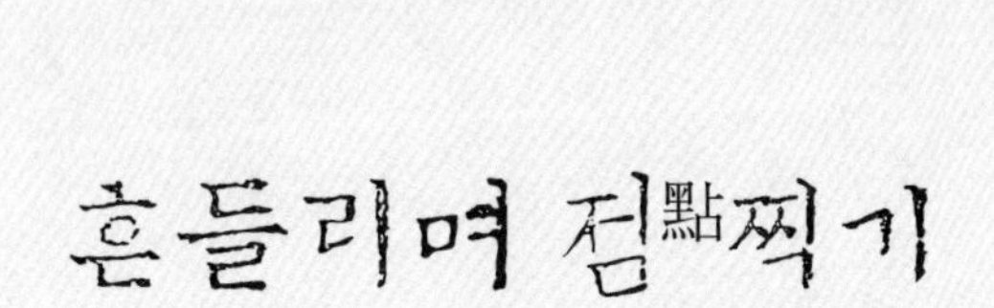

구자명

1

임정희님 들어오세요.

간호사가 부르는 소리에 그녀는 건성으로 들여다보고 있던 의료신문을 진열대에 찔러 넣으며 황망히 일어섰다. 그런데 CT 촬영실 문 앞으로 동시에 다가서는 남자가 있었다. 간호사는 그녀 쪽을 바라보며 다시 일렀다. 보호자는 밖에서 기다리세요. 그래도 움직이는 사람이 없자 간호사는 헷갈려 하는 표정으로 접수 명단을 들여다보더니 임정희씨 차렌데, 또 한 분은 누구세요? 하고 물었다. 그녀와 남자가 동시에 대답했다. 제가 임정흰데요.

병원 등록카드와 대조하고 의료차트를 확인한 결과 남자 임정희가 앞 차례임이 밝혀졌다. 그녀는 좀 어리둥절해진 채 도로 대기석에 가 앉았다. 어머, 출생년도가 같네요! 간호사는 기록을 뒤져 보더니 두 사람을 번갈아 쳐다보며 신기하다는 듯 말했다. 거기다 촬영 부위도 같으시구…….

간호사의 호들갑에도 별 반응 없이 촬영실에 들어간 남자가 십오 분쯤 지나자 밖으로 나왔다. 그는 그녀 곁을 지나쳐 가다가 되돌아와서 물었다. 이마에 깊은 주름이 잡혀서인지 나이보다 몇 살 더 먹어 보이는 얼굴이었지만 흑백이 뚜렷이 구분되어 맑아 보이는 눈동자의 기운은 아직 젊었다.

수풀 림 쓰십니까?

네.

이름 한자는요?

물가 정, 기쁠 희요.

아…… 네에, 저는 밝을 정에 빛날 희입니다. 그래도 우연치곤 참 공교롭네요. 동명이인이 같은 날 같은 검사를 받으러 오다니……. 언제 또 만나게 될지 모르겠군요. 그럼…….

고개를 숙여 보이고 총총히 사라지는 남자의 구겨진 바바리코트 자락에 잠시 눈길을 주던 그녀는 문득 러시아 음유시 한 구절이 떠올랐다. '숲길을 따라 저녁이 다가오고 있어요.' 모스크바발 뻬쩨르부르그행 침대열차에서 밤새 뒤척이며 귀에 꽂고 듣던 곡 중 하나였다. 남자 다음 차례로 들어갔던 아주머니가 촬영실에서 나오자 다시 한 번 임정희가 호명되었다.

2

스으윽. 슥스슥 스스슥……. 늘 그러듯 일곱 명의 남녀가 틈새 좁혀 들어앉은 스튜디오는 갖은 잡담으로 시끌벅적하다가도 일단 당일 과제가 떨어지면 처음 한 십 분간은 연필 선 긋는 소리만 들렸다.

오늘 수업의 과제는 주전자 그리기였다. 청록색 탁자보 한가운데 놓인 노란 양은 주전자는 동네 보리밭에 불시착한 외계 우주선이라도 되는 양 갑자기 신비스런 아우라를 뿜어냈다. 먼저 연필로 물체의 윤곽을 그린 후 그 연필 선 위에 수성 볼펜으로 점을 찍어 대강의 형태를 잡아야 하는데, 중학교 미술 시간 이후로 그림이라고 그려 본 건 스마일 로고가 고작인 정희에게 주전자는 엄청난 고난도 소재였다. 삼십 분 넘게 끙끙거렸으나 주전자의 둥그런 몸체 윤곽을 따라잡는 데만도 연필보다 지우개를 더 많이 동원해야 했다. 강 화백이 벌써 점찍기를 시작한 옆자리의 신 작가에게 뭔가 도움말을 주고 있었다. 방송 스크립터인 그녀는 형태를 잡아 나가는 순발력이 좋고 벌써부터 대상의 분위기를 표현하는 데 남다른 소질을 보이고 있었다. 막걸리 담아내느라 익숙한 물건일 텐데 생각보다 까다롭죠? 어느새 옮겨와 지켜보고 있었던지 강 화백이 정희의 연필을 빼앗아 찌그러진 주전자의 윤곽선을 바로잡는 손질을 시작했다. 삽시간에 균형감 있는 모양새로 변한 주전자 몸통에 주둥이와 손잡이 위치까지 흐린 연필 선으로 대강 잡아준 후 그는 덧붙였다. 하긴, 그 집 주전자는 죄다 찌그러져 있을지도 모르겠네요. 하하. 둘러앉은 사람들을 의식하며 그녀는 서둘러 입막음을 했다. 아이고, 어느 고릿적 얘길 하시는 거죠? 누가 요즘 주전자에 술 담아 먹는다고…….

그녀 남편 철우와 미대 동창인 강 화백은 친구의 무절제한 음주에 대해 늘 비판적인 입장을 보여 왔다. 얌마, 너 새끼, 그림은 괜찮은데 말야, 술을 그렇게 처먹어 가지고 언제 돈 되는 전시 한번 해보겠냐? 제수씨도 이제 낼모레가 오십이야. 고생 좀 그만 시키자! 그러면서도 그림이 좋은 값에 팔리면 한 번씩 철우를 불러내어 코가 삐뚤어지도록 술을 샀다. 정희가 이 그림 수업에 참여하게 된 것도 최근에 있었던 그런 술자리에 강 화백이 갑자기 그녀를 불러내는 바람에 이뤄진 일이었다. 그의 전화를 받고 초저녁에 나간 남편이 자정이 넘도록 돌아오지 않자 으레 3~4차로 이어지나 보다 하고 먼저 잠자리에 들려던 그녀는 핸드폰에 뜻밖의 문자가 들어와 있는 걸 보고 급히 동네 입구 포장마차로 나갔다. 그 자리에는 3차 동행으론 예상치 못한 사람 둘이 나와 있었다. 전번 강 화백 전시 때 취재를 왔던 D케이블 방송의 문화 프로 피디와 스크립터인 그들은 방금 도원결의라도 한 듯 자못 흥분된 상태였다. 그녀를 보자마자 그들은 "언니, 우리 같이 해요!" 하면서 친근한 제스처를 보였다. 철우도 반쯤 맛이 간 상태에서 "그래, 그래, 당신도 그런 거 해봐야 해. 서방이 하는 지랄을 이해하려면 미술의 기본을 좀 알아야지, 암. 그러고 말고!" 하며 너스레를 떨었다.

술자리에서 누군가 즉흥적으로 낸 아이디어가 만장일치로 환호를 받고 술 깬 뒤에까지 거론되어 실현되기란 쉽지 않은 일인데도 방송인들 특유의 추진력이 발휘되어 일명 '원 포인트 스쿨'은 그다음 주에 바로 결성되었다. 어떻게들 수소문해 모았는지 문화 전반에 걸친 다양한 직업을 지닌 일곱 명의 중년 남녀가 토요일 오후 강 화백의 화실에 슬슬 모여들었다. 그중 한학 전공자인 모 동양학 연구소의 양 선생이 첫 수업을 듣고 나서 오원 장승업이 한 수 배웠다는 일점선사 얘기를 곁들이며 '원 포인트 스쿨'의 출범을 자축했다. 그 이름에 값하는 상징성을 마음에 두었는지 어쨌는지 강 화백은 왕초보 만학도들을 위한 첫 수업에 어디서도 들어 보지 못한 독창적인 미술 지도법을 선보였다. 저놈은 왜 대학교수가 안 됐는지 모르겠어. 그림보다는 말이 참 저렇게 죽이는데 말야. 남편이 혀 꼬부라진 소리로 비난인지 칭찬인지 모를 소릴 했던 대로 그는 미술 선생으로서의 독보적인 재능을 여실히 증명해 보였다. 그가 가르친, 사물을 점들의 집합으로 보고 그 형태와 명암을 점을 찍어 표현하는 일종의 점묘點描 드로잉은 쳇바퀴 도는 일상에서 지치고 오래 해오던 일에서 매너리즘에 빠져 무기력을 느끼던 사람들에게 신선한 도전으로 다가왔다. 모든 것이 점의 집합이다! 누구나 모르지 않았다고 생각한 그 사실이 갈릴레오의 지동설만큼이나 새롭게 다가왔다. 아, 그렇구나. 저 복잡한 정물이나 풍경 또는 인물도 그러고 보니 다 점으로 이루어져 있구나. 일단 물체의 윤곽을 그리고 난 후 그 윤곽 선을 따라 각 부분의 어둡고 밝은 정도에 따라 점을 많이 또는 적게 찍어 명암을 표시함으로써 물체의 입체감을 드러내면 되는 거였다.

정희가 첫 드로잉의 대상으로 선택한 것은 에어컨 리모컨이었다. 일견 단순해 보였던 그 물건은 막상 그리려 하니 찍어야 할 점의 수가 바닷가 모래알만큼이나 무량하게 다가왔다. 아, 저 많은 면을 이 티끌 같은 점으로 언제 다 메우나? 하지만 애써 부담감을 떨치며 눈에 보이는 명암대로 하나하나 점을 찍어 나갔다. 서너 시간이 어떻게 흘렀는지 모르게 점찍기에 몰두한 결과 뚜렷한 질량감과 입체감을 지닌 물체가 스케치북 위에 모습을 드러냈다. 와우! 깊은 밤 그녀는 혼자서 탄성을 질렀다. 해냈다! 그녀는 스스로가 기특하고 대견하여 신바람이 났고, 그 이후 틈만 나면 여러 가지 물건들을 그렸다. 냄비, 슬리퍼, 계란, 계란 껍데기, 토기 항아리, 담배, 물뿌리개, 의자, 테이블…… 등등.

어느 날 저녁 정희는 며칠 동안 마음에 품어 온 '야심작'에 도전했다. 제목부터 그럴듯하게 '빵으로만 살 수 없으니'라 붙여놓고 시작한 이 그림은 소재가 성경책과 빵이었다. 형광등 불빛 아래 펼쳐진 성경책과 두 덩이의 빵 조각이 우연처럼 놓인, 영화로 치면 '미장센' 효과를 노린 시도였다. 한참 신나게 점을 찍고 있는데 화실에 간다고 나갔던 철우가 만취하여 들이닥쳤다. 그는 양주군과 서울이 만나는 경계에 일명 '개집'이라 불리는 허술한 임시주택을 개조하여 화실로 쓰고 있었다. 그의 육촌 형이 그 지역 개발 가능성을 보고 사둔 것을 공짜나 마찬가지인 보증금 몇 푼에 빌려 쓰게 된 것인데, 누워 잘 방 한 칸만 남기고 몽땅 털어내니 50평 남짓한 빈 공간이 생겼다. 그제껏 임대해 쓰던 기껏해야 20평 안팎의 협소한 도시 건물 내 공간에서 억제할 수밖에 없었던 대작에의 욕구를 마음껏

펼칠 수 있게 되자 처음 몇 달 동안 철우는 거의 집에도 오지 않고 작업에 몰두하였다. 그러다가 뭐가 또 틀어졌는지 요즘 들어 화실보다는 서울의 거리를 떠돌며 술로 지새우는 날이 점점 늘었다. 어, 화실 왜 안 갔어? 하루의 끝이 또 꼬여 버릴 것 같은 불길한 예감 속에 정희가 물었다. 철우가 개개풀린 눈으로 식탁 위에 늘어놓은 그림 도구들을 일별하더니 히벌죽 웃으며 딴청을 부렸다. 오, 울 마누라 예술 중이시네? 좋아, 좋아. 나 대신 그대가 하라고! 난 말이야…… 이젠 대가리가 복잡해져서 글렀어. 강 선상님 가르침 잘 받아 열심히 해보라구. 금방 작가 될 수 있을 거야, 당신은. 이쁜 꽃, 촉촉한 풍경, 삼삼한 아가씨들…… 그런 거 누구나 침 흘리게, 쎅쉬하게 그려 놓으면 팔아먹기도 조오치! 그거 별로 어렵지 않아. 당신 눈 버려 가며 허리 고장 내가며 꼬부랑글 옮겨대는 거보다 몇 배 영양가 있을 거야. 이거 뭐지? 응, 치즈네? 책과 치즈라…… 히힛. 마누라……그보다 술과 치즈는 어떠? 아니, 치즈도 관두고…… 술 남은 거 좀 없나, 집에? 정희가 화장실이 급한 척 자리를 떠버리자 결국 찬장을 뒤져 조리용으로 남겨둔 청주 반 병을 찾아낸 철우는 한 잔도 채 못 끝내고 소파에 앉은 채 곯아떨어졌다. 집 떠나 있는 아들이 몹시 아쉬운 때였다. 끙끙거리며 그의 하반신을 끌어 올려 힘겹게 소파에 눕힌 후 이불을 덮어 주고 나자 온몸에서 에너지가 좌악 빠져나가는 느낌이었다. 살면서 이런 느낌이 찾아올 때 정희는 정말 난감했다. 뭔가 보람 있는 일을 힘들여 하고 나서 탈진이 됐을 때는 마음 뿌듯함이 몸의 에너지를 금방 충전시켜 주지만, 이런 식의 공연한 소모는 심적 공허를 수반하기 때문에 이중으로 회복을 더디게 만들었다. 철우가 남긴 술에 눈길이 갔으나 애써 마음을 다잡아 먹고 다시 그림을 그리던 자리로 돌아갔다. 심란함을 떨치려 평소보다 더 맹렬히 점을 찍어 나갔으나 한번 뒤집힌 마음은 쉽게 진정되지 않았다. 다른 날 계속해도 될 것을 공연한 오기로 작업을 밀어붙인 결과는 참담했다. 가볍게 찍어야 할 곳이 손길 조절이 안 되어 너무 질어졌고 상대적으로 어두운 곳은 더 질게 찍다 보니 숯칠한 것처럼 뭉개져 형태도 명암도 엉망이 돼버렸다.

자, 이 그림을 좀 보십시오. 강 화백은 각자 집에서 해온 숙제를 돌아가며 검사하다가 정희 차례가 되자 한참 뭔가를 생각하는 표정이더니 갑자기 그녀의 스케치북을 치켜들었다. 소재의 배치도 좋고 윤곽도 아주 잘 잡았죠. 열심히, 집중해 그렸다는 게 드러납니다. 그런데 뭔가 부자연스럽고 어색한 느낌을 주는데, 왜 그럴까요? 옆자리의 신 작가가 조심스레 입을 떼었다. 성경책과 빵을 조화시킨 게 좀 너무 관념적인 소재라서 그런 게 아닐까요? 그녀의 직장 동료 정 피디가 받았다. 난 괜찮은데…… 딱 콤비 아닌가? 성경책과 떡보다는 훨 낫지 않아요? 어떤 목사들은 기독교의 토속화를 꾀한답시고 꼭 '사람이 떡으로만 살 수 없느니' 어쩌구 그러는데, 서양 것은 서양 것이랑 매치해야 어울리는 거 아네요? 요즘 개량한복 윗도리에 청바지 입고 다니는 인간들도 심심찮게 보는데, 난 그런 거 어중떠서 딱 질색이야. 좌중에 킥킥거리는 소리와 함께 끼리끼리 소곤대는 잡담이 오갔다. 아, 조용! 틈만 나면 지방 방송들이셔……. 와~ 하고 번지는 웃음에 휩쓸리지 않으려 애쓰는 눈치가 역력한 강 화백이 짐짓 진지한 표정으로 좌중을 둘러보며 '수업'을 진행시켰다.

소재, 주제 아무런 문제 없습니다. 성경과 빈대떡이면 어떻고, 불경과 햄버거면 어떻습니까? 다만, 그림은 사람의 마음이 투영되는 것이라 그릴 때 얼마나 열심히 그리느냐가 다가 아니라는 거죠. 그 집중하는 마음에 그림자가 드리워져 있다면 그것이 그대로 그림에 나타나게 마련입니다. 말하자면, 그림은 손으로만 그리는 게 아니라 마음이 같이 그리는 것이기 때문에 순일純一한 마음 상태를 유지해야 좋은 그림이 나온다는 얘기입니다. 여기서 순일한 마음이란, 그림을 그리는 과정에 집중할 뿐 결과에 대해서는 마음을 비우는 것입니다. 어떤 목표를 설정해 놓고 그것을 달성하는 데 치중하느라 그 순간순간의 과정을 소홀히 하다 보면 어떤 단계에서 실수가 발생했을 때 금방 바로잡지 못하게 되고, 또 바로잡지 못한 실수가 원인이 되어 또 다른 실수를 불러오기 십상입니다. 여기, 이 그림에서처럼 거칠게 놀린 연필 터치에서 나온 잘못된 점 몇 개를 무마하려고 주변을 짙게 처리하다 보니 더 짙어져야 할 부분의 상대적인 명암 처리가 곤란하게 됐듯이 말이죠. 어느 시점에선가 이 학도는 그림을 그리는 것보다 그림을 만드는 데 마음을 두기 시작한 듯합니다. 출발도 좋고 반 정도는 무리 없이 잘 진행된 걸로 판단되는 이 그림이 낭패를 보게 된 원인이 거기에 있지 않나 싶군요. 자, 오늘 중요한 원칙 하나가 도출되었는데 기억하시기 바랍니다. 그림은 그리는 것이지 만드는 것이 아니다! 이걸 누구보다 잘 알고 있을 임 학도라서 희생양으로 삼았습니다만, 실은 여기 계신 분들 대부분에게 해당하는 얘기지요. 안 그렇습니까? 하하.

한동안 썰렁하리만치 숙연해졌던 분위기가 다시 헝클어지며, 웃고 떠드는 소리로 실내는 활기를 되찾았다. 15분간 휴식! 강 화백의 입에서 말이 떨어지기 바쁘게 반장을 자원한 중학교 음악교사 오 선생과 조교를 자청한 미술잡지 기자 박 양이 커피를 끓인다, 간식을 내온다, 부산하게 움직였다. 정희는 창가로 가서 담배를 꺼내 물었다. 노랑과 주황 국화가 수북이 꽂힌 토기 항아리 옆에 강 화백이 재떨이로 쓰는 깡통이 놓여 있었다. 끽연이 주는 이 작은 즐거움도 머지않아 포기해야 할지 모르겠군. 국화꽃 빛깔이 너무 찬연해서 그런 건지 담배 연기가 들어간 건지 그녀는 눈이 아렸다. 최근 들어 눈시림 증세가 심해지고 있었다. 번역할 텍스트의 활자가 조금만 작아도 노안용 리딩 글라스를 끼고도 금방 눈이 충혈되고 피로감이 몰려왔다. 그런 데다 그림 공부 한답시고 틈만 나면 깨알 같은 점을 찍고 앉았으니……. 간이 안 좋으니 눈도 안 좋을 수밖에 없는데, 간이나 눈에 좋은 일이라곤 일부러 피하며 살아온 느낌이었다.

강 화백 말이 맞았다. 그녀는 처음 이 수업을 시작했을 때와 달리 어느 시점부턴가 그림을 '만들기'에 급급했다. 뭔가를 일단 시작하면 그럴듯한 외적인 명분이 주어지지 않는 한 중도에 그만두는 게 잘 안 되는 그녀는 이제껏 자신이 선택하고 살아낸 삶의 궤적이 다 그런 강박적인 틀 안에서 이뤄진 것 같아 씁쓸했다. 취미 삼아 하는 건데 숙제를 한두 번 거르면 어떤가. 일을 할 때 그날 정해 놓은 분량을 끝내지 못하면 끼니도 거르는 버릇은 왜 들였을까? 지가 무슨, 일일부작 일일불식一日不作 一日不食의

계라도 받은 불자라고……. 그림도 그렇다. 완전 초짜 주제에 성경책만 그리든가, 빵만 그리든가 했어야 했다. 두 가지를 아울러 보겠다는 발상 자체가 신 작가의 말대로 어떤 관념의 강박에서 비롯된 건지 모른다. 일개 정물 드로잉에서 '빵만으로 살 수 없는' 인간의 정신적 필요 따윌 다룰 이유가 뭐란 말인가.

지쳤어, 다 놓고 싶어.

그 그림을 그리던 날 밤, 정희는 철우가 잠든 뒤 속으로 수없이 이 말을 되뇌었다. 이튿날 간기능 검사 결과를 알아보러 간 그녀는 의사의 말을 듣고 말이 씨가 되는 게 이런 거로구나, 싶었다. 올 초 간염 진단을 받은 이래 꾸준히 오르고 있던 간 수치가 바로 전번 검사 때에 비해 두 배나 높아져 있었다. 의사도 고개를 갸우뚱거리며 A형, B형 등의 감염성도 아니고 알코올성 간염도 아닌데, 갑자기 이렇게 뛰어오르는 이유를 알 수 없다며 CT 촬영을 해보자고 했다. 그러면서 덧붙이는 말이 묘했다. 너무 걱정하지 마세요, 종양이 아닐 수도 있습니다. 그럼, 암일 가능성도 있단 말씀인가요? 정희가 묻자 그는 더 애매하게 대답했다. 그럴 가능성도 물론 있지만 아닐 가능성도 꽤 있어요. 하지만 그녀는 며칠 후 실제로 CT 촬영을 하기 전까지는 마음에 큰 동요를 느끼지 않았다. 지난 수 개월간 해오던 미국 추리소설 시리즈 번역을 마무리지었으며, 친구 딸 결혼식에 참석하고, 갑자기 뇌졸중으로 사망한 친척 문상을 다녀오고, 뻬제르부르그에서 모스크바로 학교를 옮긴 아들이 늘어난 생활비와 냉담한 도시 분위기 때문에 고전하는 상황을 전하는 메일에 적당히 위안될 만한 답장을 보내고, 만기 전 적금을 털어 아들 해외 계좌에 비상지원금을 보내고, 자식 없이 홀로 된 시고모가 넘어져 골절상으로 입원해 있는 요양병원에 가서 노인 넋두리를 반나절 가까이 들어주고, 겨울 옷과 이불을 손질해 여름 및 춘추용과 갈아 넣고, 공급 물량이 일찌감치 동나 버리곤 하는 어느 유기농 작물 인터넷 사이트에 김장배추 주문을 미리 넣어 놓았다. 그녀가 이렇게 일상을 변함없이 꾸려 나가는 동안 아파트 뜨락의 은행나무들은 그 풍성하던 잎을 거의 다 떨구고 땅속의 뿌리와 자리를 바꾼 것 같은 모습이 되어 있었다. 그리고 우주선 캡슐 같은 하얀 기계 속에 들어가 누운 게 어제 아침 일이었다.

CT 촬영기가 가동되기 직전에 무슨 주사를 맞았는데 1~2분 후 갑자기 격심한 구토증이 일기 시작했다. 코로 숨쉬지 말고 입으로 쉬세요. 어디선지 상냥하지만 녹음된 게 분명한 안내가 들려오는 것과 동시에 윙~ 소리와 함께 그녀의 몸은 앞뒤로 밀려갔다 밀려오기를 반복했다. 누운 바닥이 움직이는 건지 캡슐의 상층부가 움직이는 건지 알 수 없었지만, 그 순간 견디기 어려운 메스꺼움으로 그녀는 계속 헛구역질을 하면서 아, 이거 장난이 아니네, 싶어졌다. 10분 남짓밖에 안 걸린 검사였지만, 암 등의 심각한 질환에 대처하는 현대 의학의 비인간적이고, 무자비한 방법론에 대한 두려움을 품기에 충분한 예비 체험이었다.

검사실을 나온 후에도 정희는 한참 동안 제정신을 차릴 수가 없었다. 집으로 가는 버스를 타기 위해 도로로 나왔으나 어느 방향으로 발을 내디

뎌야 할지 막막한 느낌이었다. 그동안 피상적으로 몇 번 떠올려 보긴 했지만 한 번도 실감나게 다가오지 않았던 '암'이란 재앙이 검사 결과 진짜 나의 현실이 된다면? 하는 걱정이 갑자기 쓰나미처럼 밀려오기 시작했다. 이미 가족 중 두 사람이나 암 투병을 하다 떠났기에 그것이 얼마나 힘겹고도 공허한 싸움인 줄 익히 알고 있는 그녀였으나 그 일이 자신에게 닥치는 상황은 상상 못 해본 것이었다.

내가 왜? 열심히 살고, 남한테 나쁜 짓 안 하고, 몸에 해로운 거 하는 것도 별로 없는 내가 왜? 하루에 몇 가치 피울까 말까 한 담배와 정해 놓은 분량의 일 끝내고서야 스스로에게 허락하는 소주 몇 잔 따위 때문에? 뭐, 만성피로감 같은 게 좀 있긴 하지. 요즘 들어 갱년기 증상이 겹쳤는지 특히 좀 더 그렇긴 해. 하지만 자기 생활에 충실한 현대인치고 안 그럴 사람이 어딨겠어? 도시 직업인의 생활이란 게 다 그렇지 뭘. 그런데 왜 나야? 그럴 리는 없어, 그럴 리가 없다고! 내가 그 병에 걸린다면 아무개, 아무개, 아무개…… 그자들은 이미 옛날에 그걸로 다 갔을 거야. 정희는 여기에 생각이 미치자 문득 제 속내가 섬뜩해졌다. 그 아무개 중 하나에 철우가 해당되었기 때문이다. 일 년에 삼백 일은 술잔을 달고 살고, 하루 두 갑 가까운 흡연, 폭식과 단식을 오가는 불규칙한 식습관, 만취한 상태가 아닌 한 밤에는 거의 잠을 안 자고 창밖이 훤해져야 옷 입은 채 그대로 쓰러져 오후 두세 시에나 일어나는 수면 습관……. 이 모든 게 건강의 가장 큰 적, 무절제한 생활의 표본이 아니던가. 게다가 간을 상하게 하는 스트레스 요인 중 가장 나쁘다는 화가 많아 일상에서 흔히 빚어지는 작은 마찰에도 울그락불그락 어쩔 줄 몰랐다. 정반대로 그녀는 뭐든지 규범에 맞게, 규칙적으로 이행하고 절제 속에서 차근차근 풀어 나가야 마음이 편했다. 정희는 지난 이십 년간 그와 살아온 세월이 기적처럼 여겨졌다. 그 차이를 견디고 메우느라 얼마나 소모가 많았던가! 그 스트레스를 드러내지 않으려 얼마나 자기연민을 경계했던가! 그것이 철우에 대한 애정 때문이었을까? 아니면 모든 사람이 걱정해 마지않았던 자신의 선택이 잘못되지 않았다는 것을 증명해 보이려는 오기 때문이었을까? 저년은 자존심 때문에 불구덩이 속에서도 고드름 맺힐 년이여. 한때 시인묵객들과 어울려 다니며 한 풍류 했던 아버지는 이렇게 막내딸의 아망을 한탄했었다. 위로 아들만 줄줄이 셋을 낳고 딸의 탄생을 봄날 냇가에서 친구들과 술추렴하다 심부름 온 큰아들에게서 전해들은 아버지는 물가에서 기쁨을 얻었다 하여, 그 자리에서 당장 정희汀喜라는 이름을 붙였다. 그런 귀한 고명딸이 자신처럼 뜬구름 잡는 이상주의자와 혼전 동거부터 시작한 걸 알았다면 아버지도 현실적이고 대찬 어머니처럼 기겁하여 그들을 갈라놓으려 애썼을까. 그러나 평생 어머니 속을 끓이면서도 자기 하고 싶은 거 다 하다 어느 봄날 산행에서 실족하여 진달래 덤불에 묻혀 숨진 그의 삶은 철우의 표현을 빌리면 '사나이가 꿈꿀 만한' 인생이었다. 정희는 아버지를 떠올리니 한숨이 나왔다. 세상에는 그런 '과科'의 인생들이 있게 마련이고, 그런 이들과 인연을 맺고야 마는 나 같은 과도 있는 것이다.

문제는 자신의 선택에 대해 책임을 지려는 결단이 언제부턴가 나에게 성취의 보람이나 재미보다는 관성적인 지속에 대한 강박으로 작용하기 시작했다는 것이다. 그런데 죽을병이 걸린다면, 도대체 내게 남을 게 뭐란 말인가! 무엇 때문에 나는 그토록 자리를 지키는 데 목을 매며 살았을까? 그 언젠가 주어질지 모를 보상 따윌 받을 앞날은 아예 안 올 수도 있는데…….

임 선생님!

신 작가의 허스키한 목소리가 그녀를 창가에서 돌려세웠다.

거기서 뭐 하세요? 차 안 드시고…….

정희는 창밖의 시리게 푸른 빈 허공에 부려 놓았던 시선을 거두어 사람들이 모여 앉은 곳을 보았다. 골초인 강 화백이 뜻밖의 염려를 표했다. 담배 가급적 피우지 말아요, 몸도 약한 사람이. 제수씨 요즘 안색이 별로 안 좋아요. 철우도 요전에 그럽디다, 마누라가 예전과 다르다고. 철우가 그런 말을 했다고? 뭔가 눈치챘나? 정희는 가슴이 선득해졌지만 웃으며 눙쳤다. 막걸리를 주전자에 안 담고 그냥 내놓는다는 불만이겠죠. 막걸리 담그는 모친도 가셨는데 뭘 더 바래…….

어머나! 그 댁은 막걸리를 꼭 주전자에 담아 먹었어요? 야, 멋있다아! 멋있긴? 그게 다 일거린데, 주부한테는. 그렇지, 병째 따르면 될 걸 뭘 또 옮겨 담는대? 아냐, 그래도 옛날식으로 주전자에 넣어서 찰찰 따라 내면 더 맛있긴 하지. 다들 왜, 그런 향수 조금씩 갖고 있잖아? 여자 학도들이 간만에 입운동 할 거리를 제대로 만났다는 듯 중구난방 떠들어대기 시작했다. 강 화백은 혀를 찼고 나머지 남자 둘은 재밌는지 허허 웃었다. 정희는, 에라 모르겠다는 심정으로 그녀들의 수다에 합류했다. 창밖에서 여윈 늦가을 해가 커다랗고 버석한 이파리 몇 개를 매단 플라타너스에 기대어 그 광경을 들여다보았다.

3

정희는 남자의 전화를 기다리는 동안 일이 손에 잡히지 않았다. 오전에 병원에서 다시 마주쳤을 때 모른 척했으면 좋았을 걸 공연히 말을 걸어 일을 만든 게 후회스러웠다. 하지만 그에 비해 다행스러운 검사 결과가 나온 그녀로선 마음에 좀 여유가 생겨 있던 터라 얼떨결에 그의 청을 받아들인 것이었다.

지난 일주일간 온갖 막다른 상황으로의 상상여행을 해온 그녀에게 의사의 "깨끗하군요"란 한 마디는 허무하리만치 전복적이었다. 간염은 한번 생기면 회복이 쉽지 않으니, 피로와 스트레스를 피하고 영양섭취에 신경 쓰란 얘기가 이어졌지만 머리에 들어오지도 않았다. 암이 아니면 됐다! 철우에 대해서도 아들에 대해서도 당장 대책을 세우지 않아도 되는 것이다. 그리고 그녀 자신에 대해 어떤 결단을 서둘러 내릴 필요가 없어졌다는 것, 그것이 무엇보다 마음에 안도를 주었다. 얼마나 두려웠던가! 삶의 목표를 속히 재설정하지 않으면 끙끙대며 살아온 자기 생이 무의미한 것이었단 결론을 내리게 될지 모를 그 참담한 상황이……. 주변의 누구에게도 저간의 사정을 노출한 바 없는데도 그녀는 아무한테라도 '나 괜찮대!' 하고 알리고 싶어졌다. 그녀가 휴대폰을 꺼내들며 내과 대기실 문을 나서는데 남자 임정희가 들어왔다. 그는 그녀를 그대로 지나쳐 접수창구에 가서 뭔가를 꺼내 보이더니 곧바로 진료실로 들어갔다. 정희는 자신이 왜 그때 그냥 나오지 않고 도로 대기석에 가서 그가 나오기를 기다렸는지 설명할 길이 없다. 하여간 그녀는 십오 분 가까이 꼼짝 않고 그를 기다렸고, 그가 마침내 굳은 표정으로 나와 그녀 곁을 스쳐 대기실 밖으로 나가자 마치 미행하듯 일정한 거리를 두고 그 뒤를 좇았다. 남자는 병원 현관을 나서다 말고 로비 한쪽에 위치한 카페로 갔다. 그제서야 정희는 커피를 주문하는 그에게로 다가가 우연히 만난 척 인사를 건넸다.

안녕하세요? 저 기억하세요?

어……! 저하고 이름이 같으신…… 맞죠?

네. 좀전에 진료실 앞에서도 뵀는데…. 저도 오늘 검사 결과가 나왔거든요.

아, 그래요. 커피 하시려구요? 주문하시죠. 전 주문했습니다. 아침을 거르고 와서…….

남자는 커피와 샌드위치를 받아들고 자리를 둘러보더니 턱으로 구석자리를 가리켰다.

빈자리가 저기 하나밖에 없군요. 같이 앉아도 괜찮으시겠으면 오시죠.

잠시 후 정희가 카푸치노 잔을 들고 가 합석하자 샌드위치를 우물거리던 그가 눈으로 웃어 보였다. 샌드위치를 금세 먹어치우고 커피를 한 모금 삼키고 난 그가 입을 열었다.

거 참, 죽을병에 걸렸다는데도 배고픈 건 못 참겠네요.

네? 그럼, 검사 결과가…….

간암 초기라네요. 그쪽은 괜찮으시죠?

네, 저는 그냥 간염이라고…….

다행입니다. 간암은 좀 골치 아프죠. 이제까지 살던 방식을 싹 바꾸지 않으면 오래 살기 힘들 테니. 뭐 사실 간경화 생긴 건 안 지가 꽤 됐으니 새삼 놀랄 일도 아니지만…….

어떻게……! 가족들도 알고 있었나요?

가족 없어요. 혼자 떠돌아다닌 지 십 년도 넘었지요. 모레 또 출국해야 하니, 당분간 이 병원 출입할 일 없겠고. 다음엔 시신 기증이나 하러 오려나…… 허허.

남자는 얼굴에 주름을 깊게 잡으며 웃었다. 하지만 쌍꺼풀이 세 겹쯤 진 그의 커다란 눈은 웃지 않았고 약간 겁먹은 듯 보였다. 그는 필명이 '한길로'라는 여행작가였다. 그러고 보니 이름을 어디서 들어 본 듯했다. 건축사를 공부하다 터키에 매료되어 이스탄불에 유학을 갔는데 거기서 그만 터키 여자와 사랑에 빠져 공부도 포기하고 한국에 두고 온 처자식도 잊은 채 몇 년간 살았다. 그러나 외국 여인과의 사랑은 문화 차이를 극복치 못하고 결국 파탄이 나고 말았다. 한국에 돌아왔으나 처자식은 배신한 가장을 받아들이지 않았다. 다시 터키로 돌아가서 성지순례를 많이 오는 한국인 여행자들의 현지 가이드를 하며 살았다. 그러면서 틈틈이 지중해권과 흑해 연안을 돌아다니며 사진을 찍고 여행 에세이를 써서 기행문집을 몇 권 낸 게 꽤 호응을 얻어 이즈음에는 가이드 일보다 카메라와 노트북 메고 돌아다니는 일이 주업이 돼버렸다고 했다. 남자는 사실 이 년 전쯤 귀국해 한국에서 다시 정착해 보려 마음먹었었는데 유일한 의지처인 형이 교통사고로 돌아가는 바람에 그 계획이 좌절되고 말았다.

길 위의 삶이란 게 자유롭고 좋아 뵈지만 사실 많이 피곤한 겁니다. 특히 몸에 이상이 생겼을 때 제때 검사를 받고 조치하기란 참 어려운 일이죠. 더구나 영원히 이방인으로 살아가는 외국 생활에서는. 하긴 제 나라에서도 의지할 가족이 없으니 이방인이긴 마찬가지지만…….

그래도 따님은 아빠의 상태를 알아야 하잖을까요? 이혼하신 후 따님과도 안 보고 지내셨나요?

재작년 형님 장례 때 십 년 만에 처음 한 번 봤지요. 대학생이 되었더군요. 형님 통해서 학비조로 이따금 돈을 좀 보내긴 했습니다만, 에미가 혼자 키운 거나 마찬가진데 이쁘고 당당하게 잘 자랐더군요. 하지만 막상 얼굴을 마주하니까 서로 어색해서 얘기도 거의 못 했어요. 형님이 큰아빠 노릇을 잘 해줘서인지 입관 때 많이 울더라고요. 그걸 보니 애비 노릇 못 한 게 무척 통한스럽더군요.

남자는 치솟는 감정을 애써 억제하는 듯 얼굴이 벌게졌다. 정희는 자식 둔 부모로서 그에게 저릿한 공감을 느꼈다. 그래서 지금이라도 딸이 어떻게 나오든 꺾이지 말고 자꾸 연락을 취하여 아버지의 마음을 알게 하는 게 좋겠다고, 주제넘게도 충고 비슷한 걸 하고 말았다.

그것이 문제의 발단이었다. 남자는 창밖을 향해 고개를 돌리고 잠시 생각하더니 정희 눈을 응시하며 부탁 하나 해도 되겠냐고 물었다. 자기는 모레 떠나니 딸에게 연락은 해보겠지만 못 만나게 된다면 그녀가 나중에 대신 딸을 만나 자기 이야기를 좀 잘 전해 달라는 것이었다. 한국에 언제 또 나올지 모르지만 그때는 아마도 병이 더 진행돼 있을 텐데 그런 상태로 딸을 만나고 싶지는 않으니, 오늘 하루 딸에게 하고 싶은 얘기를 머릿속에 좀 정리해서 내일 오후에 정희가 시간을 내준다면 만나 전하고 싶다고 했다.

편지를 보낼 수도 있겠지만 글로 다 전할 수 없는 얘기들이 있지요. 같은 해에 태어나 같은 이름으로 불리고, 같은 병원에서 같은 검사를 받은 댁과 나의 인연이 그냥 예사롭지는 않은 것 같습니다. 세상에는 우연처럼 보이는 필연들이 아주 많은데, 이 나이 되니 그런 끈 하나라도 좀 붙잡고 싶어지네요. 제 아이도 그 인연의 파장이 일으키는 에너지의 수혜자가 되었으면 합니다.

남자는 딸이 유학을 준비하고 있다는 얘길 조카들한테 들었는데 그들을 통해 연락을 취해 본 후 곧 전화하겠다며 정희의 휴대폰 번호를 물었다. 단지 이름이 같다는 이유로 낯선 남자에게 연락처를 알려주어도 괜찮을까? 하는 의문이 들었을 때, 그는 이미 처음 만난 날 그대로의 뒷모습을 보이며 병원 앞 가로수 길로 사라지고 있었다. 보도 위의 가랑잎들이 제법 따스한 오전 햇살에 밤사이 서린 찬 기운을 털어내고 있었지만 남자의 구겨진 청회색 바바리코트를 멍하니 바라보며 정희는 또다시

러시아 음유시인 야꾸쉐바의 <저녁이 다가오네>를 떠올렸다.

'숲길을 따라 저녁이 다가오고 있어요. 그대는 저녁을 좋아하지요. 그러면 잠깐 기다려요. 벗들과 모닥불 주위에 잠깐 앉아 있기로 해요…….'

서글픔과 명랑함이 동시에 깃든 그 노래는 그녀에게 체념이 주는 해방감 같은 것을 느끼게 했고, 삶의 신산을 다독여 주는 묘한 매력이 있었다.

스케치북 속의 주전자는 이제 웬만큼 물질감을 띠어 가고 있었다. 아직 색깔을 입힐 단계는 아니었지만 그래도 염주나 묵주를 한 알 한 알 짚어 가며 기도를 하듯 공들여 점을 찍고 또 찍어 나간 결과, 주전자는 무언가를 담을 수 있는 물건처럼 보이기 시작했다. 둥그렇고 풍만한 몸체를 기울이면 그 옆구리의, 날렵한 곡선으로 솟아난 주둥이에서 뽀얀 막걸리나 구수한 보리차가 찰찰 흘러나올 것 같았다. 정희는 점들이 선을 이루고 선들이 면을 이루고 면들이 입체를 이뤄 가는 과정을 거치면서 하나의 실체감 있는 물체가 생겨나는 것이 마냥 신기했다. 결과가 어떻게 나올까를 마음에 둘 필요가 없었다. 그냥 한순간 한순간 보이는 대로 점을 찍기만 하면 됐다. 그러면 쌀가루가 물과 열을 만나 떡이 되듯이 어느 순간 점들은 빛의 명암에 의해 물질감을 얻어 모종의 그림을 만들어냈다.

화실에서 시작한 주전자 그림을 숙제로 집에 가져와 완성하려다 보니 한동안 안 쓰던 막걸리 주전자를 찾아내 모델로 삼게 되었다. 강 화백의 말대로 그 주전자는 그녀 가정의 내력을 말해주듯 여기저기 흠집이 나고 울퉁불퉁했다. 그래서 명암을 표현하기가 더 복잡하고 까다로웠다.

그녀의 서툰 손길로 표현된 그 세월의 흔적들은 얼핏 얼룩얼룩한 무늬처럼 보이기도 했다. 하지만 솜씨가 안 따라 줬을 따름이지 그녀는 자기 눈에 비친 그대로 조금도 가감 없이 표현한 것이었다. 실물을 놓고 보이는 대로 그린다고 그린 주전자는 그녀 머릿속에 있던 주전자의 모습과 달랐다. 둘 중에 어떤 것이 더 실체에 가깝다고 말할 수 있을까? 실체란 게 과연 따로 있기나 한 걸까? 시점視點과 빛에 따라 무한히 다른 형태로 바뀔 수 있는 그림이란 것도, 시점時點과 환경에 따라 무한히 달라질 수 있는 인식이란 것도 절대성을 갖지 못하기는 매한가지 아닌가. 그녀가 알던 시어머니의 주전자는 늘 당신 아들을 향한 모정의 술로 그득하여 보름달처럼 충만하고 흠결 없는 물건이었다. 손때 묻어 묵지근한 윤기가 돌던 그 물건은 정희의 머릿속에서 지금 눈앞에 놓인 찌그러지고 볼품없는 양은 주전자와는 차원이 다른 존재감을 지니고 있었다. 그녀가 기억하고 있는 시어머니의 주전자와 뭔가 분위기라도 닮은 것은 실물보다 차라리 어설픈 솜씨로 그려놓은 그림 속의 주전자인 듯했다. 정희는 형광 불빛 아래서 명암이 그다지 잘 구분되지 않는 새까만 주전자 꼭지를 관찰하면서 그것이 시어머니의 젖꼭지 같다는 생각을 했다. 다섯 살까지 어머니 젖을 빨았다는 철우가 어째서 그 주전자에 집착했는지 이해할 수 있을 것도 같았다. 재작년에 시어머니가 설암 투병 한 해 만에 돌아가시고 나자 정희는 몇 가지 부엌 물건들을 정리해 베란다 창고로 치워 버렸다. 술밥 짓던 커다란 무쇠 솥과 시루, 술체 등과 함께 양은 주전자도 부엌에서 자취를 감추었다. 철우가 언젠가 '엄마 막걸리' 타령을 하며 시판

되는 막걸리를 사와 그 주전자에 부어 먹겠다고 찾았으나 정희는 시치미를 떼며, 어딘 둔 것도 같은데 재활용 폐품으로 내보냈나? 하고 얼버무려 그가 몹시 섭섭해했었다.

오랜만에 다시 보니 남루하기 짝이 없는 물건이었지만 그녀는 문득 그 주전자에 막걸리를 담아 한잔 하고 싶어졌다. 오늘이 어떤 날인가! 아무도 모르게 죽음의 영토를 기웃거린 답사에서 돌아온 날이 아니던가. 정희는 식탁 위에서 주전자만 남겨두고 그림 도구를 치웠다. 안방에서 스웨터를 찾아 걸치고 술을 사러 나가려는데 현관에 철우가 서 있었다. 며칠 빤하다 싶더니 또 얼근히 취해 있었다.

오, 마눌님. 어디 가?

오늘은 또 어디 가서 이리 초저녁부터 절어 오셨수?

음, 초상집에.

누구?

당신도 알지? 종수…… 그 새끼가 갔어. 죽어 버렸다구, 그만.

뭐? 박 화백 말이야? 얼마 전에 전시 했잖아? 갑자기 왜?

뭐 간암 말기래나 봐. 진단 2주 만에 손 쓸 새도 없이 갔대, 오늘 새벽에. 아…… 지랄이야! 사는 게 사는 게 아냐, 이거. 어쩌라는 건지, 도대체!

정희는 간암을 면한 것을 자축하려던 순간에 잘 아는 사람이 간암에 희생된 소식을 전달받고 있는 게 너무 부조리하게 느껴졌다. 얼떨떨한 기분을 안은 채 그녀는 신다 만 신발을 마저 꿰며 그에게 말했다.

나가서 막걸리 좀 사올게. 어머니 주전자 찾아놨어.

어머니 주전자란 말에 철우는 갑자기 얼굴에 빛이 들어오더니 어디, 어딨어? 하며 서둘러 집 안으로 들어갔다. 정희는 모스크바에 가 있는 아들이 제 아버지처럼 어미한테 집착하는 성향이 없는 게 참 다행이란 생각이 들었다. 사실 그러지 못하도록 키운 건 그녀였다. 어머니 치마폭에 묻혀 자란 막내 오빠가 어머니가 위암으로 돌아가시자 넋 놓고 지내다가 급성 폐렴으로 두어 달 만에 뒤따라 가버리는 걸 보면서 아이가 일찌감치 정서적 자립을 하도록 신경을 쓰며 키웠다.

그러나 그게 그렇게 순조롭지만은 않은 일이어서 아들은 사춘기 때 무조건적 모정이 부족한 어미와 정만 넘쳤지 구체적 책임을 지는 데는 취약한 아비를 원망하며 방황한 시기가 있었다. 방금 타계 소식을 들은 박 화백이란 사람도 홀어머니 외아들로 자라났는데, 효성이 지극하다 들었다. 아들이 너무 효자면 며느리가 고생한단 말이 틀리지 않았는지, 그는 결혼 생활을 몇 해 못 하고 아내가 가출해 버려 지금껏 어머니와 둘이 살아왔다. 극사실주의 화풍에 능해 한때 그의 그림은 부르는 게 값일 적도 있었으나 시대가 바뀌면서 개념미술이니 미니멀리즘이니 포스트모더니즘이니 하는 서구의 신사조가 화단과 미술시장의 판도를 바꿔놓자 슬그머니 뒷방으로 밀려났다. 마지막이 돼버린 셈인 얼마 전 전시에서 그는 수년 동안 심혈을 기울여 제작한 작품들을 몇 점 못 팔고 도리어 빚만 졌다는 후문이 돌았다.

정희는 동네 마트에서 생막걸리 두 통과 두부 한 모를 샀다. 돌아오는 길에 언젠가 박 화백의 전시 오프닝에서 한 번 본 적 있는 그의 가엾은 모친이 떠올라 먹먹해진 가슴으로 가로등 아래 한참을 서 있었다. 그녀가 잠시 자리를 비운 사이 철우는 어디다 꿍쳐 넣고 왔는지 모를 소주 한 병이 들어간 '엄마 주전자'를 밥주발에 기울이고 있었다. 정희는 말없이 주전자를 빼앗아 남은 소주를 도로 병에 부었다. 그리고 막걸리 두 통을 한꺼번에 따서 주전자에 그득 채운 후 철우와 자신에게 한 주발씩 따르고 나서 말했다.

자, 엄마 주전자 술로 오늘밤을 기념하자고. 건배!

얼떨결에 건배에 응한 철우가 게슴츠레한 눈을 들며 물었다.

오늘밤을 기념? 종수 간 거 땜에?

아니, 우리가 살아서 마주보는 오늘밤의 이 순간을 기념하잔 얘기야. 죽음이 너무 널려 있어. 암도 너무 널려 있고……. 아차 하는 순간 누구든 그 영토로 넘어가는 게 일도 아니야. 그러니까 내일 죽어도 후회 없도록 당신과 나, 제대로 한번 마주보기나 하자고.

이 마누라가! 어디 죽으러 가냐? 그래에…… 좋다구. 당신이나 나나 원 없이 이 순간을 마셔 버리자구. 마시다 죽자, 우리 다 칵! 이런 더런 세상에서 예술이 다 뭐야? 개나 물어 갈 짓거리라구, 그게…….

철우는 말과 달리 몇 잔 더 못 마시고 식탁에 얼굴을 박았다. 정희는 막걸리 두 잔째 벌써 속이 쓰려 오는 것을 느끼며 자리에서 일어났다. 일어나다가 철제로 된 식탁 다리에 무릎을 세게 부딪치고 도로 주저앉았다. 격한 통증에 무릎을 감싸안고 상체를 수그린 그녀의 입에서 신음이 새어 나왔고 그것은 점차 흐느낌으로 바뀌었다. 곧이어 그녀가 아이처럼 엉엉 울기 시작했으나 철우는 아랑곳없이 코를 드렁드렁 골다가 문득 잠꼬대처럼 중얼거렸다. 시팔, 별빛이 안 보이잖아…….

4

엄마! 지금 나 뻬쩨르 역에 내렸어 …… 응. 어디서 만나냐고? 그 역 앞 카페 있잖아. 전에 엄마랑 나랑 아침 먹은 데…… 응. 맞아. 엄마가 해장국 같다고 하던 보르쉬 팔던 그 집…… 좋지, 그럼! 오랜만에 오니 더 좋으네. 역시 난 모스크바 체질이 아닌 모양이야. 그 동넨 너무 거칠어…… 응, 그래도 적응해 가고 있는 중이야 …… 춥냐고? 별로. 진눈깨비가 좀 흩날리긴 하지만 모스크바에 비함 안 추운 거야 …… 그 아저씨 근데 엄마랑 무슨 관계야? 이름이…….

러시아에서 걸려오는 국제전화는 왕왕 통신 상태가 고르지 못했다. 중간에 전화가 끊어지거나 잡음이 교착되어 들리거나 하는 적이 전에도 더러 있었기에 정희는 아들 휴대폰으로 다시 전화를 걸려다가 그만두었다. 그런 문제도 있거니와 비싸기도 해서 웬만해선 이메일이나 메신저로 연락하는 아들이 전화를 걸어온 걸 보니 학기 내내 고생이 심했던 모스크바에서 뻬제르부르그로 휴가 삼아 떠난 여행이 어지간히 신나는 모양이었다. 임정희, 그 남자가 터키 가는 길에 러시아에 들를 거라 해서 무심코 아들이 모스크바에 있다는 얘기를 했는데, 전할 물건이 있으면 자신이 전해 주겠노라고 했다. 그런데 마침 아들이 방학을 해서 뻬쩨르부르그에서 사귄 친구를 만나러 그리로 떠난다는 메일을 보내왔다. 고맙지만 타이밍이 서로 어긋난다고 했더니 남자는 자기도 어차피 뻬쩨르부르그를 거쳐 발트해 연안까지 올라갔다가 거기서 터키로 들어갈 예정이라며 보낼 물건을 준비하라는 것이었다. 공항에서 만난 그는 된장, 고추장 등 사실 남을 통해 전하기는 구차스러운 품목인데도 문제 없다며 자신의 작은 수트케이스 하나를 열어 그것들을 끼워 넣었다. 호주로 언어 연수 가 있는 딸을 그는 결국 못 만나고 떠나지만 겨울방학 때 귀국하면 정희가 대신 만나기로 하고 연락처를 받아 두었다.

그녀와 네 번 만나는 동안 매번 저물녘 이내가 깔린 숲 속으로 걸어가는 사람의 이미지로 다가오던 남자. 그가 오늘은 북국의 도시에서 그녀의 아들과 함께 진눈깨비 내리는 아침을 맞고 있을 터였다. 오전 열 시나 돼야 해가 뜨는 뻬제르부르그의 초겨울 아침은 아직 어둑어둑하고 흐릿하여 저녁처럼 느껴질 것이다. 하지만 남자는 곧 알게 되리라. 그것이 새로운 하루를 여는 아침이라는 것을……. 어떤 관계냐고? 글쎄…… 이름이 같다는 게 하나의 관계가 될 수 있을까? 같은 병원에서 같은 검사를 받은 사이긴 하지만 그걸 관계라고 할 수는 없지 않은가. 엉뚱한 녀석 같으니라구……. 관계는 무슨! 하긴, 각자가 정작 만나고 싶은 제 자식 대신 상대방의 자식을 만나게 된 묘한 인연이 관계라면 그 관계는 생의 그물망 속에 꽤 오랜 세월 잠복해 있던 필연인지도 모른다. 만약에 그 사람 딸도 같은 질문을 해온다면 뭐라고 대답하지? 정희는 남자에게 한 약속이 새삼 부담스럽게 느껴졌다. 그러나 곧, 공연한 걱정을 또 미리 하고 있구나 싶어 실소가 나왔다. 오늘은 오늘만 살기. 순간순간 찍는 점에 오롯이 집중하기. 점묘 드로잉의 묘리는 거기에 있었다.

시계를 보니 어느새 두 시가 가까웠다. 철우를 깨워야 했다. 오후 세 시에 모이는 원 포인트 스쿨 수업에서 오늘은 철우가 색채에 대한 특강을 하기로 되어 있었다. 완성된 주전자 그림과 함께 색연필을 가방에 챙겨 넣은 정희는 잠시 망설이다가 양주 화실로 전화를 걸었다. 며칠 전부터 다시 작업에 불이 붙어 언제 잠자리에 들었을지 모를 철우를 깨우는 게 미안했지만, 약속은 약속이었다.

블랑블루, 겨울

강 물

지니는 그를 떠난 네 번째 여자다. 그는 조금 전까지도 그 사실을 모르고 있었다.

블랑블루는 남녘 끝에 있다. 그는 지니를 데리러 가기 위해 눈곱이 엉긴 눈을 비비다가 곱아 오는 손으로 더듬더듬 열쇠 구멍에 차키를 꽂았다. 새벽 안개가 어둠이 가시지 않은 거리를 해파리 떼처럼 덮고 있었다. 그는 캐리어와 백팩을 트렁크에 싣고 서둘러 시동을 걸었다. 밤사이 백태가 낀 유리창은 앞이 보이지 않았다. 그는 차 밖으로 나가 플라스틱 주걱칼로 앞유리에 붙은 성에를 긁어냈다. 두껍게 얼어붙은 서릿발이 밀려나고 차 내부가 흐릿하게 보였다. 낡은 쥐색 패브릭 시트를 가리기 위해 씌워놓은 하얀 반팔 티셔츠 두 장이 운전석과 조수석에 처진 두 팔을 벌리고 허수아비처럼 앉아 있었다. 그는 흠칫했다. 자신의 내부를 들여다본 느낌이었다. 그는 사이드미러와 옆문 유리의 성에를 마저 긁었다. 갸릉거리는 엔진 소리로 보아 예열이 더 필요할 것 같았다. 그는 운전석에 앉아 백미러와 사이드미러의 위치를 조정하고 파카 주머니에서 폰을 꺼냈다. 어젯밤 그가 잠든 사이 보낸, 지니의 메시지가 있었다.

블랑블루에 같이 못 가. 지금 비행기 탔어. 이렇게 하지 않으면 떠날 수 없을 것 같아서. 미안하다는 말은 하지 않을게. 잘 살아.

그는 회오리치는 모래바람에 휘말려 안개 가득한 낯선 사막으로 떠밀려 온 느낌이었다. 언젠가 이런 날이 올지도 모르겠다 싶었지만 이런 식일 것이라고는 생각하지 못했다. 해외 로밍 안내 메시지가 뜨고 통화 연결음이 울렸지만 지니는 전화를 받지 않았다. 그는 연거푸 발신 버튼을 눌렀다. '서른 즈음에.' 지난 가을, 지니의 서른 살 생일에 설정한 지니의 컬러링이었다. 탁하고 높은 김광석의 목소리가 차 안 가득 뿌연 먼지처럼 들어찼다. 그는 숨이 답답해 차 밖으로 나갔다. 안개는 아직 빽빽해서 숨이 트이지 않았다. 그는 멍하게 안개 속에 눈을 박고 있다가 그 안개 속으로 차를 몰았다.

"혼자 오셨어요?"

그는 움찔했지만 내색할 수는 없었다. 날렵한 청년 같았던 주인은 여름에 비해 체중이 좀 불은 것 같았다.

"예, 지금은. 한 달 전에 예약했습니다."

"어디로 하셨지요?"

그는 모니터 화면으로 확인하고 있으면서도 중요한 절차를 밟는 것처럼 괜한 질문을 던지는 주인의 태도가 언짢았지만 어쩔 수 없었다.

"203호, 산토리니."

그는 산토리니를 거칠게 발음하며 가슴에 통증을 느꼈다.

마침 휴가철이 끝나 골라 들어갈 수 있으시네요. 2층에 미코노스, 딜로스, 산토리니가 있고요, 3층에 스키아토스, 코르푸, 알로니소스가 있어요. 여긴 지중해라 빈방이 거의 없거든요.

주인이 옅게 웃으며 말했다. 여름의 끝자락, 뒤늦게 휴가를 얻어 남해 바닷가를 돌다가 바다를 바라보고 있는 종탑 같은 하얀 육각형 건물 이마에 붙은 '블랑블루, 커피 앤 베드'라는 파란 글씨를 보고 그를 이리로 이끈 지니는 바로 산토리니를 선택했다.

중학교 때부터 가고 싶었거든. 산토리니의 집과 건물들은 거의 모두 흰색이야. 벽은 두껍고 창문이 작아. 여름 햇볕이 워낙 강렬해서 그걸 차단하려고 그렇게 했대. 눈이 시리도록 파란 하늘, 하얀 집들과 다시 물감처럼 파란 바다, 그 파란 바다를 내려다보는 언덕에 흰 기둥과 파란 돔의 종탑. 사회 시간에 그 사진을 보고 언젠가 꼭 가보겠다고 맘먹었어.

카드키를 받아들고도 지니의 흥분은 가라앉지 않았다. 그는 지니의 부풀어 오른 감정이 낯설기도 하고 귀엽기도 했다. 갈 곳이 있다는 것은 삶이 아직 경건하다는 뜻이다.

"2박3일 예약하셨죠? 너무 일찍 오셨네요. 입실 시간은 세 시부터예요. 키는 그때 드릴 게요. 바닷가 산책이라도 하고 오세요. 카페에서 차 한 잔 하시면서 쉬셔도 되구요."

1층은 카페, 2, 3층은 객실, 4층은 주인의 살림집이었다. 저 젊은 주인은 어떻게 이런 건물에서 생활할까? 그는 가슴의 공동 속으로 파고드는 그런 생각들을 털어내며 뒷걸음질치듯 카운터 옆의 카페로 물러나 파란 물감이 묻어날 것 같은 패브릭 의자에 앉았다. 몸이 깊숙이 파묻혔다. 카페 안은 거의 모두 두 가지 계열의 색으로 나뉘어 있었다. 등 쪽이 바깥을 향한 역디귿자 형태의 세 벽은 유리창이 달린 곳 빼놓고는 모든 공간이 허리춤 위로는 하얀색이, 그 아래로는 맑은 바다 빛깔이 칠해져 있었다. 그와 달리 아래위 모두 하얀색으로 칠한 안쪽 벽은 앞에 세워 놓은 책꽂이가 짙은 하늘색이었다. 그가 몸을 묻은 바다색 패브릭 의자에도 하얀 등방석이 놓여 있었다.

손님은 그를 빼고 넷이었다. 하늘색 책꽂이 안쪽 구석 자리에는 젊은 커플이 머리를 맞대고 속삭이고 있고 창가에는 중년 커플이 따로 온 사람들처럼 바다를 내다보고 있었다. 그도 창밖으로 눈을 돌렸다. 블랑블루 앞길과 같이 쓰는 주차장 앞 듬성하고 조촐한 소나무숲 가에 장난감 성처럼 생긴 공중화장실 겸 탈의실이 있고, 그 건물을 와이셔츠 뒷깃의 단추처럼 붙인 소나무숲은 앞쪽으로 초승달 같은 백사장을 감싸며 동쪽과 서쪽 끝으로 둥글게 뻗어나갔다. 그 솔숲과 초승달 모양 백사장 아래 지니가 지중해 빛깔이라고 좋아하던 바다가 펼쳐져 있었다.

지니는 어디 있을까?

장소는 지극한 현실인 것 같아. 움직일 수 없는 계급이기도 하고. 내가 어디 있느냐 하는 것은 내가 어떻게 살고 있는가 하는 표지잖아?

서로의 몸에서 빠져나와 천장을 보고 있던 지니가 말했다. 쥐 오줌 같은 얼룩이 천장에 무늬를 놓고 있었다. 그는 가슴이 서늘해졌다. 견디기 힘든 무언가가 가슴에서 꿈틀거렸다. 그는 침대에서 일어나 창가에 섰다. 그의 움직임을 따라 삐걱이던 침대 용수철 소리가 창가까지 그를 따라왔다. 창밖 전봇대에서 뻗어나온 전선들이 맞은편 다세대주택 4층에서부터 반지하까지 어지럽게 흩어져 들어가고 그 가운데 몇 가닥이 좁은 골목을 건너 그의 방으로 갈라져 들어오고 있었다.

저 전선들이 가지런해지면, 침대 용수철 소리가 들리지 않으면, 천장의 얼룩이 사라지면 지니는 저렇게 현학적인, 아니 지극히 현실적인 표현을 하지 않게 될까?

그는 눈을 둘 곳이, 서 있을 곳이 마땅치 않았다.

젊은 커플이 카페를 나가고 중년 커플이 뒤따라 나갔다. 그는 패브릭 의자가 너무 깊어 꼼짝할 수 없었다.

"입실하셔도 됩니다."

뤽 베송이 연출한 영화였던가, 그는 파랗고 파란 지중해 바닷속 프리다이빙을 하는 두 친구 이야기를 그린 그랑블루Le Grand Bleu는 본 적이 있어도 블랑블루blancblu는 들어 본 적이 없었다.

하양파랑

또는 하양과 파랑.

블랑blanc은 프랑스어로 흰색을 뜻하는 말이고, 블루blue 아닌 블루blu는 파란색을 뜻하는 이탈리아어였다. 왜 두 나라 말을 섞었을까? 그렇게 쓰는 사람들이 있을까? 그는 잘 모르는, 그쪽에서 자주 쓰는 조합일까?

그는 자신이 왜 혼자 이곳에 와 있는지 어리둥절해하다 먹먹해져서 하릴없이 폰을 뒤져 그런 것들을 찾아보며 시간을 지우고 있었다. 2시 55분이었다. 그는 5분이 사람을 구원할 수도 있다는 것을 실감했다.

문 앞에 키 작은 빨간 우체통이 보초처럼 서 있는 하늘색 문을 열고 들어가면, 양옆의 하얀 벽이 옹위하는 듯한 나선형 계단이 나타났다. 계단에 발을 딛자 물살이 갈라지며 길이 열리는 것처럼 느껴졌다. 그 계단 끝에 짙은 바닷물빛 문이 앞을 막고 있었다.

203호 산토리니.

그는 잠깐 망설이다가 카드를 대고 문을 열었다. 아치형 테라스 너머 바다를 살짝 가린 하얀 실내 커튼이 바닷바람에 펄럭이고 있었다. 바닷가를 걷고 돌아와 한낮에 커튼을 치고 지니와 함께 침대에 누워 있으면 햇빛도 아치형으로 커튼에 매달려 있다 흘러내렸다. 그는 서둘러 눈을 돌렸다.

옅은 하늘빛 벽에 하얀 천장, 매끄럽고 투명한 콘플로어 바닥, 바다빛깔 피티드 시트 위에 하얀 플랫시트, 그 위 침대맡에 놓인 파란색 큰 베개, 하얀색 중간 베개, 민트색 작은 베개, 침대 좌우에 다리를 잔뜩 구부리고 서 있는 키 작은 바로크식 하얀 협탁, 그 위에 꽃병처럼 놓인 민트색 꽃무늬 등, 침대 발치에는 둥근 유리 탁자를 마주보고 있는 한 쌍의 등나무 의자, 창밖 아치형 하얀 테라스에 놓인 지니의 부드러운 등 곡선을 담아내던 하늘색 선 베드 두 개, 그 위 파란 하늘, 그 아래 파란 바다!

옅은 바닷물빛 벽 사이에 놓인 하얀 변기에 앉으면 바닷속에서 일을 보는 것 같은 해방감이 마음을 편안하게 하고 몸을 들뜨게 했다. 그와 지니는 욕조에서 씻다가 성급하게 서로의 몸 속으로 들어갔던가. 그는 또다시 찾아온 가슴의 통증을 어금니로 지그시 눌렀다.

그때처럼 하늘빛 벽에 걸린 55인치 커브드 텔레비전, 그 옆 하얀 탁자 위에 놓인 그리스식 끓여 먹는 커피포트 브릿기, 하얀 찻잔 둘, 꽃차 잎차 그리스 가루커피 프라뻬, 하얗고 하얀 타월들, 샴푸 린스 바디워시 치약 칫솔……. 따로 준비해 오지 않아도 충분한 질 좋은 일회용품들까지 완벽하게 비치돼 있었다.

지중해풍 소품들인가 봐!

지니는 사진을 찍고 다시 디스플레이 하고 다시 사진을 찍었다. 그가 보기엔 동화 속에 나오는 소품들 같았다.

나중에 이런 소품들 디자인하면 좋겠다. 실내 인테리어 디자인도 재밌을 것 같아.

북 디자인을 하는 지니는 동의를 구하듯 그를 쳐다봤다. 그는 고개를 끄덕여 줬다.

이 소리, 이 바스락거리는 소리 들었어?

지니가 플랫시트를 들춰 몸을 감싸며 말했다.

아, 저 기하학적 아름다움!

지니가 눈으로 창밖을 가리켰다. 커다란 고압 전신주에서 뻗어 나오고 있는 전선들이 가지런했다.

우리, 나중에 집 지으면 이렇게 꾸미고 살까?

지니가 물었다. 지니의 눈은 순정만화 주인공의 그것처럼 초롱하게 빛나고 있었다. 그는 이곳을 자신의 집으로 만들고 싶었다. 마음을 먹으면 안 될 것도 없을 것 같았다.

백사장 걷고 있을게. 얼른 마치고 내려와.

그가 마감에 쫓겨 노트북을 열고 작업하는 사이, 플랫시트를 감고 침대에 누워 텔레비전을 보던 지니가 밖으로 나갔다.

전자제품, 아웃도어용품, 헬스기구 등의 상품평, 식사 후기, 숙박 후기……. 그는 닥치는 대로 글을 썼다. 컨슈머 리포트에서 알바한 경험이 도움이 됐다. 돈이 돼도 쓰고 돈이 안 돼도 썼다. 거듭 노출이 되면 그 글이 돈을 벌어 올 터였다. 얼굴에 분칠하고 거리에서 호객을 하는 느낌이 들기도 했지만 그런 생각은 사치였다. 쓸 수 있고 팔 수 있으면 성공한 것이다. 팔아야 밥이 나오고 집세가 나오고 지니와 함께할 수 있는 시간을 살 수 있었다.

이따금 눈을 돌리면 지니가 백사장 물끝을 걷는 게 보였다. 지니는 그가 있는 창, 산토리니를 향해 손을 흔들고 손키스를 보냈다. 그도 손을 흔들어 줬지만 무언가 부족하게 느껴졌다. 그는 촉급하게 원고를 마감하고 백사장으로 나갔다. 지니는 물끄러미 바다를 보고 있었다. 그 뒷모습이 쓸쓸했다. 그때 알았어야 했나? 그 뒷모습이 지니의 마음이라는 것을. 그는 가슴이 아련하고 뭉클했다. 지니의 손흔듦과 손키스는 지금 너무 쓸쓸하다고 몸짓으로 흔든 깃발이었는지도 모른다. 떠날 수도 있다는, 떠나고 싶다는 마음의 깃발!

그는 테라스로 나가 바다를 봤다. 백사장 동쪽 끝으로 제법 높은 산이 바다를 에워싸고 그 산기슭 아래 조개껍질 같은 집들이 마을을 이루고 있었다. 마을 앞에는 방파제가 바다 쪽으로 길게 뻗어 있고 마을 옆으로 산줄기가 좀 더 이어지다 높은 언덕을 이룬 뒤 갑작스레 벼랑이 되어 바닷속으로 잠겨들어 갔다.

바람이 찼다. 바다는 더 짙어져 군청색으로 밀려오고 백사장에는 손을 깍지 낀 젊은 커플이 물끝을 걷고 있었다. 그는 바다와 바다를 둘러싼 윤곽선이 너무 막막하고 아득하게 느껴져 오래 눈을 둘 수 없었다. 그는 고개를 내렸다.

주차장에는 흰색 벤츠와 바다색 미니 쿠퍼가 나란히 서 있고, 거기서 좀 떨어진 화장실 앞에 엄마가 그에게 남겨준 98년식 연두색 마티즈가 바닥에 납작 엎드려 있었다. 보험 외판을 하던 엄마는 마티즈를 아꼈다. '빈틈없고 단단한 차, 큰 차 비켜라' 엄마는 오래도록 그 카피를 기억했다. 사람은 제 깜냥대로 사는 거야! 오래전 아버지는 다른 여자와 눈이 맞아 떠났고, 혼자 그를 키우면서 엄마는 그에게 자존감과 자부심을 주문했다. 엄마 스스로도 주눅들지 않으려고 애썼다. 왜 이러지? 오늘은 좀 이상하게 피곤하다. 엄마는 퇴근하고 돌아와 그의 저녁상을 차려주고 바로 누웠다. 다음날 그는 늦잠을 자고 일어나 눈곱만 비비고 학교에 갔다. 입시가 끝난 뒤라 오전 수업만 하고 일찍 집으로 돌아올 수 있었다. 당연히 출근했을 것이라 생각한 엄마는 그때까지 안방에 웅크리고 누워 있었다. 엄마는 불러도 대답하지 않았다. 그의 손바닥이 짚은 엄마의 이마는 차디

차게 식어 있었다. 허둥대는 그의 눈에 어젯저녁 그가 먹고 씻어놓지 않은 그릇들이 싱크대에 그대로 있는 게 보였다. 자신이 설거지를 해놓았으면 엄마는 괜찮았을까? 그는 언제 어디서 발생할지 모르는 어처구니없음에 익숙해져야 했다. 연립주택 반지하방은 밭은 월세여서 보증금도 건질 게 없었다. 마티즈 정도는 남겨두고 가도 된다고 생각했을까? 엄마는 이 세상에 미련이 없을 것 같았다.

딱 한 번만 도와줘요. 다음부터는 내가 해결할 테니까. 입학금과 등록금을 부탁하러 갔을 때 숙였던 고개를 들고 한참 동안 카페 천장을 올려다보던 그의 아버지는 자신의 다른 아들과 딸 이야기를 했다. 지금 상황이 어렵고 그 애들 뒷바라지하기도 벅차다. 그 애들은 너무 어려. 그는 입술을 깨물며 일어섰다. 이후로도 그가 그의 아버지 자식이 아닐 것임은 분명했다.

문득 마티즈가 더 초라하고 불쌍해 보였다. 그는 눈을 바다로 돌렸다. 바다는 파랗고 햇빛이 부딪친 은빛 동전처럼 빛났다.

지니는 어디 있을까? 그보다 왜 자신을 떠났을까? 저 마티즈 때문에?

아이 가질까?

그가 밖에다 사정을 하고 부르르 떨고 있을 때 마침 생각났다는 듯 지니가 차분한 목소리로 말했다. 그는 약간 짜증이 났지만 뭐라고 대답할 수 없었다. 지니의 말 속에 담긴 서늘함이 사정의 쾌감을 급속히 거둬가고 있었다.

두려워?

지니가 물었다. 그는 두 볼에 바람을 잔뜩 불어넣었다.

뭐가 그렇게 두려워?

침묵이 길어져 그는 뭐라도 변명을 하고 싶었다.

아이가 두려운 것은 아냐. 아이가 살아갈 세상이 두려운 거지.

키우지 못할까 봐 두려운 것은 아니고?

솔직히 말하면 내가 매이는 것도 두렵고.

매이지 않으면 세상을 살아갈 수 있을까? 태어난 순간 우리는 이 세상에 매인 거고 그렇게 세상의 일원이 된 건데.

그게 내키지 않는다고.

그렇다고 벗어날 수 있는 것도 아니잖아?

그래도 내키지 않아.

혹시, 저항하는 거야?

저항?

그는 어쩌면 가장 소극적인 저항일지도 모른다고 생각했다.

복수하고 싶어서?

때로는.

불가능해. 어쩌면 살아내는 게 복수인지도 모르지.

지니가 마지막으로 한 말이었다. 그때는 그게 마지막인지도 몰랐지만.

지니는 무엇을 찾아 떠났을까? 가장 소극적인 복수를 꿈꾸는 사람이 아닌, 아이를 낳을 수 있고 함께 키울 수 있는 사람을 찾아?

그는 묻고 싶었다. 그러나 물을 수 있는 길이 없었다.

그는 블랑블루를 나와 백사장을 걸었다. 중년 커플이 화장실에서 손을 잡고 나오다가 그를 보고 얼른 손을 놓았다. 초승달 같은 백사장에서 보면 바다는 난바다로 트여 있었다. 난바다의 수면은 햇빛이 거대한 거울에 부딪쳐 튕겨 일어나고 있는 것처럼 윤슬이 잘게잘게 부서지고 있었다.

지니는 그의 손을 잡고 물끝에서 깡충깡충 뛰었다. 밀려온 물이 호피무늬 바캉스 샌들을 덮치면 지니의 탄성은 하늘로 올라갔다. 초승달의 배꼽께에서 지니는 그의 엉덩이에 치골을 바싹 붙였다. 그는 그의 몸을 쓰다듬고 위로해 주는 그 밀착감이 좋았다. 그는 뒤돌아서 지니를 안고 입술을 포갰다. 수면에 반사된 햇빛의 입자들이 그의 눈을 부드럽게 찔렀다.

어, 저게 뭐야?

지니가 입술을 닫으며 고개를 돌렸다. 지니의 눈길이 백사장 동쪽 끝에 가 있었다. 회백색의 물체가 물끝에 가로로 놓여 있었다. 그는 섬뜩한 마음을 다독이며 그 잿빛을 띤 하얀 물체 가까이 다가갔다. 돌고래 상괭이 새끼가 반쯤 모래에 파묻힌 채 죽어 있었다. 입도 눈도 닫힌 어린 상괭이는 군데군데 살갗이 검붉게 벗겨지고 꼬리지느러미에 구멍이 뚫려 있었다. 어머어머, 지니는 고개를 돌렸고, 그는 자신이 죽어 떠밀려온 듯한 기분에 휩싸였다. 그는 서둘러 지니의 손목을 잡고 백사장 서쪽 끝으로 되돌아갔다.

물끝 가까이 있는 작은 바위섬에서 깃을 말리거나 자맥질하는 가마우지 몇 마리가 보일 뿐 상괭이도 지니도 보이지 않았다. 그는 백사장 동쪽 끝을 향해 내처 걸었다.

지니는, 아니 여자들은 그와의 관계가 익숙해지면 왜 문득 허용된 시간이 다 됐다는 듯 떠날까? 자신의 생에 그렇게 입력되고 그렇게 실행되도록 짜인 프로그램이라도 있는 것일까?

편의점에서 알바 하다 만난 첫 번째 여자친구는 잘 웃었다. 웃는 모습도 예뻤다. 손님들에게도 잘 웃어 그녀를 보러 오는 손님이 제법 있었다. 그에게도 잘 웃어 줘서 그의 마음이 설레기도 했다. 오후 알바였던 그녀는 오전 수업을 듣고 편의점으로 달려와 오후 내내 서서 일한 뒤 밤 알바였던 그에게 인계하고 다시 자정까지 주유소 알바를 하러 달려갔다. 그는 밤을 새워 지킨 편의점을 아침 알바에게 인계하고 고시원으로 가서 서너 시간 잔 뒤 학교로 달려갔다. 그녀가 수업을 오전으로 몬 것처럼 그도 수업을 오후로 몰았다.

그녀가 갑자기 편의점에서 쫓겨났다. 계산이 맞지 않는다고 점장이 그만두게 했다. 그녀는 점장의 고등학생 아들이 학원비 낸다고 30만 원을 가져간 거라고 메모를 보여줬지만 점장은 받아들이지 않았다. 그 메모는 인수인계하며 그도 본 것이었다. 종종 점장의 아들이 돈 가지러 오고 그때마다 점장에게 전화해서 확인하고 줬으나 그날은 너무 바빠 메모만 하고 준 것이 화근이었다. 이상하게 그날 그 시간만 시시티비가 작동하지 않았다. 그녀는 점장의 아들이 창고에 들어갔다 나오는 장면을 기억해 냈으나 그 말까지는 할 수 없어 아드님한테 다시 확인해 보라고 말했다. 점장은 30만 원을 뺀 급료를 주고 그녀를 내쳤다. 그녀는 울면서 제

가슴만 쳤다.

부당노동행위로 노동청에 신고하고, 경찰에 수사 의뢰할 겁니다.

그는 점장에게 말했다.

니가 뭔데?

남자친굽니다.

일 안 하고 연애질했단 말이지, 내 가게에서?

일 열심히 했습니다. 연애는 사생활이고.

점장이 감정을 다스리듯 느릿느릿 돈을 센 뒤 5만 원권 여섯 장을 그녀에게 던졌다.

너도 곧 손버릇 나쁜 년 덕을 보게 될 거다.

그녀를 앞세우고 돌아서는 그의 등뒤로 점장이 나직하게 씹었다.

고마워. 내가 저녁 살게.

그녀가 숙였던 고개를 들며 말했다. 그녀의 젖은 눈이 핸드폰가게 쇼윈도 불빛에 반짝였다.

아냐, 내가 살게.

내가 살게 술 사.

모텔비는 그녀가 우겨 둘이 나눠서 냈다. 모텔비를 더 지출할 수 없어 다음부터는 각자가 사는 고시원을 찾아 몸을 나눴다. 서로의 몸 속으로 들어갔지만 소리를 죽여야 돼서 더 깊이 들어갈 수는 없었다. 그래서 더 애틋했다. 그는 그러다가 그녀와 결혼하게 되는 줄 알았다. 떨어져 있으면 많이 그리워 그 그리움이 둘을 감싸고 보호할 수 있는 집이라고 생각하고 있을 때 그녀가 말했다.

아무리 생각해도 우린 너무 같은 사람들 같아!

무슨 말이야?

여길 벗어날 수 없을 것 같다고.

그녀가 그의 방을 둘러보며 말했다. 밥상 겸용으로 쓰는 접이식 앉은뱅이책상 위에 초소형 전기밥솥과 라면냄비, 포개놓은 플라스틱 꽃무늬 국그릇과 밥그릇 두 개, 그 안에 비스듬히 놓인 스테인리스 숟가락과 젓가락 두 벌이 그와 그녀를 빤히 쳐다보고 있었다. 상 옆 바닥에는 컵라면 몇 개가 다보탑처럼 쌓여 있고 전공책 몇 권이 어지럽게 쓰러져 있었다. 그는 대답할 수 없었다. 어떻게 해야 고시 준비도 하지 않는 고시원에서 벗어날 수 있을까 자신도 늘 하는 고민이었다.

그녀는 더는 그의 방으로 오지 않았다. 그도 더 이상 연락할 수 없었다. 그래도 그는 그 이름을 아직 기억하고 있다. 선희. 이름처럼 선하고 솔직한 여자였다.

글로벌문화콘텐츠학과가 뭐 하는 데야? 뭘 배워?

도저히 다음 학기 등록금을 마련할 수 없어 휴학을 하고 도배를 하다 만난 두 번째 여자친구는 신기해하는 눈빛으로 그를 쳐다보며 물었다.

나도 잘 몰라. 그냥 다니는 거야.

내 아이템이 너무 빈약하지?

친해지고 나서 그녀가 공허하고 지친 눈빛으로 다시 물었다. 처음에 그는 그가 운명적으로 몸에 지니고 있는 질문을 그녀가 대신한 것으로 생각했다. 강력한 동질성을 느끼게 하는 물음이었다.

잘 가. 난 여길 벗어날 수 없을 것 같아. 고등학교도 마치지 못한 여자가 뭘 하겠어?

다른 공사장으로 떠나며 그녀가 말했다. 그때 그는 그게 질문이라는 생각을 미처 못 했다. 그녀는 그가 잡기를 바랐던 것 아닐까? 그녀가 떠난 것이 아니라 적극성이 부족한 자신이 그녀를 밀어낸 것인가? 그는 그녀의 이름도 얼굴도 떠올리기 어려웠지만 그녀가 표현한 그 은유와 그녀의 눈빛은 생생하게 기억이 났다.

우린 얼마나 버틸 수 있을까?

그를 안고 나서 세 번째 여자친구가 물었다.

우린 벌써 서른세 살인데……. 한 사람도 아니고 우리 둘 다 프리랜서라는 건 좀 그렇잖아?

욕심을 버리면 프리랜서가 그렇게 나쁜 것은 아니잖아. 노트북만 있으면 어디서도 일할 수 있고.

불안하지 않아? 난 너무 불안해. 우리가 함께할 수 없게 될까 봐.

내 몸의 재질이 불안이야. 내 몸은 다 불안으로 만든 근육이라고. 그래서 불안을 견디지.

너무 이기적인 것 같아!

우리가 선택할 수 있는 것도 아니고……. 내 것 아닌 것에 목매달고 싶지 않아, 더는.

너무 자기만 생각한다고.

그럼 또 뭘 생각해야 돼?

나, 그리고 우리.

당연히 생각하지.

아닌 것 같은데?

왜?

미래를 생각 안 하잖아?

해.

멀리 바라보지 않잖아?

그건 질문도 아닌 질문이었다. 떠나기 위한 질문이라면 몰라도.

그녀는 지금 자신이 바라는 미래에 가닿았을까? 그는 시린 손을 파카 주머니에 넣었다. 한데 모여 자맥질을 하거나 바위섬에서 깃을 말리던 가마우지들 가운데 한 녀석이 물결에 휩쓸린 듯 그가 있는 물끝 쪽으로 조금씩 떠밀리는 게 보였다. 그는 자신의 몸이 점점 쪼그라들고 가벼워져서 저 가마우지처럼 떠밀리는 것 같았다.

산토리니 테라스에서 조개껍데기 몇 개가 엎어져 있는 것처럼 보였던 산기슭 마을은 20여 호가 넘는 아늑한 마을이었다. 마을 앞 공터에는 얼굴이 검게 그을고 주름이 자글자글한 할아버지와 할머니가 그물을 넓게 펼쳐놓고 찢어진 곳을 깁고 있었다. 그들은 노인들답지 않게 손놀림이 재발랐다.

"힘드시죠?"

그는 친가든 외가든 할아버지와 할머니를 본 기억이 없어 할머니, 할아버지를 보면 괜히 말을 붙이고 싶어진다.

"무에 힘들어? 맹 하는 일인데."

고개를 든 할머니가 투박한 남도 사투리로 퉁명스럽게 말했다. 말투와 달리 할머니는 햇빛이 눈에 부신 듯 미간을 좁히며 슬쩍 웃어 주었다. 할머니 얼굴이 더 깊은 주름으로 접히며 웃음의 폭을 온 얼굴로 확대시켰다. 할아버지는 그물 깁는 손을 멈추지 않은 채 옆에서 씩 웃기만 했다.

평생을 깁고도 더 기울 그물이 남아 있다는 것은 고통일까, 축복일까? 그런 걸 가리기 이전에 그는 거기까지 가는 길이, 그리고 그 시간이 자신은 도달할 수 없을 것처럼 아득하게 느껴졌다. 그는 할머니 할아버지에게 소년처럼 꾸벅 인사를 하고 방파제 쪽으로 걸었다. 기다란 방파제 너머 만 바깥 바다에는 조업을 하는 배 몇 척이 그림엽서 속 풍경처럼 떠 있었다.

한 가족이 방파제 끝에서 손낚시를 하고 있었다. 아이들 아빠는 빵부스러기 같은 밑밥을 조금씩 물속에 던졌다. 초등학교 저학년으로 보이는 남매가 낚싯줄을 드리운 바다는 물이 맑아 물속을 돌아다니는 학꽁치들이 한눈에 다 보였다. 아이들은 물속을 들여다보고 있다가 학꽁치가 미끼를 물면 손에 든 낚싯줄을 슬그머니 들어올렸다. 학꽁치는 아이들이 제 입에서 낚싯바늘을 빼기도 전에 저절로 방파제 바닥에 떨어져 파닥거렸다. 주둥이가 두루미 부리처럼 뾰족하게 길고 등이 바닷물빛처럼 푸른 학꽁치. 아이들은 탄성을 지르고 아이들 엄마는 파닥거리는 학꽁치를 주워 검은 비닐봉지에 담았다.

"이걸로 뭐 해먹어?"

"구이도 해먹고 회도 해먹고, 먹다가 질리면 회덮밥도 해먹고."

"난 회덮밥!"

"난 구이!"

아이들은 다시 물속을 빤히 들여다보며 학꽁치가 미끼를 물기를 기다리고 있었다. 엄마도 저렇게 끌려 올라가 하늘나라 어느 가족의 반찬이 되었을까? 신이 있다면 그러고도 남을 것 같았다. 그도 언제 그렇게 될지 모르는 일이었다. 그는 서둘러 방파제를 떠났다.

그는 가파른 언덕길을 올랐다. 꼭대기인 소나무숲을 지나면 돌계단 사이로 터널을 이룬 동백나무숲이 비탈 아래로 내려가고 있고, 거친 돌계단에는 송이째 떨어진 붉은 동백이 그의 발밑에서 비명을 지르고 있었다. 그는 떨어진 동백꽃을 밟지 않으려 애썼지만 수가 너무 많아 피할 수가 없었다. 그때마다 비명을 지르는 것은 그 자신이었다. 밤길을 걷는 것처럼 마음이 캄캄했다. 그는 가슴을 움켜쥐고 겨우 계단의 끝에 닿았다. 등에 땀이 흥건했다. 거기가 한아름쯤 되는 커다란 몽돌이 가득 쌓인 바닷가였다. 바로 앞에 웅크린 소처럼 생긴 작은 섬 하나가 그가 서 있는 쪽으로 고개를 돌리며 바다에 떠 있었다. 그는 내려온 길을 올려다봤다. 그 돌계단 동백나무 터널 양옆 넓은 비탈에 팔손이 종려나무 조팝나무들의 숲이 층을 이루며 언덕 꼭대기 소나무숲을 향해 올라가고 있었다. 안내판에는 80대 노부부가 머슴살이를 하며 돈을 모아 그 바위 비탈을 산 뒤

50년 동안 돌을 고르고 50여 가지 나무와 꽃을 심어 지금은 지역의 명물이 되었다고 씌어 있었다. 봄에는 특히 비탈을 타고 바닷가로 내려가는 노란 수선화 물결이 파란 바다와 어우러지는 절경이 된다고.

그는 해변을 가득 채운 커다란 몽돌들을 보며 시지포스가 산중턱까지 밀고 올라갔다가 놓쳐 버린 돌들 같다는 생각을 했다. 그래서 지금도 산정에 이르지 못한 돌들이 끝없이 굴러떨어져 바다에서는 저렇게 달그락거리는 소리가 들리는 것이라고. 어쩌면 노인 부부는 저 달그락거리는 실패들을 딛고 끝내 돌을 산정에 올린 성공한 시지포스일까? 그는 그 어기찬 맹목이 무서웠다. 그는 그보다 노인 부부가 낙하의 재미를 느꼈으면 좋았을 것이라고 생각했다. 돌을 밀어 올리다 중턱에서 놓치는 재미. 나중에는 스스로 굴러 떨어뜨리는 재미. 그래서 몽돌 해변을 만드는 재미.

그는 바다로 눈을 돌렸다. 눈앞의 섬이 그에게 바짝 다가오는 듯싶더니 잠깐 사이 다시 멀어지기 시작했다. 그는 마음이 급해졌다. 헤엄쳐 가면 저 섬에 닿을 수 있을까? 지니의 손을 다시 잡을 수 있을까? 그는 눈앞이 부예졌다. 이것이 네 번째 겪는 것이라면 이젠 좀 익숙해져도 되는 것 아닐까?

카페에서 먼저 나간 젊은 커플은 몽돌밭 옆 으슥한 숲길에 앉아 서로의 몸에 들어가지 못해 안달하고 있었다. 그는 바닷가 벼랑길을 돌아 산기슭 마을과 백사장, 블랑블루가 한눈에 내려다보이는 언덕에 섰다. 백사장 쪽으로 빨려들어간 만은 종 모양을 이루고 그 종 모양의 꼭짓점에 블랑블루가 바닷가에 걸린 작은 창문처럼 떠 있었다. 지니는 저 창을 통해 세상을 봤던 것일까? 그는 보지 못한 세상을?

산기슭 마을은 여전했다. 할머니와 할아버지는 여전히 그물을 깁고 있고, 사람들은 여전히 방파제에서 낚시질을 하고 있었다. 아까와는 다른 사람들이었다. 학꽁치들은 여전히 밑밥에 끌리고 그중에 몇은 여전히 대를 이어 낚싯바늘에 걸릴 것이었다.

댕강~댕강~댕강~~~

낮익은 종소리가 울렸다. 마을 안쪽에서 울리는 소리였다. 그는 무거운 다리를 끌고 소리 나는 쪽으로 올라갔다. 무슨 그리움에 끌린 듯 저절로 발걸음이 그리로 가고 있다는 게 정확한 표현일 것이다. 야트막한 언덕을 오르자 언덕 안쪽으로 지중해풍 점토 기와를 얹은 10여 채의 커다란 집들이 띄엄띄엄 자리하고 앉아 바다를 내다보고 있었다. 언덕 아래서는 보이지 않던 마을이었다. 다른 집들과 마찬가지로 붉은색 점토 기와를 얹은 교회는 마을 한가운데 있었다. 소리는 뾰족한 종탑에 걸린 스피커에서 울리고 있었다. 그는 잠깐 망설이다가 교회의 둥근 쇠문고리를 당겼다. 엄마가 죽은 뒤로는 한 번도 넘어서지 않은 문이었다. 어둑한 실내에서 냉기가 훅 그의 얼굴로 쏟아졌다. 그는 주춤주춤 문 안으로 들어갔다. 색색의 스테인드글라스를 통과한 빛이 십자가에 박힌 예수를 아련하게 비추고 있었다. 그는 고개를 들어 십자가를, 예수를 올려다봤다.

엄마는 그 지친 몸으로 하루도 빠지지 않고 새벽기도를 했다. 돌아오지 않는 아버지를 되찾기 위해 그랬을까? 그의 삶, 그의 미래를 보듬어 달라고 그랬을까? 그 기도의 효험이 이렇게 나타나고 있는 것일까? 그가 고개를 돌릴 때까지 예수는 표정 변화가 없었다.

그는 이제는 믿지도 않는 저 목상을, 더더구나 엄마를 원망하고 싶지는 않았다. 그저 엄마가 보고 싶었다.

다시 백사장에 들어섰을 때 바다 분위기가 바뀌어 있었다. 바위섬에 앉아 있는 가마우지 우는 소리도 음산하고 물결 소리도 처연했다. 해가 서쪽으로 기울고 윤슬의 양도 훨씬 줄어 있었다. 그는 자신의 몸이 긴장하는 것을 느꼈다. 터무니없는 것은 아니었다. 떠밀린 가마우지 한 마리가 물끝에서 몸을 가누지 못하고 자꾸만 쓰러지고 있었다. 바위섬에 앉아 있는 것들보다 작은 새였다. 그는 달려가 가마우지를 안았다. 차가운 바닷물이 파카의 소맷부리를 뚫고 그의 팔 안쪽으로 흘러들어왔다. 가마우지의 푸른 눈이 자꾸만 감기고 있었다. 지친 것일까, 잘못하여 독약을 먹었을까? 낚싯바늘 같은 것을 삼켰을까? 그는 뭘 어떻게 해야 할지 몰라 가마우지를 안고 블랑블루를 향해 달렸다.

벌컥 문을 열고 들이민, 탈진한 새를 보고 놀란 주인이 따라오라는 듯 문밖으로 나갔다. 그는 뻘쭘하게 가마우지를 안고 서 있다가 주인을 따라 나가며 다시 물었다.

"가까운 데 동물보호단체 같은 거 있어요?"

주인이 그도 들을 수 있게 스피커를 켜놓고 전화를 걸었다.

“지금 다른 동물 때문에 육지에 와 있어요. 상태가 어떤데요?”

폰 속에서 남자가 태평하게 물었다.

“죽어가는 것 같아요. 감긴 눈을 못 뜨고 체온도 떨어지는 것 같고.”

“힘들 것 같네요. 수명이 다한 것 같아요.”

“사무실에 누구 없어요? 우리가 갈게요.”

“예. 지금은…….”

“너무 늦은 것 같네요. 그 사람들도 다 살릴 수는 없을 거예요. 돌봐야 할 동물들이 너무 많기도 하구요.”

주인이 변명하듯 말했다. 그의 손에 든 가마우지가 조금 더 무거워졌다.

“죽은 거 같아요.”

그와 가마우지를 번갈아 살피던 주인이 검안의처럼 말했다. 고개를 떨군 가마우지는 푸른 빛이 돌던 검은 깃털도 탈색이 된 듯 바래어 갔다. 그는 다리에서 힘이 빠져나가는 소리를 들었다.

그는 주인에게 삽을 빌려 최대한 바다 가까운 모래사장 끝을 팠다. 바닷물이 스며든다면 거기가 바다일 것이다. 노란 턱과 검은 깃털이 모래에 덮이자 검붉은 낙조의 잔양이 삽날에 부딪쳤다. 바다는 벌겋게 물들어 저물고 있었다. 그는 지는 해의 배려를 생각하며 붉은 눈물처럼 쏟아지는 석양의 추도사를 들었다. 자신의 가슴 어딘가를 향한 추도사 같기도 했다.

1층 카페 테라스로 나가는 폴딩도어 한쪽이 열려 있었다. 문밖에는 낮에 보았던 젊은 커플과 중년 커플이 숯불이 타오르고 있는 바비큐 그릴 위에 고기를 굽고 있었다. 숯불 연기와 고기 타는 연기가 서로 몸을 꼬며 향불 연기처럼 피어오르고 있었다. 그는 몸을 돌려 애썼다고 주인이 내준 모히또를 천천히 혀에 축였다. 얼음을 뚫고 빨대를 타고 올라온 라임즙과 민트향 사이로 럼이 송곳처럼 혀를 찔렀다. 주인이 기억하고 내준 것일까? 지니와 이마를 맞대고 마셨던 칵테일이었다.

"아기자기하고 예쁘기는 하지만 약간 허접한 산토리니풍이네! 짝퉁 같은."

그 바로 앞에서 카페 안을 둘러보며 커피를 마시고 있던 젊은 여자 둘 가운데 짧은 노랑머리에 흰나비 핀을 꽂은 여자가 낮은 소리로 말했다.

자신이 이용 후기를 쓴다면 저렇게 쓸 수 있을까? 그러지 못할 것이다. 광고의 힘을 발휘하지 못하면 자신이 쓴 글의 수명은 거기서 끝날 것이다.

김광석은 매일 이별하며 살고 있다고 했던가. 지니는 그 마음으로 함께 했었던가? 그것이 시간이든 그이든? 그는 오늘 새벽 자신의 차 안에서 먼지처럼 피어오르던 지니의 컬러링을 떠올리며 지니가 막 새로 올린 페이스북 사진을 봤다. 파란 바다, 하얀 집들, 파란 하늘이 한 장면에 담긴……. 지니는 산토리니에 있었다. 그는 왜 갔는지 누구랑 갔는지 묻고 싶었지만 견뎠다. 그건 이제 지니의 삶이었다. 그러나 생각으로 마음이 진정되는 것은 아니었다. 거기는 겨울이 없는 것일까? 그는 지니가 올린 사진을 자꾸만 들여다봤다.

그는 블랑블루와 앞바다 사진을 올리고 싶었다. 그러면 그곳과 이곳이, 지니와 그가 곧바로 연결될 것 같았다.

"짝퉁을 볼 때마다 나는 가짜들이 생각나. 진짜를 모방한, 아니 진짜를 가장한 가짜들의 삶!"

조심성이 사라진 흰나비 핀 여자의 말은 금속성을 띠고 있었다. 그는 날카로운 것으로 찔린 것처럼 가슴이 뜨끔뜨끔 아파 왔다. 지니가 왜 떠났는지, 왜 페이스북에 산토리니 사진을 올렸는지 알 것 같았다. 지니는 그를, 그와 함께 있는 것을 견딜 수 없었는지 모른다.

"진짜와 짝퉁을 가리느라 애쓰는 것은 누군가 설정한 프레임에 갇히는 것인지도 몰라. 차별과 계급을 고착화시키는. 그리고 그것을 드러내 그 뒤에 숨은 진짜의 부도덕성을 은폐시키는. 사실은 무엇이 진짜인지도 가릴 수 없는 문제지만."

흰나비 핀 여자의 맞은편에 앉은, 긴 생머리에 파랑나비 핀을 꽂은 여자가 조심스럽게 말했다. 흰나비 핀 여자의 얼굴이 붉어졌다. 그는 마음을 접어야 한다고 생각했다. 블랑블루에서 산토리니는 너무 멀었다. 앞으로도 가까워질 것 같지 않았다.

지니는 산토리니에 있고 그는 블랑블루에 있었다. 다시 가까워질 수 있는 거리가 아니었다. 그는 모히또를 훌쩍 마시고 일어났다.

"너 말대로 짝퉁 수요를 겨냥한 돈벌이 수단일 수도 있겠지. 근데 그리움의 표현일 수도 있잖아? 이국적인, 여기와 다른 분위기를 연출한 것일 수도 있고."

얼굴 붉어진 여자를 달래듯 그 맞은편 여자가 부드럽게 말했다. 지니가 그에게서, 또는 그와 함께한 시간 속에서 저 얼굴 붉어진 여자가 말한 것을 느꼈다면 지니는 정말이지 견딜 수 없었을 것이다. 지니가 그렇게 느꼈다는 것을 자신이 좀 더 깊이 알았다면 자신이 더 견딜 수 없었을 것이다. 지니가 떠나지 않았다면 자신이 먼저 떠났을까? 그는 한 번도 자신이 먼저 떠날 생각은 못 했다. 그는 머리가 맑아지긴 했지만 그만큼 마음이 시렸다.

밤바다는 소리로 자신을 표현한다. 그는 지금 블랑블루에 있는 것이다. 203호 산토리니. 아래층 테라스에서 올라온 고기 굽는 냄새가 자꾸만 밤바다를 지웠다.

중년 커플의 여자 파트너가 구운 고기를 상추에 싸서 고기를 굽고 있는 남자 파트너의 입에 넣어 주고 있었다. 저들은 부부일까? 아니라 한들 그게 뭐 그렇게 중요한 일일까? 저들이 지금 저 마음으로 서로 함께한다는 데 의미가 있는 것 아닐까? 그게 언제까지일지 모르지만.

외로움은 복수다. 복수複數, 또는 복수復讐! 외로움은 두껍고 무겁고, 못난 자기 자신에 대한 복수다.

그 여름의 끝, 그가 고기를 굽고 있을 때 테라스에는 지니와 그 둘뿐이었다. 누구의 눈치도 보지 않고 서로의 입에 혀를 들이밀 듯이 구운 고기를 넣어 줬다. 배와 수염과 눈 테두리만 하얀 검은 고양이가 난간에 앉아 앞발을 등갓에 걸치고 그와 지니를 들여다보던 저녁이었다. 파도 소리와 고양이가 앞발을 짚은 전등 불빛과 지니의 그윽한 눈이 그의 몸을 핥던 밤이었다.

지니는 자유롭게 소리를 질렀다. 몸이 시키는 대로, 입에서 나오는 대로 소리를 쏟아냈다. 203호 산토리니는 서울의 삶과 분리된 자유의 공간이었다.

나 끝까지 갔어!

자신의 입에서 나던 작은 신음 소리마저 잦아들자 그의 품으로 파고들며 지니가 말했다.

뭉치고 맺혔던 것들이 다 풀어져 버린 것 같아!

지니는 수줍게 웃었다. 그는 뿌듯한 마음이 아우라처럼 자신을 감싸는 것을 느꼈다.

끝? 끝이 어딜까? 끝이 있기는 한 걸까?

그는 문득 끝이라는 말이 마음에 걸렸다. 사위스러웠다. 그래도 끝까지 갔다잖아!? 그는 자신의 마음을 쓰다듬었다.

그와 지니는 지니가 도달한 그 끝을 기념하듯 새로 딴 와인병을 기울여 서로의 입에 번갈아 넣어 줬다. 끝이 새로 시작하고 있었다. 그는 지니와 함께 다시 바닷가로 나가 파도 소리를 들으며 밤바다를 걸었다. 이렇게 살면 될 것 같았다. 잡은 손 놓지 않고 이렇게!

아침 햇살이 하얀 커튼 밖에서 아치형으로 쏟아져 들어오고 있었다. 그는 어젯밤 저 햇살을 혼자 맞을 일이 두렵다고 생각했던 게 기억났다.

밤바다 백사장에서 젊은 커플이 쏘아 올리는 폭죽 소리를 들으며, 하늘에서 타올랐다 스러지는 불꽃들을 맥주 거품 속에 받아 마시며 아침에 짐을 싸야겠다고 잠깐 생각했던 것도 기억났다.

더 나아질 게 있는 것도 아니고 지니가 다시 올 것도 아니겠지만 해가 다시 뜬 것은 그가 어쩔 수 없는 일이었다.

그는 샤워를 하고 짐을 차에 실었다. 지니와 같이 엉켜 새물내 나는, 바스락거리는 하얀 시트를 감고 바닷물빛 피티드 시트 위에서 늦잠을 자고 일어나 조악한 소시지와 치즈, 와플, 샐러드, 달걀노른자 따위를 조개껍데기 무덤처럼 조그맣게 쌓아놓은 브런치를 맛없다고 가성비가 떨어진다고 키득대며 먹었던 기억이 잠시 발걸음을 멈칫거리게 했지만 그뿐이었다. 그는 혼자였다. 혼자라는 것이 꼭 나쁜 것일까? 혼자 왔고 혼자 갈 뿐인 일 아닌가. 지니도 혼자 그에게 왔고 혼자 그를 떠났을 것이다. 그는 그렇게 믿고 싶었다. 어쩌면 그에게 왔다 그를 떠난 여자친구들은 모두 한 여자인지도 모른다. 얼굴만 달리한. 혼자 왔다 혼자 간. 그는 마음이 조금 가벼워졌다. 그는 아침 햇살을 가득 받아 잘게 부서지고 있는 윤슬의 그 시린 반짝임을, 그 겨울 바다를 등뒤로 느낄 수 있었다.

연적

박명호

1

지난겨울 고구려 유적지 탐방을 갔다가 고구려 유품과 같은 골동품을 가지고 왔다. 부여 신화에 나오는 금개구리(금와金蛙)와 비슷한 개구리 연적이니 고구려와 관련시켜 의미를 부여하고 싶었다.

개구리는 알에서 올챙이로 변신했다가 다시 꼬리가 없어지면서 온전한 개구리가 된다. 그래서 개구리는 예로부터 상서로운 동물로 여겨 왔고 신성神聖을 상징하기도 했다. 부여 금와왕의 이야기가 그랬다.

고구려 유적 탐방은 북경에서 마지막 날을 보냈다. 일정이 모두 끝나고 비행기 시간을 기다리고 있는 중이었다. 모처럼 중국까지 왔는데 그냥 시간만 축내기가 따분해서 뭔가 재미난 일을 찾아 주변을 두리번거리고 있었다. 그때 가이드가 골동품 도깨비 시장 이야기를 했다.

도깨비 시장, 골동품에 도깨비라…….

평소 골동품에 관심이 없었지만 흥미로운 제안이었다. 나는 일행 몇

과 일단 가보기로 쉽게 결정을 했다. 유명한 북경오리집 부근에 있었다.

"귀신시장이라고도 하는데, 갑자기 나타났다가 갑자기 사라진다고 해서 붙여진 이름이라고 합니다. 골동품 시장이라기보다는, 골동품스러운 기념품 시장이라고 보면 됩니다."

가이드는 사지 말고 구경만 하라고 했다. 작은 모조품 향로가 300위안에서 좀 크다 싶으면 800위안, 좀 오래되어 보인다 싶으면 6천 위안을 호가한다고도 했다. 모조품이라도 진품 같은 가짜이기 때문에 가격이 만만찮다는 것이다. 거기에는 마치 집에 있는 오래된 물건들을 가져와 파는 사람들처럼 보이지만, 실상은 공장에서 만들어진 가짜들을 진품인 양 파는 가짜들이니 그냥 눈요기만으로도 시간 때우기에는 그만이지 않는가 하는 표정이었다.

가이드 설명을 듣고 돌아서니 바로 고풍스런 재떨이가 하나 눈에 띄었다. 담배를 피울 때도 호사를 부려 볼까 생각하면서 이리저리 살펴보았다.

손가락 아홉 개, 900위안에 사라고 주인은 물건을 내밀었다. 비싸다고 하니 손가락 하나를 뺀다. 내가 고개를 흔드니 손가락이 여섯, 다섯까지 막 내려갔다. 그래서 내가 "이빠이!" 하며 손가락 하나를 제시하니 그냥 가라고 했다.

가이드는 그곳 도자기에 대해 제법 많이 알고 있었다. 시장 골목을 다니면서도 가이드는 심심찮게 그곳의 골동품에 대한 주의와 정보를 이야기했다.

때깔이 너무 곱고 빛난다 하면 의심해야 한다. 가게 전체 분위기를 보아야 한다. 가격이 싸다면 무조건 가짜다. 반대로 가격을 높게 부른다고 해서 다 진품은 아니다. 진품은 가격이 비싸다는 것을 역이용하기 위해서다. 정말로 그 물건을 사고 싶다면 기회는 얼마든지 있다. 여행객들이나 누구에게 선물을 사주고자 들르는 기념품 가게에서 진품이냐 가짜냐를 논할 필요는 없다. 말 그대로 때깔 나고 예쁜 기념품이지 골동품이거나 예술작품이 아니기 때문이다. 진품을 싸게 산다는 것은 정말 로또와 같은 확률이다. 혹시나 하는 기대감에 초보자가 싼 물건을 산다면 그냥 가짜라고 생각하고 사야 맘이 편하다.

우리가 도깨비 시장 거리를 가이드와 얼쩡거리고 있을 때 어떤 청년이 다가왔다. 키가 호리호리하게 큰 청년이었다. 그의 인상이 가짜가 판을 치는 도깨비 시장과는 어울리지 않게 아주 순수해 보였다.

산시성에서 왔는데 고향에서 아버지가 밭일을 하다가 발굴한 도자기를 가지고 있다고 했다. 우리는 그냥 웃어넘겼다. 도깨비 시장에는 워낙 가짜가 많고 그와 같은 접근 방법은 매우 흔한 것이기 때문이었다. 그러나 청년은 뭔가 아쉬운 듯 우리 곁을 쉽게 떠나지 않았다. 그러면서 다른 바람잡이처럼 억지를 부리지 않아 약간의 믿음이 갔다. 믿음이 가니 청년의 수수한 차림이 오히려 진짜 산시성 촌놈 같았다. 우리는 한번 속는 셈치고 따라가 보기로 했다. 속는다 해도 어차피 재미니까. 그리고 그 재미를 능가하는 지출을 하지 않을 것이기 때문에 청년의 뒤를 따라갔다.

청년의 집은 도깨비 시장 거리 뒷골목에 있었다. 높다란 담장의 평범한 중국 서민의 집이었다. 패키지 여행에서는 이런 곳을 올 수 없다는 은근한 자부심까지 일어났다. 청년의 집이 아니라 청년은 그 집의 종업원이었다. 우리를 보자 중년의 뚱뚱한 주인이 무심한 듯 인사를 하고는 골동품이 있는 곳으로 안내했다. 창고 같은 곳 벽 쪽으로 옷장들이 있었고, 옷장에는 골동품이 가득했다. 그곳에 있는 것은 주로 문화재급이라 비밀로 거래한다고 했다. 그래서 거리에 나가지 못하고 골목집에서 팔고 있다며 거리에 있는 것은 전부 가짜라며 너스레를 떨었다.

청년이 고향에서 아버지가 보내왔다는 청화자기를 가지고 왔다. 조그마한 상자를 조심스럽게 펼치니 아주 우아한 그릇이 나왔다. 제법 고풍스런 청화백자 그릇이었다. 가격을 물으니 조금 비싸다고 했다. 그래도 얼마냐 재차 물었다. 송대 명품이어서 5천 위안은 받아야 한다고 했다. 애초에 우리는 재미로 접근했기 때문에 그런 큰돈은 진짜든 가짜든 그저 보는 것으로 끝내야 했다. 청년은 머쓱해하면서도 아쉬운 듯 우리 곁을 떠나지 않았다.

그때 내 눈에 번쩍 띄는 것이 있었다. 개구리 연적이었다. 청화자기였지만 금와왕 설화가 생각났기 때문이었다. 뚱뚱한 주인은 송나라 때 것은 1600위안이라고 했다.

중국의 골동품 시장 가격은 무조건 반의반으로 낮추라는 가이드 교육에 힘입어 200위안으로 슬쩍 제시해 봤다. 뚱뚱이 주인이 농담하느냐며 너무 어이없어했다. 내가 실망의 제스처를 취하자 그는 반값을 제시했다. 잘 하면 살 수 있다는 희망이 보였다. 그래서 300위안 하자고 했더니 700위안 아래로는 절대 안 된다고 했다. 밀고 당기다가 나는 결국 100위안을 더 보태 400위안에 그 송대 개구리 청화 연적을 샀다. 가짜라도 한국돈 7만 원의 가치는 있을 것 같았다. 어쩌면 진짜 송대 도자기 같으면 대박일 수도 있었다. 또한 진위 여부를 떠나서 고구려 유적 기행에서 설화 속 금와왕을 생각게 하는 연적이어서 만족해하며 그 집을 나왔다.

2

盡日尋春不見春 진일심춘불견춘

芒鞋踏遍隴頭雲 망혜답편롱두운

歸來笑拈梅花嗅 귀래소염매화후

春在枝頭已十分 춘재지두이십분

Y 시인으로부터 한 통의 편지를 받았다. 친필의 편지를 받은 것은 실로 오래간만이었다. 그렇고 보니 하얀 종이에 편지를 쓰고 쓴 편지를 봉투에 넣고 그 봉투에 우표를 붙이고 빨간 우체통에 편지봉투를 밀어 넣은 기억들이 아득하다. 갑자기 오래된 옛날로 돌아온 느낌이었다. 묘한 기분에 편지봉투를 뜯고 보니 시간은 더욱 옛날로 돌아가 있었다. 달필의 한시와 덧붙인 짧은 사연이었다. 한시는 꽃소식이었고, 덧붙인 사연은 꽃 보러 오라는 초청이었다.

봄을 찾아 다녀 봤지만 결국 봄은 자기 집 안에 있었다. 그것은 매화였다. 그러니 매화 향기 맡으러 모일 모시에 자신의 집으로 오라는 풍류객다운 아주 고전적 초청이었다. 물론 매화꽃을 핑계로 모처럼 지기知己가 만나 술 한잔 하자는 것이었다. 나는 흔쾌히 응하고 그날 시간을 맞추어 팔공산 아래 Y 시인의 집으로 갔다.

방 창가에 그가 관리한 분재 매화가 탐스럽게 피어 있었다. 그리고 방 안에는 아담한 정종 술상이 차려져 있었다. 그는 술도 막걸리나 맥주보다 청주 취향이었다. 그런데 그날 나를 놀라게 한 것은 하얀 살색의 매화꽃이 아니라 그 옆에 놓인 개구리 모양의 청자 연적이었다.

아, 나는 비명을 지르고 말았다.

내가 지난겨울 북경에서 구입한 연적과 같은 모양의 것이었다. 물론 내 것은 가짜일 가능성이 높은 송나라 시대 청화백자 연적이었고, Y의 방에 있는 연적은 한눈에도 값이 나가 보이는 고려청자 연적이었다. 그는 북한에서 반출한 것이라고 했다. 중국의 도깨비 시장과 북한에서 온 고려시대 청자는 벌써 무게감이 다른 것이다.

중국 개구리와 조선 개구리……. 두 연적의 인연이 기묘했다. 어쨌든 송나라 시절이나 고려 시절이나 개구리를 신성시한 것은 같을 것이다. 거기다가 금와왕의 부여는 우리의 역사이기는 하지만 중국 입장에서는 자신들의 변방 역사로 여기고 있는 것도 사실이 아닌가.

"값이 제법 나가 보이는데……."

Y는 스스로 대견스러운 듯 다섯 손가락을 쫙 폈다.

"오천?"

내가 물었다.

Y는 빙긋 웃으며 고개를 저었다.

"그러면 오억?"

Y는 또 고개를 저었다.

"설마 50억?"

여전히 Y는 웃었다. 그러더니 아주 자신만만하게

"오백."

오백만 원……. 에이, 나는 실망했다.

Y는 중국에 갔다가 북한의 고위층으로부터 직접 구입한 것이라고 했다. 5만 불은 꼭 받아야 한다는 걸 5천 불 줬다는 것이다.

"그러면 그렇지……."

최소한 저 그윽한 매화와 고급 지향 Y의 눈높이를 고려할 때 그 정도의 가격이어야 격이 맞다. 청자빛 개구리 연적은 창가에 딱하니 버티고서 매화로 인한 그윽한 분위기의 초점을 모으고 있었다. 정말 문화재급이었다. 나는 Y의 그 우아한 취향과 북한 문화재까지 헐값에 구입할 수 있는 수완에 감탄하며 부러워했다.

"사실 저거 가짜야."

그가 놀라는 나를 보더니 통쾌하게 웃었다. 그러나 그의 웃음이 필요 이상으로 크다는 생각이 들었다. 오히려 나를 놀려먹었다는 통쾌함보다는 뭔가 씁쓸해하는 것 같았다.

"사기당한 거네."

대한민국 똑똑이로 소문난 그의 명성이 무색했다.

"북한 고위층이라는 자가 사기를 쳐?"

나는 한심하기도 했지만 조금은 화가 나기도 했다.

"그런데 그게 딱히 그 고위층이 사기를 쳤다기보다는 조금은 복잡하더라고……."

그러면서 Y는 거기에 대해 비교적 상세하게 이야기했다.

북한의 관리들 중에는 중국에 출장을 올 때 골동품류를 가지고 와서 여비에 보태거나 자신의 개인 자금으로 달러를 만들어 간다는 것이었다. 직접 소유물을 가지고 오는 수도 있고, 남의 것을 부탁받아 가지고 오는 경우도 있는데 그럴 경우 대개 반반씩 나눠 가진다고 했다. 그런데 언제부턴가 그런 골동품 가운데 가짜가 생겨나기 시작했는데 그 가짜는 다름 아닌 한국산이라는 것이다. 한국산은 한국과 중국의 조선족 사기꾼에 의해서 북한으로 들어간다는 것이다.

나는 허탈하게 웃을 수밖에 없었다. 그러나 Y는 사기당한 돈에 대해 그렇게 아쉬워하지는 않는 것 같았다.

3

Y가 만주 지역에 자주 드나들면서 가장 먼저 만난 사람이 J시인이다. 두 시인은 결과적으로 연적으로 만났다가 연적으로 끝난 셈이었다. Y는 당시 연변 문학 잡지에 근무하고 있던 J와 첫 만남부터 의기가 투합하여 곧 흉허물이 없는 사이가 되었다. Y는 J로부터 그곳의 많은 문인들을 소개받았고, 그의 주선으로 시집을 연변에서 출판하면서 연변에는 한 해에도 몇 번씩 드나들 정도로 그곳 문단과 인연이 깊어졌다.

문제는 J가 Y에게 '목단강'이라는 여관을 소개하면서 벌어졌다. Y가 연길에 가면 자기 집처럼 편하게 묵는 그 여관은 Y도 과거 백두산 부근의 화룡에서 연길에 처음 올라왔을 적에 한동안 이용하던 곳이었다. 식당과 겸하고 있어서 연길의 문인들도 자주 찾는 곳이라 여러모로 편리했다. 중년의 여관 주인은 아주 상냥하고 얼굴도 미인형이라 이용하는 손님들에게 인기가 많았다. 특히 그녀는 문학을 좋아해 시인들에게는 더욱 친절했다. 그런데 여관의 주인을 두고 Y와 J가 연적 관계라는 소문이 돌기 시작했다.

문인 행사를 마치고 Y와 J는 몇몇 시인들과 목단강에서 저녁을 같이 하게 되었다.

그날 이런저런 이야기 끝에 여관 주인을 서로가 좋아하다는 사실을 알았다. 술 탓이기도 했겠지만 기분이 어그러져 약간의 언쟁이 벌어졌다.

그 언쟁은 주인 여자와 누가 더 가까운 사이인가 같은 아주 유치한 싸움이었다. 그 자리에는 하필 여관 주인 여자도 같이 있었다. 그때 짓궂은 일행 중 하나가 나섰다.

"한 여자에 두 남자라…… 그렇다면 결투뿐이네!"

결투 제안에 좌석에 있던 모두가 박수를 치며 좋아했다.

"결투에서 지는 사람이 손을 떼는 거다?"

뜻밖에 Y와 J도 선뜻 동의하고 나섰다. 그러고는 벌떡 일어나 밖으로 나갔다. 모두는 다시금 그들의 남자다움에 박수를 치며 부추겼다.

Y와 J는 쉰줄에 들어선 늘그막한 나이에 그 무슨 청춘도 아니고 여자 때문에 결투라는 말도 안 되는 상황에 처하고 말았다. 자신들이 생각해도 스스로 쓴웃음이 나올 지경이었다. 그러나 기왕 일이 그렇게 된 이상 일단은 이기고 봐야 하는 것. 그렇다고 결투를 어떻게 할 것인가도 정해지지 않았다. 결투의 원조격인 양놈들처럼 권총을 차고 서로 뒤로 몇 걸음 가서 상대를 쏘는 것도 아니고, 그렇다고 씨름을 할 수도 없는 노릇이고, 그저 어릴 때처럼 맞짱을 붙는 수밖에 없었다.

그래서 Y와 J는 권투 선수처럼 주먹을 불끈 쥐고 뜰로 나섰다. 마침 보름이어서 둥근 보름달이 환하게 뜰을 비추고 있었다. 그때 Y는 문뜩 자신의 긴 그림자가 J 쪽으로 누워 있는 것을 보았다. 주먹싸움을 해본 지도 오래되었지만 결투하겠다고 나선 자신들이 힘없이 누워 있는 그림자보다 더 부질없어 보였다. 애초에 꼭 결투를 하겠다는 전의戰意는 없었다. 그저 주변 분위기 때문에 자리를 박차고 나왔을 뿐이었다. 그렇다고 둘 다 그녀와 특별한 정분이 난 것도 아니었다. 말을 하다 보니 서로의 감정이 조금 격앙된 것이었다.

"내가 양보하겠어……."

Y는 얼굴까지 올린 두 주먹을 내렸다.

"아니 그건 무슨 말이오?"

J도 멋쩍기는 마찬가지였다.

"나는 한국에서 왔고, 현지인이 우선권이 있지……."

"무슨 말씀을, 멀리서 온 분이 훨씬 외로운 법인데……."

그제야 둘은 서로 양보를 하려는 이상한 상황으로 반전했다. 피를 튀기는 결투를 하려고 밖으로 나온 두 시인은 서로 양보하겠다고 밀고 당겼다.

그때 J가 뜻밖에 제안을 했다.

"티벳에 가면 일처다부제가 있어요. 결혼은 맏형이 하지만 여자는 형제 공동의 아내가 되는 것입니다. 형이 야크나 양을 몰고 유목을 나가면 동생이 그 여자의 남편 역할을 합니다. 그러다 형이 돌아오면 여자는 형의 아내가 되지요. 선생이 중국에 있을 땐 그녀의 애인이 되고 한국에 있을 땐 제 애인이 되는 겁니다."

Y는 J가 내민 손을 굳게 잡았다.

"우리는 이제 형젭니다. 내가 나이가 한두 살 많으니 내가 형입니다."

"예, 형님!"

J도 Y의 손을 굳게 잡았다.

그들이 멀쩡한 얼굴로, 아니 얼굴에 만족스런 웃음까지 띠면서 좌중에 나타나자 모두는 멍하게 둘의 얼굴만 쳐다봤다. 그런데 뜻밖인 것은 식당의 여자 주인이었다. 그녀는 놀라기는커녕 너무 담담했다. 옆에 있던 한 시인이 어떻게 그렇듯 담담할 수 있는가 물었다.

"저는 두 분 다 좋아요."

그 말은 누가 이겨도 상관없으니 담담할 수밖에 없다는 뜻이었다.

그런데 과연 누가 결투에서 이겼는가에 대한 둘의 대답이 더 걸작이었다.

"신사협정을 맺었습니다. 방금 아주머니 말처럼 우리 둘도 아주머니를 좋아합니다. 서로 좋아하니 미개인들처럼 싸울 일이 아닙니다. 우리는 티벳의 형제가 되기로 했습니다."

그제야 여관 주인이 나섰다.

"오늘 저녁은 두 분 의형제를 축하하는 의미에서 제가 서울말로 한턱 쏩니다."

4

J는 중국 국적의 조선족인 관계로 북한에 여러 차례 다녀왔다. 사교성이 뛰어나 북한에 아는 사람이 많다. 그중에는 고위층 인사도 더러 있다.

그가 처음 북한에 들어갔을 때는 나진 선봉 장마당에 중국인 장사가 허용되면서였다. J는 거기서 아내와 옷가게를 했다. 아내가 옷을 파는 동안 그는 특별히 할 일이 없었다. 그래서 북한에 대한 호기심으로 주변을 기웃거리며 왔다 갔다 하고 있었다. 그때 공안인가 하는 사람이 하나 다가왔다. 뭔가 잘못한 일이라도 있는가 싶어 걱정하고 있었는데 뜻밖의 말을 했다.

"좋은 웅담이 있는데……."

관심을 표하니 따라오라는 손짓을 했다. 귀퉁이를 돌아 한적한 골목으로 가니 그가 웅담을 내밀었다. 웅담은 찬물에 넣으면 진짜 가짜를 구별할 수 있다는 말이 생각나서 직접 물을 떠왔다. 조금 뜯어 물에 넣으니 물감 같은 것이 풀어졌다. 진짜였다. 중국돈 3천 원을 요구해서 새끼손가락 하나를 올리며 흥정했다.

"천 원!"

그가 바로 물건을 건네줬다.

얼마 지나지 않아 거동이 몹시 불편한 노인이 지팡이를 짚은 채 그를 찾아와 우황을 사겠는가고 물었다. 그러겠다고 하니 역시 골목으로 데리고 갔다.

그는 골목에서 우황을 혀로 살짝 갖다 대보았다. 쇠고기 냄새가 났다. 그것은 우황의 진짜 가짜 구별법이었다. 그가 생각하기에 진짜 같았다. 더구나 거의 거동하기 힘든 노인이 속일 것 같지는 않았다.

"얼맙니까?"

노인은 중국 돈 오천 원이라고 했다.

그는 앞서 흥정처럼 천 원을 불렀다. 노인은 손사래를 치면서 어림없다고 했다. 안 되면 할 수 없다고 했다.

"가져가시오."

노인도 물건을 쉽게 내밀었다. 사실 중국 돈 천 원은 북한 사람에게 큰 돈이다. 더구나 감시원에게 들키면 곤란하니 밀고 당기는 흥정을 할 수 없는 장점도 있었다.

그는 웅담과 우황을 중국보다 훨씬 싼값으로 쉽게 구입하는 횡재를 했다. 그런데 중국에 와서 검사를 해보니 모두 가짜였다. 그다음 북한 갈 때 맨 먼저 그들을 찾았다. 공안은 찾을 수 없었지만 노인은 쉽게 찾았다. 인상착의가 특별하니 그의 집을 찾는 게 어렵지는 않았다. 그런데 노인의 집을 찾아가는 순간 돈 받기는 글러먹었다고 생각했다. 집에는 이불도 없었다. 그는 여태 아무리 가난한 살림이라도 그렇게 가난한 살림살이는 처음 봤다.

아니나 다를까 노인은 돈이 없다고 했다.

그는 진작 포기하고 있었지만 노인이 무슨 말을 하는가 알고 싶었다.

우황은 자기 조부 때부터 있던 것이고 진짜라고 했다. 불순물이 많이 섞여 약효가 없을 뿐이라고 했다. 그러면서 돈을 나중에 갚아 주겠다고 했다.

"아이고 됐습니다. 돈 잘 쓰세요."

그는 그냥 나왔다. 기왕 그렇게 된 것 선심이나 쓰는 것이 현명했다.

그가 가장 최근에 북한을 다녀온 것은 예술단 교류에 의한 평양 방문이었다. 당시 그는 연변시인협회 간부였다. 그전에 북한과 예술단 교류를 하면서 알게 된 북한의 원로 음악가 고 선생에게 문화재급 도자기 골동품 한 점을 선물로 받았다. 물론 그것은 약간의 물물교환의 의미가 있었다. 그 원로 음악가에게는 노래를 녹음하고 들을 수 있는 카세트가 필요했지만 북한에서는 너무 귀한 물건이었다. 그래서 그가 평양에 오는 것을 알고 카세트를 선물로 받았으면 하는 뜻을 몇 다리 건너서 전해온 것이었다.

J는 다른 동료 세 사람과 북한 방문단에 끼였다. 그들을 안내하던 사실상 감시원에게 미리 준비해 간 뇌물로 소형 라디오를 선물했다. 그리고 친척을 잠시 만나고 오겠다니 감시원이 그들에게 북한 옷과 김일성 배지 그리고 헌 구두를 가지고 왔다. 북한 사람들과 차이가 나지 않게 하기 위함이다. 심지어 그들은 완벽한 차림을 위해 양말까지 신지 않았다. 북한의 남자들은 양말을 잘 신지 않는다는 사실도 알고 있었다.

"일없으니 자유로이 다니시오. 대신 절대로 중국인이라 말하지 마시오."

그리곤 지하철을 타고 고 선생 집을 찾아갔다. 고 선생 집은 7층 아파트였다. 그 원로 음악가는 6층에서 그들을 알아보고 소리를 지르며 손을 흔들었다. 부탁한 대로 고급 카세트를 선물하니 매우 흡족해했다. 그리고는 아주 아담한 고려청자 술잔을 답례로 내놓았다. 그러면서 1만 달러를 꼭 받으라고 했다. 그가 빈말을 하는 사람은 아니었다. 그간의 사귐으로 서로에 대한 그만큼의 우정과 신뢰는 있었다. 술을 마시고 모처럼 만나 이런저런 이야기를 하다 보니 시간이 늦어 버스가 끊어졌다. 어쩔 수 없이 짐을 들고 한 시간을 호텔까지 걸어왔다. 혹시 호텔 직원이 물건이 무엇인지 물을까 조마조마했는데 다행히 묻지를 않았다. 호텔에 들어와서도 혹시나 종업원들에게 들킬까 봐 화장실 변기 안에 숨겼다.

다음날 상점에서 목욕비누를 사와서 그 곽에 골동품을 바꿔 넣었다. 그리고 서점에 가서 김일성 어록 책을 세 권이나 샀다. 중국으로 올 때 책 이름을 말하는 순간 직원들이 부동자세로 경의를 표했다. 그 책을 트렁크 맨 위에 올렸다. 트렁크 검사를 하는데 책을 보더니 그냥 통과시켜 줬다.

그러나 그는 1만 달러를 받기 위해 3년을 기다렸다. 8천 달러, 7천 달러, 6천 달러 돈은 급한데 값은 점점 내려갔다. 어떤 사람이 와서 전문가라면서 그것이 진품이라면 원래 주인과 대화를 해야 한다고 하면서 북한의 주인과 대면이 안 되면 가짜라 하기도 했다. 진짜 전문가는 물건을 딱 보면 바로 알아본다는 것을 그는 알고 있었다. 밝은 곳에 가지고 가서 이리저리 비춰 보면 이미 비전문가다. 반값이라도 팔려고 할 즈음 누군가가 찾아왔다. 그는 청자 술잔을 손에 쥐는 순간부터 손에서 놓지를 못했다. 드디어 기다리던 임자를 만난 것이었다. 그는 일단 2만 달러를 불렀다. 임자는 1만 8천 달러를 바로 세어서 줬다. 혹시나 하는 마음으로 그것은 곤란하다고 하니 2천 달러를 다시 세어 줬다.

5

J는 자신과 면이 있는 북한의 고위층으로부터 연락을 받았다. 중국에 오는 길에 좋은 물건을 가지고 왔다고 했다. 귀한 골동품을 싼값에 구입할 기회였다.

그때 마침 Y가 연길 목단강 여관에 묵고 있을 때였다. 그는 좋은 기회를 Y에게도 주고 싶었다. 그래서 Y에게 동행을 제의했다. 물건을 사지 않아도 되니 Y는 그저 호기심에 따라갔다. 그 고위층을 구석진 여관에서 만났다.

김일성·김정일 배지가 선명한 고위층은 조심스럽게 골동품을 꺼냈다. 아담한 개구리 모양의 고려청자 연적이었다. Y는 한눈에 반해 버렸다.

“5만 불은 받아야 합니다.”

그러나 Y는 애초 골동품을 구입할 생각이 없었고 돈도 없었다.

“정말 색상이 좋네요.”

어차피 사지 못할 것 같아 흥정에는 별로 도움이 되지 않는 진심을 털어놓았다.

“꼭 그러시다면 1만 불에 가져가시오.”

고위층은 잠시 망설이다 선심을 쓰는 듯 그렇게 결단을 내렸다.

“마음은 찰떡같지만 가지고 있는 현찰이 없습니다.”

그때 J도 개구리 옆에 있는 복숭아 연적에 관심이 갔는지 여러 번 만지며 고개를 갸웃갸웃했다. 그러나 아무래도 가격에 마음을 선뜻 붙잡지 못하는 모양이었다. 그래서 두 사람은 돌아서려고 했다. 그때 그 고위층이 J의 소매를 끌었다.

"내일 아침 귀국해야 하니 두 점 다 사신다면 오천 불이라도 주겠소. 더는 안 되오."

그렇게 해서 Y는 J와 함께 달러와 중국 돈을 합해 한국 돈 500만 원 정도를 주고 구입한 것이었다.

그런데 그것이 알고 보니 가짜였다. 한국에서 만들어 북한으로 흘러들어간 가짜 골동품이라는 사실이 밝혀졌다. 그것도 그다음 날 J가 혹시나 하는 마음으로 전문가에게 가지고 갔던 모양이었다. 물론 J는 그 고위층을 곧바로 찾아갔지만 이미 북한으로 가버린 뒤였다.

그날 J는 Y에게 그 사실을 알렸다. Y는 너무 어이가 없었다. 그런데 Y가 더 어이없어하는 것은 J의 태도 때문이었다. 일단 자신 때문에 일어난 일이니 손해보상은 하지 않더라도 죄송하다는 사과 정도는 할 줄 알았다. 살다 보면 그럴 수도 있지 않는가 하는 그의 태도가 못마땅했다.

"가난한 북한 동포 도운 셈 칩시다."

그런 J의 말에 Y는 더욱 분개를 했다.

"아니 아무리 가난해도 같은 동포에게 사기를 치면 됩니까? 그것도 고위층이란 사람이……."

"고위층도 사기꾼 수작에 놀아났을 수도 있지 않겠습니까?"

그제는 J가 내놓고 고위층을 변호하는 바람에 Y는 '의절'을 선언하고 자리를 박차고 나와 버렸다. Y는 J가 사기를 당했음에도 싸고도는 것이

혹시 고위층과 한패가 아닌가 의심까지 하면서 두 시인의 의형제는 파국을 맞고 말았다.

6

Y는 귀국 뒤에 그 가짜 개구리 연적을 버리기는 뭣하고 해서 매화 분재 옆에 두었다. 그런데 며칠 전 어디서 은은한 향기가 나서 눈길을 돌리니 매화 몇 송이가 눈에 띄었다. 그와 때를 같이해서 개구리 청자 연적이 눈에 들어왔다. Y는 아, 벌어진 입이 다물어지지 않았다. 은은한 매화와 청자 개구리 연적은 천생연분처럼 어울려 우아함을 풍기고 있었다.

비록 사기를 당한 것이기는 하지만 Y는 나름의 대가를 받았다고 생각하고 있었다.

"세상에는 진짜 같은 가짜가 얼마나 많은가 하는 평범한 교훈 하나를 건졌다고나 할까……. 또한 해마다 한 번은 진품 이상으로 그 품위를 지키니 어디 되팔지 않는 한 굳이 전문가의 확인이나 감정은 필요 없지 않으냐……. 그리고 남한에서 만들어 중국을 거쳐 북한에 들어가고, 북한에서 다시 남한 땅으로 오는 기구한 스토리가 그만한 가치 보상은 해주고 있지 않는가……."

그러고 보니 방 안 매화 밑에 떡하니 버티고 있는 개구리 청자 연적이 처음 보았을 때처럼 명품다웠다. 그의 말처럼 세상에는 진짜 같은 가짜가 얼마나 많고, 반대로 가짜 같은 진짜도 많다는 사실을 개구리는 조용히 알려주고 있었다.

레슬링

심아진

첫 라운드는 괜찮았다. 허벅지 근육 파열로 한동안 쉬다 돌아온 짱돌과 방자하기 이를 데 없는 이방자와의 한 판 싸움에서, 짱돌이 방자에게 제대로 초크슬램을 먹이고 승리했기 때문이다. 물론 레슬링 경기에서 승패만이 중요한 것은 아니다. 목을 잡고 뒤로 던지는 동작이 얼마나 아름다운지, 혹은 바닥에 부딪히는 동작이 얼마나 실감나는지도 관건이다. 그런대로 좋았다. 방자의 몸이 탄력 있는 매트리스에 부딪혀 출렁이는 순간 철판 울리는 소리가 요란하게 났고, 이어 짱돌 밑에 깔린 방자의 고통스러워하는 표정이 완벽하게 관객들의 만족감을 끌어냈기 때문이다. 사람들은 환호했다. 재활의 고통을 겪었을 짱돌이 승리하지 못했다면, 모두의 기분은 서민을 쥐나 개돼지로 보는 정치가들이 여전히 건재하다는 사실을 알았을 때만큼이나 나빠졌을 것이다.

그렇다. 기분 전환. 프로레슬러로서의 성공은 사람들의 기분을 풀어줄 수 있느냐 없느냐에 달려 있다. 잘 때리거나 잘 피하는 것은 '프로'가 할 일이 아니다. 잘 때리거나 잘 피하는 게 아니라 잘 때리거나 잘 피하는

'시늉'을 훌륭히 해내고, 동시에 그 '시늉'에 관중들을 몰입하게 만드는 게 진정한 프로다. 그러므로 근육진통제 옥시코돈의 섭취량이 한 알에서 두 알, 세 알, 여러 알로 늘어날 때까지, 프로레슬러들은 오로지 자신만을 상대로 싸워야 한다. 잘 때리고 잘 조르고 잘 던지는 거 못지않게 잘 맞고 잘 졸리고 잘 던져질 수 있도록 스스로를 괴롭혀야 한다. 그들은 궁극적으로 자신만이 극복 대상인 예술가들과 하등 다르지 않다.

예술가는, 개뿔.

나는 예술 운운한 내 말에 역정을 내는 사장에게 굽신거린다. 나는 '굽신거린다'고 말하는 게 부끄럽지 않다. 레슬러들에게 그들의 역할이 있듯이, 내게는 내 역할이 있기 때문이다.

저기 무슨 예술이고? 쇼지, 쇼.

네, 쇼죠.

명심해라. 쇼다.

네, 쇼입니다.

그나저나 아직도 저 자리들 텅 빈 거 봐라. 이라다가는 월세도 못 내고 빤스 바람으로 나앉게 생겼다 아이가.

나는 호피 무늬든 아메바 무늬든 나와는 아무런 상관도 없을 사장의 팬티가 머릿속에 떠오른 것이 거북하지만, 내색해 봤자 소용없을 것을 알기에 그저 열심히 고개를 끄덕인다.

노력하고 있습니다.

내가 시킨 대로 확실히 바깠제?

네, 말씀하신 대로 진행했습니다.

마, 내는 큰 욕심 읎다. 대세를 따르면 그뿐. 해보면 알기지.

사장의 팬티는 예상 외로 아무런 무늬가 없을 수도 있다. 어쩌면 지금 링에 등장하는 늑대청년 울프의 바지처럼 천박한 붉은 색일지도 모른다.

울프는 레슬러라기보다 탤런트가 어울릴 것 같은 잘생긴 얼굴을 갖고 있는데, 멀끔한 외모와 아무런 상관이 없는 악역을 연기하고 있다. 부모의 지갑에서 푼돈을 훔치거나 약자를 괴롭히고 다니면서도 당당하게 큰소리를 치는 '양아치'가 그의 포지션이다. 벽에 걸린 대형 프로젝션을 통해, 유행하는 스키니 진을 입은 울프가 초등학생들로부터 돈을 뜯어내는 영상이 소개되고 있다. 한쪽으로 쏠린 앞머리를 끝없이 뒤로 제치며 그가 하는 멘트는 한결같다. 나중에 꼭 갚는다. 나, 멋진 늑대인간, 울프란 말이다!

악역이긴 해도 잘생겼다는 점 때문에 울프에게는 그를 응원하는 약간의 팬들이 있었다. 하지만 팬들이 아무리 그를 좋아해도 그의 인기는 언제나 딱 그 자리였다. 악역이기 때문이었다. 하지만 지난번 경기에서 울프가 야만스럽게 백 스핀 블로우로 아랑을 제압한 뒤로, SNS 등을 통해 그의 인기가 오히려 올라갔다. 사장은 자신의 예상이 맞았다며 좋아했다.

울프의 인기를 올린 장본인인 아랑은 프로레슬링계에 몇 안 되는 여성으로 링 안에서만큼은 여신 대접을 받고 있었다. 아랑은 울퉁불퉁한 근육질 몸매에도 불구하고 여자라서 예뻤고, 예뻐서 선했으며, 선해서 사랑받았다. 사람들은 미친 황소처럼 힘이 센 레슬러를 좋아하지만, 힘이 세지 않아도 미친 황소처럼 날뛰는 약한 레슬러도 좋아한다. 관중들은 상대적으로 약할 수밖에 없으나 약한 척하지 않고 사력을 다해 몸을 던지는 아랑의 모습에 감동을 받았다. 물론 이때, 그 장단에 맞춰 고이 춤을 추는 상대편이 반드시 있어야 했다. 아랑을 무지막지하게 다루는 듯한 인상을 주어야 하고, 결코 봐주기 따위는 하지 않는 듯 보이는 남성 레슬러 말이다. 사실 금지되어 있는 깨물기, 머리카락 쥐어뜯기, 가랑이 걷어차기 등이 버젓이 아랑에게만 허용될 때도 그것들은 결코 반칙으로 간주되지 않았다. 그건 약한 자의 정당한 몸부림일 뿐이었다. 아랑은 약해서 악하지 않았고, 악하지 않으므로 이겨야 했다. 따라서 아랑이 지는 경우는 드물었는데, 간혹 진다 해도 그것은 대개 다음 경기에서의 더 큰 복수전을 예고할 때뿐이었다.

하지만 지난 경기에서 울프와 아랑은 이제까지와는 다른 경기를 펼쳤다. 울프는 아랑을 여성 레슬러가 아니라 남성 레슬러처럼 상대했다. 연기 9할, 실제 1할이던 여느 때와 달리 연기 7할에 실제가 3할이나 되는 강도 높은 경기를 펼쳤던 것이다. 울프는 프로레슬링이 아니라, 진짜 레슬링을 하는 것처럼 과격했다. 인정사정없이 아랑을 꺾고 누르고 던졌으며, 악역답게 상대의 약점을 끝까지 물고 늘어지기도 했다. 아랑은 제대로 된 반격 한번 해보지 못한 채 평범한 여성처럼 나약하게 졌다.

그럼에도 경기 후 울프에 대한 비난보다 칭찬의 목소리가 높은 것은 신기한 일이었다. 울프가 아랑이 여성이라는 점을 전혀 고려하지 않았다거나 그가 경기 내내 아랑에게 야한 농담을 던졌다거나 하는 불만은 쏟아지지 않았다. 아랑을 동정하는 분위기가 있기는 했지만, 오히려 늑대인간의 외모나 개인기에 대한 찬사가 더 많았다. 이제야 할말을 해서 시원하다는 듯 "솔직히, 여자가 상대가 되겠어?"라며 대놓고 울프를 두둔하는 사람들도 있었다. 어쩌면 바로 그런 부분이 사장이 말하는 '대세'인지도 몰랐다.

어쨌거나 이제까지의 흐름대로라면 오늘 경기에서 아랑은, 한 달간 절치부심한 후 더욱 강해진 모습으로 나타나야 했다. 하지만 아랑은 나오지 않을 것이다. 내가 그렇게 각본을 짰기 때문이다.

아랑 대신 난쟁이 돌풍이 등장하자, 잊는 것만큼은 남에게 뒤지기 싫어하는 관중들이 순식간에 아랑을 잊고 발을 구르며 환영을 표한다. 요절한 가수 비스트의 비장한 음악 '블러드'가 울리는 가운데, 키는 작아도 담은 클 것 같은 돌풍이 두 손을 마주잡고 좌우로 흔들며 무대에 선다. 울프가 심판으로부터 마이크를 빼앗아 대사를 읊는다.

아랑은 여태 거울 들여다보며 아직도 울고 있는 거야? 나 늑대인간 울프에게 제대로 도전을 해야지, 비겁하게 꼬맹이를 흑기사로 보내?

울프는 그녀의 가슴을 겨냥한 저속한 손 모양을 유지한 채, 쿵푸 몇 동작을 선보인다. 관중석에서 웃음이 터지기도 하고, 야유가 쏟아지기도 한다. 하지만 울프는 비난이 찬사이기라도 하다는 듯, 허리를 굽히고 없는 모자를 들었다 내리는 시늉까지 하며 인사를 한다.

난쟁이 똥자루, 덤벼라!

울프가 말없이 어깨를 풀고 있는 돌풍에게 손짓을 하자, 링 바깥에서 '펑' 하는 효과음과 함께 연기가 피어오른다. 비난인지 감탄인지 분간할 수 없는 관중석의 소음이 연기를 따라 함께 떠오르다가 돌풍의 재바른 공격으로 끊어진다. 돌풍은 몸을 공처럼 동그랗게 말아 울프의 배를 향해 돌격한다. 배를 쥐고 고통스럽다는 듯 몸을 웅크린 울프에게 이어 가해지는 돌풍의 이단 옆차기. 돌풍, 돌풍을 외치는 관중들의 함성이 어둡고 뿌연 실내를 가득 채운다. 이어 승기를 이어가려는 듯, 돌풍이 로프에 몸을 부딪친 후 반동을 이용해 타격을 시도한다. 하지만 울프가 수월하게 공격을 피한 후 작은 몸을 통째로 들어 메쳐 버린다. 떨어질 때 고개가 잘못 꺾이면 죽을 수도 있다는 일명 바디 슬램. 관중들이 실망을 표현할 사이도 없이 울프가 급작스레 몸을 날려 돌풍의 몸 위로 떨어진다. 사실 체급으로는 말도 안 되는 경기를 하고 있는 셈이다.

여성 레슬러와 마찬가지로 핸디캡이 있는 레슬러 또한 악역보다는 선역을 수행하는 경우가 많다. 억울하기 쉽고, 박해당하기 쉽고, 무력하기 쉬운 그들을 강자로 만드는 것 또한 프로레슬링계의 기본 서사이기 때문이다. 선역을 맡은 이들은 궁지에 몰리기도 하고 지기도 하지만 기본적으로 언제나 다시 일어나 건방진 악역들을 응징하곤 한다. 텔레비전 드라마에서 막장을 유발하는 '우연'이 핵심 요소인 것처럼, 프로레슬링에서는 '선의 궁극적 승리'가 핵심 요소가 된다.

진짜 그리 생각하나?

언젠가 사장이 그 문제에 대해 물었을 때, 나는 유들유들하게 질문을 피해 갔다.

그렇게 생각하지 않으십니까?

사장과 일한 후로, 나는 답을 질문으로 되받아 불똥을 피하는 법을 익혔다. 사장이 원하지 않는 말을 해서 면박이나 당하는 것보다 백배 나았던 것이다. 게다가 사장이 진짜로 내 대답이 궁금해서 물어 보는 경우는 많지 않았다. 그는 대개 무언가를 말하기 위해 질문을 던지곤 했다. 그가 다시 물었다.

사람이 뭣으로 산다 생각하노, 니는?

두 번째 질문이 워낙 뜬금없었지만, 나는 몸에 익어 어려울 것도 없는 겸손한 태도로 되물었다.

무엇으로 사는데요?

어쨌거나 답을, 아니 질문을 하고 보니 사장의 생각이 정말 궁금했다. 하지만 그는 뜸을 들였다.

지금부터 같이 알아보자, 마.

키가 두 배는 큰 울프가 돌풍을 완전히 장악하고 있다. 카운트가 들어간다. 원! 투! 그러나 셋을 세기 전에 돌풍은 가까스로 몸을 일으킨다. 원, 투……. 아쉬움과 긴장감을 고조시키기 위해 투에서 멈추는 카운트다운은 몇 번 더 계속될 것이다.

나는 입구에 서 있는 사장을 홀로 두고 대기실 안으로 들어간다. 대기실은, 몸에 오일을 바르거나 손에 압박붕대를 감거나 신발 끈을 조이는 선수들로 부산하다. 다량의 진통제로 아픔을 잊은 근육들이 출전을 앞두고 씰룩대고 있다. 나는 그들의 어깨를 툭툭 두드려 주기도 하고 주먹으로 옆구리를 치는 시늉도 하며 사기를 북돋아 준다. 보여줄 만한 장면들을 포착하려는 촬영기사도 분주하게 대기실 이쪽저쪽을 오간다.

감독님, 근데 정말 이래도 되는 거예요?

데뷔 초반부터 악역만 도맡아 온 광마가 걱정스레 나를 불러 세운다.

몰라. 사장님 아이디어니 따라야지 뭐.

사람들이 좋아하지 않을 텐데요. 잠깐 자극만 줘야죠. 계속 그러면…….

딴 생각 말고 넌 네 역할이나 제대로 해.

그의 등에 검게 새겨진 미친 말이 근육의 움직임을 따라 콧구멍을 벌렁거린다.

풍산랑, 광마, 준비해!

조감독이 외치는 소리를 듣고 광마가 어깨를 으쓱하며 멀어져 간다. 덩치에 어울리지 않게 잔걱정이 많은 녀석이다.

밖이 소란스럽다. 관중들이 '레슬코'가 아닌 '우' 소리를 길게 끄는 걸 보니 각본대로 돌풍이 진 모양이다. 선역이 이길 때 그들이 지르는 함성은 레슬코. 레슬링코리아의 줄임말이다. 지난 연말 행사에서는 레슬코, 레슬코를 외치는 소리가 낡은 건물을 무너뜨릴 뻔하기도 했다. 전석 매진이었던 유례없는 한때였다. 하지만 올 봄을 지나 여름에 이르면서 관중석의 빈자리가 눈에 띄게 늘어갔다. 경기 여파라거나 날씨가 더워서라는 말은 사장에게 위로가 되지 않았다. 대책이랍시고 사장이 내놓은 것은 내 상식으로는 납득이 가지 않는 안이었다. 하지만 나는 그의 지시를 거스를 수 없었다. 허름한 건물이나마 대여료를 내고, 장비를 장만하고, 인력을 움직이는 데 전적인 권한을 갖고 있는 사람은 내가 아니기 때문이다. 그의 계획이 얼마만큼 성공을 거둘지는 오늘 경기를 보면 알 일이었다.

풍산랑과 광마가 준비를 마치자, 제 역할을 충실히 한 울프와 돌풍이 땀에 흠뻑 젖은 채 대기실로 들어온다. 오늘밤, 이긴 자도 진 자도 용량을 늘린 진통제를 먹지 않고는 잠을 이룰 수 없을 것이다.

수고했다.

나는 경기가 끝난 후 오히려 더 큰 싸움, 즉 통증과의 싸움을 벌여야 할 그들에게 진심으로 치하를 한다. 울혈성 심부전증이 있는 돌풍이 기운 없이 약통을 뒤진다. 실제로는 양아치도 아니고 악한도 아닌 울프의 표정이 말단비대증을 앓았던 레슬러, 앙드레 더 자이언트만큼이나 우울하다. 우울한 감정에 이입되지 않기 위해 그 자리를 서둘러 벗어나려는데, 울프보다 더 우울한 표정의 조감독이 내게 달려온다.

뱅 또라이 녀석, 경기할 수 있는 상태가 아닙니다.

선역을 맡은 트리플 뱅 무리 중 유독 사고를 많이 치는 똘이 녀석이 또 술이 덜 깬 상태로 나타난 모양이다. 캐릭터 이름은 똘이지만 모두들 또라이로 부르고 있었다. 밤새 퍼마시고 몸도 가누지 못하는 녀석의 모습이 훤하다. 나는 난감한 상황에 의연히 대처하는 모습을 조감독에게 보여주고 가르치기 위해 침착하게 말한다.

빰 몇 대 때리고, 걸을 수만 있으면 나가게 해.

네?

어쩔 거야? 나가면 또 잘 하겠지.

레슬코의 총감독으로서 나는 어떤 경우에도 조감독이나 다른 레슬러들에게 당황한 모습을 보여서는 안 된다. 확신이 없으면 레슬러들은 결코 링 위나 링 밖으로 나가떨어지면서 제 몸을 성심껏 학대하지 않는다. 조감독의 얼굴이, 글씨가 적히는 종이처럼 가감 없이 감정을 드러낸다. '믿을 수 없습니다'와 '이렇게 무책임하셔도 되는 건가요?'와 같은 구절들이 그의 얼굴에 선명하게 쓰여 있다. 조감독으로서의 경험이 그의 인생경험을 넘어서려면 아직 한참 멀었다.

그럼 어쩔 거야? 어쨌거나 트리플인데, 둘만 내보내? 상대 멤버들은 어쩌고? 한 달치 월급이 걸린 문제야.

나는 조감독이 스스로를 돌아본 후 결국 얻어야 할 교훈만을 얻을 수 있도록 그를 남겨둔 채 직접 똘이를 보러 간다. 다른 멤버 둘이 녀석을 화장실로 끌고 가 뭐라도 토해내게 하려고 애를 쓰고 있다. 하지만 음식물이고 술이고 아무것도 나오지 않을 것이다. 녀석의 배는 무언가가 진입하면 자동으로 퇴로가 막혀 버리는 요새와 다르지 않다. 토하는 것은 녀석보다 근육이 덜 단단한 자들에게나 가능한 일이다. 나는 조감독에게 지시했던 일을 내가 직접 한다. 근육맨의 얼굴이 여러 차례 이쪽저쪽으로 돌아간다. 순식간에 빰의 실핏줄이 터지면서 벌게진다.

네가 이러고도 레슬러냐? 트리플 뱅은 오늘로 해산이다. 너 때문인 줄 알아. 또라이 너, 너 말이야!

술에 취한 거인이 깊이 고개를 숙인다. 몸이 멋있으니 따귀를 맞은 얼굴이 더 슬퍼 보인다. 술 문제만 아니면 괜찮은 녀석이다. 다른 두 명이 얼굴이 빨개진 동료를 간신히 일으킨다. 물론 해산 같은 건 없을 것이다. 언제나처럼 늘 하는 말일 뿐임을 나도 알고 녀석들도 안다. 어쩌면 트리플 뱅의 해산보다 레슬코 자체의 해체가 더 빠르게 진행될지도 모른다.

세 경기가 끝나고 휴식 시간이 시작됐다. 통상 전반 네 경기, 후반 네 경기를 진행해야 하지만, 이번에는 전반 세 경기, 후반 네 경기로 모두 일곱 경기를 예고한 바 있다. 나는 관중들의 반응을 보기 위해 매점 앞과 화장실 주변을 어슬렁거린다. 콜라를 홀짝거리며 관전평을 하는 두 젊은이 옆에 서서 휴대전화기를 들여다보는 척한다.

오늘 경기 좀 이상하지 않아?

그러게. 아랑도 안 나오고. 악역들이 두 번 연속 이겼어.

풍산랑이 광마에게 진 건 진짜 의외야. 저번에도 졌잖아.

그래도 재미없진 않았어.

사장이 기대하는 대로 가고 있는 것일까? 상당히, 간밤 자기 직전에 먹은 라면이 다음날 아침 얼굴을 붓게 하는 딱 그 정도로 티가 났음에 분명하다. 하지만 관중들은 아직 오늘의 경기가 좀 이상한 차원을 넘어 완전히 다른 형태로 진행될 것임을 모른다. 실제로는 라면 먹고 부은 얼굴이 아니라 주먹에 깨져 부은 얼굴만큼 달라질 것이다. 다들 눈치채지 못했겠지만, 지난번 경기에서 이미 선역과 악역의 승률이 같았다. 통상 5대 3이거나 6대 2, 심지어는 7대 1의 비율로 선역이 이겼던 이전 경기들과는 사뭇 다른 진행이었던 것이다. 오늘은 전반부의 세 경기 중 두 경기에서 선역이 빛을 발하지 못했다. 후반부는 악역이 모두 이길 것이다. 나름 혁신이라면 혁신이었다. 나는 비관적이었지만 사장은 그렇지 않았다.

막간을 이용해 전반부에 출전한 레슬러들이 물건을 늘어놓고 장사를 하고 있다. 레슬러의 얼굴이 박힌 티셔츠며 엽서, 레슬코 영문 이니셜이 들어간 모자 등을 잔뜩 펼쳐놓았다. 사람들은 줄을 서서 가판대로 몰려들지만 기념품을 사기보다 사진을 찍고 사인을 받는 데 더 열중한다. 그들은 기념품 판매 수익금이 레슬러들에게 얼마나 요긴한지 모른다. 경기를 하고서 레슬러들이 받는, 말하기도 민망한 액수의 돈은 모두 다음 경기를 위해 병든 닭이라도 먹고 진통제를 사는 데 든다는 것을 알지 못한다. 선수들이 엽서 쪼가리라도 팔아야, 남는 게 별로 없는 반팔 셔츠라도 팔아야, 프로 의식을 잃지 않은 채 간신히 링으로 다시 돌아올 수 있다는 사실을 정말 모른다. 아니다. 모르지 않을 것이다. 그들도 선수들처럼 그저 '시늉'을 하고 있을 뿐인지도 모른다.

레슬코를 살리려는 사장의 계획은 적어도 '시늉'은 아니었을 것이다. 사장은 우선 빈자리를 없애야 한다고 했다. 마치 자리를 채움으로써 빈자리를 없애는 게 아니라, 빈자리 자체를 폭파시켜 버리겠다는 듯 비장하게 말했다.

전석 매진되면 바로 표 값 올릴 끼다. 레슬코 입장료가, 백 번도 천 번도 돌릴 수 있는 영화표 값 쪼매 웃돈다는 기 말이나 되나 말가.

사실 레슬코 전체를 통틀어 사장이 제일 많은 수익금을 챙기고 있었다. 하지만 사장은 늘 차 떼고 포 떼고 자신에게 떨어지는 것은 빚밖에 없다며 우는 소리를 했다. 관객이 줄어든 올 봄부터는 특히 심했다. 그는 나로 하여금 내 상식으로는 납득이 가지 않는 대책을 받아들이게 했다. 어쨌거나 목표는 분명했다. 전석 매진, 입장료 인상!

반응이 나쁘지 않더라, 니도 봤제?

사장도 분위기를 살피고 온 모양이다. 그는 수입의 증가로 이어질 수 있는 지금의 긴장감을 즐기는 듯하지만, 나는 위험 부담에 대해 경고하지 않을 수 없다. 이쯤에서 한 번은 욕을 먹어야 나중에 빠져나갈 구멍이라도 생긴다.

반감이 심해지면 오히려 더 나빠질 수도 있습니다.

집어치아라, 사람이 이래 부정적이어서야!

나는 잠시 균형감을 상실했음을 자각한다. 사장을 노엽게 만들었으니. 지나침이 모자람만 못하다는 점에서 나는 내 역할을 제대로 수행하지 못한 셈이다. 그렇다. 이제 소중한 머리털을 더 빠지게 만들 수도 있는 고민은 그만두어야겠다. 사장의 지시를 따르면 그뿐. 복권이나 주식, 경제 성장률, 하다못해 대통령 선거에서도 내 예측이 맞았던 적은 한 번도 없었다.

레슬링코리아를 운영하기 전 사장의 경력은 해괴하다면 해괴했고 화려하다면 화려했다. 나를 사장에게 추천해 준 군대 상사는 친구라는 그를 한마디로 정의했다. 미친놈이야! 사장은 아주 젊었을 때부터 남들이 하지 않는 일만을 했다고 한다. 자선 사업이랄 수도 없고 문화 육성 사업이랄 수도 없는 괴상한 일들을 벌였다는 것이다. 그가 최초로 손을 댄 것은 떠돌이 유랑극단을 부활시키겠다며 전국을 수소문해 결성한 '팔도유랑단'이었다. 사장은 그 유랑단이 스케이드 보드를 타는 애들만도 못한 재주를 선보이다 해체되자 곧바로 '전택련'이라는 택견 협회를 설립했다. 춤인 듯 춤이 아닌 택견이야말로 최고로 인기를 얻을 수 있는 우리 고유의 전통 무술이라 여겼던 그의 생각은 오판이었음이 드러났다. 하지만 그는 다시, 더 이상 오판 따위는 없을 것이라는 듯 의기양양하게 씨름 전용 체육관을 열었다. 씨름 육성 학교들조차 선수를 구하지 못해 애를 먹고 있다는 사실을 몰랐던 사장은 단 한 명의 지원자도 받지 못한 채 체육관을 닫았다.

하지만 신기하게도 사장은 완전히 망하지 않았다. 그가 하나를 끝낼 때 그의 수중에는 늘 다음 사업을 할 수 있는 돈이 있었다. 병든 코끼리나 이 빠진 호랑이 한 마리 없는 서커스단을 인수했다 정리했을 때는 여러 마리의 앵무새가 그를 구했다는 소문이 돌았다. 무당들의 굿판을 뮤지컬에 맞먹는 공연 문화로 탈바꿈하려는 시도를 했을 때도 마찬가지였다. 칠살을 맞았다는 선녀무당에게 꼬여 카드빚만 잔뜩 지게 되었지만, 사장은 그때도 의연히 다시 일어섰다. 어찌됐든, 놈은 살아남아. 아주 망하지는 않을 테니까, 걱정 말고 잘 따라다녀 봐. 군대 상사는 그렇게 말하며 나를 격려했다. 그러니까 사장은 평생 돈이 되지 않을 것 같은 일에만 손을 댔음에도 돈이 없어 죽어 나가지는 않은, 가히 전설적인 인물이었다.

하지만 레슬코를 연 사장은, 돈이 될 것 같지 않은 일에만 손을 댔다는 게 믿기지 않을 만큼 돈, 돈, 돈을 입에 달고 살았다. 그는 프로레슬링이야말로 흐느적거리는 아이돌 가수들에 댈 게 아닌 유망 엔터테인먼트 사업이며, 따라서 머잖아 레슬코가 갈고리로 돈을 긁어모으게 될 것이라 장담했다. 물론 나를 소개한 사장의 군대 동기나 나나 그의 장담을 신뢰하지 않았지만, 당시의 나로서는 가타부타 따질 상황이 아니었다.

사장을 만나기 전, 그러니까 3년 전의 내 몰골은 말이 아니었다. 태권도, 태권도……. 어딜 가나 태권도장만 가득한 데다 대학에서 태권도를 전공한 이들이 넘쳐나는 마당에 태권도 전공자도 아닌 내가 설자리는 없었다. 전직 레슬링 선수였으나 레슬링으로 국가대표 선수가 된 것도 아닌 내가 할 수 있는 일이라곤, 남들이 받는 급여의 반도 받지 못한 채 꼬맹이들의 축구팀이나 농구팀을 이끄는 게 다였다. 이 체육관 저 체육관을 떠돌다가 레슬코 감독 자리를 소개받은 나로서는, 사장이 썩은 동아줄이든 성한 동아줄이든 잡지 않을 수 없었다.

어쨌거나 레슬코는 어언 3년째 명맥을 유지하고 있었다. 심지어 한때는 사업이 마구 번창할 기미가 보이기도 했다. "프로레슬링은 먹어도 먹어도 질리지 않는 짜장면처럼 분명히 마니아가 있다"는 사장의 확신이 맞아서인지, 아니면 김일이니 역도산이니 하는 전설적인 레슬러들에 대한 동경이 아직까지 남아 있어서인지, 그도 아니면 지지리 운이 없었던 사장이나 내게 드디어 하늘이 알량한 동정심을 보인 것인지는 알 수 없었다. 레슬코는 어쨌거나 대통령 탄핵으로 광장의 열기가 하늘을 치솟을 무렵까지 최소한 적자는 면하고 있었던 것이다.

니 WWE 경기 한 번 열릴 때 사람들이 울매나 몰리는지 아나? 표가 울맨고 아나 말이다.

객석이 눈에 띄게 비기 시작했을 무렵, 사장이 내게 답답하다는 듯 물었다. 나는 관람료가 정확히 얼마나 되는지는 몰랐지만 미국에서 그 어떤 엔터테인먼트보다 인기 있는 WWE를 모르지 않았다.

정세가 바낐다 마. 우리도 방법을 바까야 한다는 말이다.

사장은 그렇게만 말해도 내가 척하니 알아들었을 거라 생각한 모양이었다. 하지만 나는 정치와 프로레슬링 사이에 무슨 연관이 있는지 알 수 없었다. 그는 실망스러울 것도 없다는 듯 담담하게 말했다.

마, 내 시키는 대로만 따라온나. 알았제?

내가 고개를 끄덕인 데 대해 만족스러워하며 그가 말했다.

이 감독, 니 참 괜찮은 친구야. 조만간 내, 구체적으로 알려주끄마.

후반부 첫 경기에서는 합기도 유단자인 선풍과 주짓수를 익혔다는 태호의 시원한 대결이 펼쳐진다. 선풍은 선역을, 태호는 악역을 맡고 있는데, 사람들은 두 선수의 개인기가 워낙 뛰어나 승패에 딱히 큰 의미를 부여하지 않고 있었다. 누가 이겨도 레슬코, 레슬코, 하는 함성이 터져 나올

만큼 두 사람의 연기력이 뛰어났던 것이다. 뛰고 날고 구르고, 맞고 눌리고 튕겨져 나가기를 수십 차례. 각본대로 오늘은 태호가, 서 있는 선풍의 가랑이 사이로 손을 넣은 후 제대로 한 바퀴를 돌리고는 핀폴 3초를 얻어내 이긴다.

나는 관중들이 전반부에 이어 또 악역이 이겼다고 투덜대지나 않을까 싶어 조마조마한 마음이 된다. 하지만 막간을 이용해 스크린에 쏜 전 챔피언 선우, 불사조 피닉스의 등장으로 순식간에 분위기가 바뀐다. 불사조 선우는 여성 레슬러 월하와 연인 관계임을 알리면서 팬들의 호기심을 자극했는데, 어이없게도 최근 월하로부터 상습적인 구타를 당했다는 사실이 알려지면서 주목을 받은 바 있었다. 스크린에서 선우는 월하에게 단지 심리적인 문제가 있었을 뿐이라며 그녀를 옹호했다. 힘이 없어 맞은 게 아니라, 애인을 사랑해서 맞아 주었을 뿐인 멋진 남자 이미지를 충분히 소화해 내고 있었다. 기특한 불사조! 약간의 휴식을 취한 후 빠른 시간 안에 링에 복귀할 것을 약속하는 그를 향해 관중들이 레슬코를 외치며 응원의 3박자 박수를 보낸다.

사내라면 저래야 한다.

사장은 선우의 대사 하나하나를 코치한 사람이 나라는 사실을 모르지 않지만 화면을 쳐다보며 자랑하듯 말한다. 어쨌거나 그 덕분에, 또 악역이 이긴 후반부 첫 경기도 무사히 넘어간다.

이어 피 흘리는 재주로는 온 나라를 통틀어 따를 자가 없다는 청마

김명철이 등장한다. 그는 상대 선수가 그를 쳤나 싶은 순간에 스스로 상처를 만들어 피를 줄줄 흘리므로 유혈청마로도 불린다. 스크린에 비치는 청마는 다양한 수법으로 보험금을 타내는 자해 공갈범이다. 그의 파트너는 어머니가 몽골인인 삼보 이재승. 그는 혼혈이 맞느냐는 사람들의 의심을 가라앉히기 위해 사시사철 변발에 털옷 차림으로 등장한다. 삼보는 어려운 다문화 가정 출신임에도 불구하고 건강하게 성장한 착한 청년으로 통한다. 여자와 장애인이 선역을 맡는 것과 같은 이유로 삼보 역시 선역을 맡고 있다.

두 사람 모두 레슬러로서보다 연기자로서 더 뛰어나다. 물론 연기가 뛰어나다는 것은 제 몸에 위해를 더 잘 가한다는 말과 크게 다르지 않다. 삼보의 팔꿈치 공격을 받은 청마의 이마에서 주르르 피가 흘러내린다. 팔꿈치 공격만으로 피가 흐를 리 없었지만, 맥락에 상관없이 탄성이 터져 나온다. 제 피를 보고 더 흥분했다는 듯 청마가 탈색한 긴 머리를 찰랑거리며 삼보의 등을 가격하자, 삼보는 매트리스 아래 철판이 다 내려앉는 소리를 내며 무릎을 꿇는다. 덩치들의 난투극이 치열해지기 시작한다. 두 사람 모두 상대 선수와 싸우는 게 아니라 경기장 바닥이나 루프를 상대로 싸우고 있다. 어쨌거나 효과음은 확실하다. 관절 꺾이는 소리, 피부 터지는 소리, 기합 소리, 신음 소리……. 두 사람은 내상이 너무 깊어 도저히 일어설 수 없다는 듯 링 이쪽과 저쪽에 널브러져 있다가 심판이 열을 세기 직전에 가까스로 일어나 다시 싸운다. 원! 투! 쓰리! 그러나 셋을 넘어서면, 사람들은 오직 '텐'으로만 카운트를 이어간다. 텐, 텐, 텐…….

한편으로는 승부가 나기를 바라지만 다른 한편으로는 아직 승부가 나지 않을 것임을 알고 있는 관중들이 끝없이 '텐'을 외치며 레슬러들의 연기에 동참하는 것이다. 그렇게 두 선수 모두 드러눕기를 일여덟 차례. 사람들이 슬슬 지치기 시작하자 마침내 청마가 피투성이 얼굴로 다시 일어나고, 삼보가 완전히 뻗어 버리면서 경기가 끝난다.

나는 청마의 명연기에 감동을 받은 관중들이 다시금 잘 잊는 재주를 발휘하기를 바란다. 하지만 이번에는 잊으려야 잊을 수가 없는 모양이다. 그들은 악이 또 이겼다는 사실에 분노한다. 전반부 한 경기를 제외하고, 네 경기에서 모두 악역이 승리했으니, 화를 낼 만도 하다. '우' 소리를 길게 빼는 것으로는 충분히 항의하는 게 아니라 여겼음인지, 모두들 쿵쿵쿵 발을 구르고 있다. 좋을 때 구르는 발소리도 쿵쿵쿵이지만, 이번엔 명백히 불만을 표하는 소리다. 나는 하릴없이 사장을 바라본다.

구체적인 지시를 내리기 위해 사장이 나를 다시 부른 것은 지난달 경기 직전이었다. 그와 일한 3년 동안 무수한 회식이 있었지만 단둘이 음식점에 앉기는 처음이었다. 나는 그만큼 레슬코의 사정이 심각한가 싶어 적잖이 긴장이 되었다. 사장의 표정만으로는 분위기를 짐작할 수가 없었다. 그는 풍부한 육즙에 쫄깃한 식감이 갈매기살만 한 게 없다며 한꺼번에 4인분을 주문했다. 고기가 익기도 전에 연신 내게 소주를 권하던 사장이 뜻밖에 미국 대통령 얘기를 꺼냈다.

니는 트럼프가 와 계속 대통령을 해먹는다 생각하노?

그야 세상이 미쳐 돌아가니 그런 거 아닙니까…….

빈속에 소주 서너 잔을 들이켠 나는 평소의 조심성을 잃었다. '왜 그렇다고 생각하십니까?'라고 반문하거나 혹은 그저 묵묵히 사장을 쳐다보는 대신 불쑥 떠오른 대로 뱉어 버린 것이다. 사실 레슬코가 해체될지도 모른다 생각하니 울적했다. 게다가 나는 갈매기살을 좋아하지 않았다.

문디, 그런 추상적인 대답 말고 좀 구체적인 답을 해봐라.

그게, 미국이…….

나는 좀 더 긴장했다. 사장이 간만에 진짜 대답을 기대하는 질문을 하고 있었기 때문이다. 물론 나는 트럼프에 대해, '개구리 올챙이 적 시절 생각 못하는 이기적인 미국인들의 실수'라거나 '동냥하려다가 추수를 못 보는 근시안적 사고' 운운한 기사들을 읽은 적이 있었다. 그 외에도 언론, 러시아, 선거 제도, 힐러리, 북한 등 들은 풍월을 얼마든지 읊을 수 있었다. 하지만 사장이 그런 사실을 몰라서 내게 물어 보지는 않았을 터였다. 사장은 기름방울이 아직도 표면에서 찌글거리고 있는 고기 한 점을 후룩 입에 넣으며 말했다.

니, 잘 들어 봐라. 어떤 여자가 남편 몰래 수년째 다른 남자를 만났단다. 남편은 잘생기고 착하고 돈도 잘 벌고……. 여자 지 입으로도 지가 와 그라는지 모리겠다 할 정도로 남편한테는 흠이 읎었단다. 여자는 친한 친구들에게 그 사실을 고백하고는 지가 나쁜 년이라고, 괴로워 죽겠다고 말했다지. 친구들이 욕을 하고, 충고를 하면 여자는 엉엉 울면서 당장 관계를 끊겠다고 다짐했단다. 하지만 그때뿐이고……. 행실을 고치지 못한 여자가 또 친구들한테 찾아와, 스스로가 밉고 느무 비참하다며 울었단다. 친구들은 여자가 지겨워 죽을 지경이 됐지. 그러던 어느 날, 그중에 좀 똑똑한 아가 꾀를 냈단다. 친구들이 작당을 해서 여자한테 이리 말했다 안 카나. "죄책감 가질 거 읎다. 착한 남편한테 상처 줄 수도 읎고 사랑하는 사람 버릴 수도 읎다 아이가. 마, 사랑은 죄가 아이다. 니 잘못 아이다." 그러고 그 후로는 다들, 여자가 어떤 나쁜 짓을 털어놔도 절대로 여자를 비난하지도, 혼내지도 않았단다. 오히려 여자가 잘못한 거는 읎다며 위로했드란다. 여자가 우쨌는지 아나?

남자 관계를 끝냈나요? 칭찬은 고래도 춤추게 한다, 뭐 그런…….

그기 아이라카이.

어쨌는데요, 그럼?

잘 생각해 봐라. 그기 오 감독 니가 연구할 일 아이겄나?

사장이 새로 술 한 병을 주문하며 의기양양하게 웃었다.

사장이 간만에 '내가 연구할 일'이라고 못박자, 나는 출석일수만 겨우 채웠던 대학 시절이 약간 후회되었다. 체육 특기생으로 입학했지만, 나는 서류상 정치외교학과생이었던 것이다. 어쨌거나 사장도 내 능력을 아주 높이 평가하지는 않았던지, 더 이상 빙빙 돌려 얘기하지 않았다.

악역이 다 이기게 맹글어 봐라. 토 달지 말고.

말도 안 되는 주문이었다. 나는 '토 달지 말라'는 사장의 말에 토를 달고 싶었지만 그가 자꾸 술을 권하는 바람에, 또 언제부터인가 가출이 잦아져 결국 돌아올 길을 잃은 배짱 때문에 고개를 끄덕이고 말았다. 하지만 술에 취해 가는 중에도 사장의 아이디어가 허무맹랑하다는 생각을 지울 수가 없었다. 다 그렇지는 않겠지만 레슬코에 오는 관중들 대부분은 10만 원, 20만 원도 넘는 오페라 공연을 보러 다니는 자들이 아니었다. 100만 원이 넘는다는 해외 유명 스포츠 경기의 암표를 구하지 못해 안달하는 자들도 아니었다. 레슬코의 관중들은 포장해서 말하자면 소박했고, 까놓고 말하자면 가난했다. 그들은 별반 가진 게 없는 자신들을 선한 편에 이입한 후 선이 악을 혼내 주는 놀이에 잠깐이라도 동참하고자 레슬코를 찾는 자들이었다. 극단적인 이분법을 통해 그 순간만큼은 분노를 풀고 승리감에 젖어 보고 싶어 하는 이들인 것이다. 다양한 이유로 다양하게 억울한 사람들이 선역 레슬러를 통해 후련하게 울분이라도 삭히려는 게 아니라면, 프로레슬링을 도대체 무슨 맛으로 보러 오겠는가 말이다. 나는 악역이 내리 이기는 경기를 끝으로 레슬코가 정말 끝장이 나버릴지도 모른다고 생각했다.

지난달 경기 결과가 예상 외로 좋지 않았더라면, 나는 사장에게 굽신거려야 하는 내 입장을 팽개치고서라도 강력하게 '안 된다'는 말을 했을지 모른다. 하지만 신기하게도 이번 달 티켓 판매량이 늘어났다. 날이 더 더워져서 판매가 부진할 거라 각오를 했음에도 말이다. 물론 여전히 전석 매진은 가당찮아 보였지만 분명 지난달보다 호전된 게 사실이었다. 나는 속이나마 편하기 위해 그 오랜 세월 동안 '돈이 없어 죽어 나가지는 않은' 전설적인 사장을 믿고 따르자고 마음먹었다. 어쨌거나 딱히 다른 뾰족한 수가 없기도 했다.

챔피언 타이틀 매치를 제외하고 가장 인기 있는 두 팀의 경기가 시작되자, 다행히 관중들의 소요가 가라앉는다. 로열 엘리트 3인과 트리플 뱅 3인의 대결이다. 먼저 마이크를 잡은 레슬러는 관중들이 가장 싫어하는, 책을 든 엘리트 현자성이다. 그는 마이크를 입 가까이 바짝 붙인 채 빠르게 말을 쏟아내기 때문에, 대부분의 사람들은 그가 무슨 말을 하는지 거의 알아듣지 못한다. 다만 느낌상으로, 그가 못 배운 자, 돈 없는 자, 받쳐줄 배경이 없는 자들을 욕한다는 것을 알 수 있을 뿐이다. 공맹의 도 어쩌고 하는 소리도 들리고, 소크라테스니 플라톤이니 공부가 짧은 사람도 대강은 아는 철학자들의 이름이 언급되기도 하지만, 요점은 항상 하나다. "우리들은 악하지만, 악이란 능력이고 많이 가진 것이고, 따라서 세상에서 가장 좋은 것이다."

공자성, 맹자성, 현자성이라는 별명으로 활동하는 그들이 마이크를 잡고 떠드는 시간은 다른 악역 레슬러들에 비해 훨씬 길다. 경기를 진행하지 않고 떠들면 떠들수록 지루해진 관중들이 더 격렬하게 반응하기 때문이다. 그들은 아우성이 높아 갈수록 번쩍이는 찻잔을 내려놓고 코트를 벗고 안경을 벗는 일련의 동작들을 천천히, 더 천천히 한다. 물론 소품들은 다음번에도 다시 써야 하기에 성난 관중에 의해 망가지거나 깨지는 일이 없도록 진행요원이 조심스레 치운다.

로열 엘리트 팀의 상대로 트리플 뱅이 등장하면 사람들은 달궈진 냄비에 떨어진 미꾸라지 튀듯 튀어 오른다. 일어선 앞사람 때문에 시야가 좁아진 뒷사람들의 불만도 함께 쏟아진다. 동시에 스크린에서는 순박하고 천진하기 이를 데 없는 뱅 멤버들의 모습이 비친다. 그들은 동네 개구쟁이들에게 먹던 솜사탕을 뺏기기도 하고 고약한 할머니의 짐을 산꼭대기까지 날라다 주기도 한다. 사람들은 로열 엘리트를 미워하는 만큼 트리플 뱅을 사랑한다. 악이면서도 아닌 척을 하는 악, 나름의 사연이 있어 동정의 여지가 있는 악, 제대로 된 서사가 없어 숫제 악인지 아닌지도 잘 분간할 수 없는 악이 아니라 너무도 명확한 악인 로열 엘리트를 상대하는 자들이 바로 트리플 뱅이기 때문이다. 그러므로 관중들은 정작 뱅의 멤버 중 한 명이 자주 술이 깨지 않은 상태로 나온다는 것을 알지 못했고, 뱅의 경기력이 다른 팀에 비해 현저히 떨어진다는 점 또한 알지 못했다. 어쩌면 "알지 몬하는 건 마 알고 싶지 않은 기야"라고 했던 사장의 말이 맞는지도 몰랐다.

3인 이상의 그룹끼리 붙는 경기는 흔히 링 밖에서 더 활기를 띤다. 선수들이 로프 밖으로 내던져지거나 밖에 있는 상대를 공격하기 위해 뛰어나오면, 링 바로 앞 좌석에 앉아 있던 관중들이 기민하게 움직인다. 다른 좌석보다 가격이 비싸지만 레슬러를 바로 눈앞에서 볼 수 있고 운이 좋으면 만질 수도 있으므로, 그 자리에는 늘 나름 마니아라 자처하는 사람들이 앉곤 한다.

뱅의 멤버 중 대머리 장이 상단 로프와 2단 로프 사이를 한 바퀴 돌며 킥을 날리자 로열 엘리트 중 안경을 썼던 공자성이 제대로 나가떨어진다. 다른 멤버 현자성이 재빨리 톱로프에 올라가 반격을 시도하는데, 장은 어느새 링을 빠져나간다. 그를 좇아 현자성이 링 밖으로 몸을 날리자 근처에 앉아 있던 관객들이 무섭다는 듯, 하지만 동시에 신도 난다는 듯 기꺼이 사방으로 피한다. 이때 여전히 술이 깨지 않았을 똘이와 맹자성이 링 안에서 또 다른 볼거리를 제공한다. 이른바 손바닥으로 가슴 때리기. 주먹을 쓰는 게 반칙이므로 손바닥으로 때린다지만, 그들의 때리기는 결코 애들 장난이 아니다. 근육질 손바닥에 얻어맞은 상대편의 가슴은 금방 피멍이 든다. 무엇보다 효과음이 아니라 실제음이 울린다. 찰싹! 철썩! 짝! 쩍! 트리플 뱅, 트리플 뱅을 외치는 소리들이 경쟁이라도 하듯 점점 높아 간다. 잘 때려 줘서 고마워! 잘 맞아 줘서 고마워! 진짜로 때리고 진짜로 맞다니, 감동이야!

이번에도 악역인 로열 엘리트가 이긴다면 관중들은 더 이상 참지 않을지도 모른다. 흥분한 사람들이 무언가를 집어던지는 일이 없도록 입장 시 가방을 수색하고, 매점에서조차 병 음료는 팔지 않도록 하고 있지만 로열 엘리트에 대한 반감은 워낙 크다. 방심할 수 없는 경기인 줄 아는 안전요원들의 얼굴에도 긴장감이 감돈다. 레슬러들의 대흉근들이 벌떡거리고 이두근, 삼두근들이 요동을 치며 허리 쪽 기립근들까지 바짝 일어서는 동안, 응원과 야유의 목소리는 로프를 타고 링을 돌다 마침내 체육관 조명까지 찔러 버리고 만다. 펑! 펑! 라이트 두 개가 잇달아 나갔지만 회전하고 부딪치고, 바닥에 나뒹구는 근육맨들은 멈추지 않는다. 마침내 로열 엘리트의 현자성이 턴버클 위에 올라가 몸을 곧게 편 후 날아 내리자, 미처 몸을 가누지 못하고 있던 트리플 뱅 두 명이 단번에 나가떨어지고 만다. 하지만 바로 그 순간, 아직 술이 덜 깼을 혹은 술은 깼으나 기억을 잃어버렸을 똘이가 각본에 없던 반격을 시도한다. 아뿔싸!

자자, 또라이 놈, 와 저라노?

사장의 안면 윤곽이, 어두운 방 안에서 끈적거리고 물컹거리는 뭔가를 밟았을 때처럼 불길하게 뒤틀린다. 이런 때야말로 제대로 밥값을 해야 하는 나는 경기장 가까이로 성큼 발을 내딛는다. 때마침 링 밖으로 던져진 대머리 장에게 재빨리 귓속말을 한다. 똘이놈 제정신을 차리지 못하고 있어. 무슨 일이 있어도 각본대로 가야 한다!

하지만 관중들은 의연히 일어선 똘이에게 환호작약하고 있다. 내리 악역들이 이겼으므로 당연히 이번엔 선역이 이기리라 기대하고 있는 데다, 그 기대감이 틀려서는 안 된다는 강박관념에 사로잡힌 게 틀림없다. 그러나 기대는 채워지지 않을 텐데…….

이상 없을 겁니다.

나는 다시 사장의 옆으로 돌아와 사장처럼 팔짱을 끼고 링을 바라본다. 술이 덜 깬 똘이에게 신호를 보내느라 다른 두 멤버가 애를 쓰는 게 눈에 보인다. 맞고 나가떨어지랴, 공격하랴, 설쳐대는 똘이를 제지하랴 두 사람이 너무 바쁘다. 어쨌거나 이번 경기에서도 선역이 져야만 한다. 악의 대거 승리! 그래야 관중들은 미친 듯 흥분을 할 것이고, 그래야 모든 게 잘 될 것이다. 내가 아는 한 이것이 사장 전략의 핵심이었다.

말 잘 듣는 두 명의 뱅 멤버와 모처럼 제대로 한을 푼 로열 엘리트가 궁합을 맞춘 덕분에, 경기는 결국 악역의 승리로 끝난다. 공자성이 똘이의 어깨를 누른 상태에서 다리 하나를 꼼짝 못하게 꺾어 쓰리 카운트 핀

폴로 상황을 종료시킨 것이다.

잘했다 마!

사장은 가격 대비 맛이 매우 흡족한 설렁탕을 먹었을 때처럼 기분 좋은 얼굴로, 퇴장하는 선수들의 어깨를 두드려 준다. 그들은 온몸의 뼈가 직소퍼즐처럼 조각난 느낌일 텐데도 사장의 격려에 행복하기만 하다는 듯 멀겋게 웃는다. 관중석은 완연히 다른 분위기다. 수렵을 하던 원시시대의 유전자를 재주껏 복원해낸 듯한 사람들이 야만스럽게 씩씩거리고 있다. 다짐을 했음에도 걱정을 안 할 수가 없다. 잘못하면 레슬러뿐만 아니라 스태프들까지 모두 뭇매를 맞을지도 모른다. 항의의 목소리가 암컷을 부르는 한여름 수매미 울음마냥 맹렬하다.

오늘 뭐 하자는 거야?

표 값 물어내!

레슬코 문 닫을 거야?

그러나 신기하게도 누군가가 '레슬코'를 외치기 시작하자, 다들 경기장이 떠나가라 함께 레슬코를 외치기 시작한다. 마지막 경기가 남았으니 절대 실망시키지 말라는 당부로도 들리고, 다음 경기까지 망치면 제대로 혼을 내주겠다는 다짐으로도 들린다. 평생 처음으로 내 집 장만을 하게 된 이들이나 가질 법한 기이한 흥분이 장내에 가득하다.

드디어 일곱 번째 경기다. 무려 열 달 가까이 타이틀을 방어해 온 드래건 이세룡이 링 위에서 긴 망토를 벗고 있다. 스크린에서는 챔피언이 그간 도전자를 물리쳤던 명장면들이 하나씩 소개되고 있다. 톱로프에 올라가 문설트를 날리는 모습, 앞으로 회전하며 킥을 날리는 모습, 상대 선수를 다리 사이에 끼고 카운트를 받아내는 모습, 챔피언 벨트에 입을 맞춘 후 높이 들어 올리는 모습……. 그의 캐릭터는 동네의 소소한 말썽을 모조리 해결하는 특전사 출신 포장마차 주인이다. 유일한 약점은 치매를 앓는 어머니. 어머니로 인해 벌어진 다양한 사건들이 그의 일화로 소개된 바 있었다.

관중들이 저마다 예상하고 있는 도전자의 이름을 외치기 시작한다. 이전 경기에서 다음 도전자를 예고하는 게 관행이었지만 이번에는 비밀에 부쳤기 때문에, 사람들은 누가 나오는지 모른다. 하이에나! 일지승! 철권! 알 만한 악역들의 이름이 모두 거론되고 있다. 심지어 공자성, 맹자성, 하는 소리도 들린다. 하지만 순간적으로 불이 꺼졌다 켜진 순간, 무대에 등장한 것은 다이몬 K다. 그를 바로 알아본 사람들이 일차로 야유를 보내고, 먼저 알아본 이들의 설명을 들은 사람들이 뒤이어, 그리고 도저히 그를 알아볼 길 없는 나머지가 몰라도 상관없다는 듯 얼결에 소리를 지른다.

원래 이종 격투기 선수였던 다이몬 K는 레슬코 초창기, 막강 악역으로 활약한 바 있었다. 그는 소소하게 나쁜 짓을 해대는 가벼운 악당 캐릭터가 아니었다. 그의 뻐드렁니와 일그러진 한쪽 눈은 미국의 식인 연쇄살인범 오티스 툴을 연상시켰다. 다이몬의 캐릭터는 그의 실제 생활이 링 안에서의 역할 못지않게 악하다는 소문이 돌면서 더욱 힘을 얻었다. 갑자기 사라진 후 강간죄로 고소를 당했다는 둥, 진짜 폭력 조직에 가담했다는 둥, 전국에 체인을 둔 유명 노래방의 방화에 연루됐다는 둥 말들이 많았지만, 확실한 것은 아무것도 없었다. 레슬코가 그에 관해 전혀 알리지 않았기 때문이고, 실은 그가 감독인 나와도 연락을 끊어 버렸기 때문이었다. 사장이 갑자기 다이몬 K가 올 거라 말했을 때 나는 그가 나오리란 사실보다 사장이 그와 아직 연락을 하고 있다는 사실에 더 놀랐다. 사장이 그리 치밀하고 섬세한 사람이었던가, 새삼스러웠다.

나, 레슬코의 챔피언 드래건 이세룡은 오늘 예상치 못한 도전자를 맞았습니다. 그는 예전 챔피언 타이거 강혁의 손가락을 모조리 부러뜨려 놓고 낄낄대며 웃었던 악당 중의 악당입니다. 그의 반칙으로 인해 치명적인 부상을 입고 영원히 레슬링계를 떠나야 했던 선수들도 많습니다. 감히 다시 링 위에 선 다이몬 K에게 저 이세룡, 드래건의 막강한 힘을 보여주겠습니다!

폭풍 전야의 구름떼처럼 웅장함이 묻어나는 드래건의 선언에 무자비한 폭풍을 기대하는 관중들의 고조된 함성 소리가 응답을 한다. 이어 다이몬의 비열한 개인기가 영상을 통해 소개되는 가운데, 사회자가 마이크를 그에게 건넨다. 그러나 다이몬은 조용히 마이크를 밀어낸다. 말이 필요 없다는 뜻이다. 그의 음울한 제스처에 장내 가득, 긴장감이 감돈다.

심판의 선언으로 경기가 시작된다. 두 거인은 간을 보기 위한 어설픈 동작은 아예 시도도 하지 않는다. 곧바로 치명적인 공격. 다이몬이 먼저 어깨로 드래건의 가슴을 들이받는다. 하지만 드래건은 쓰러지지 않고 로프에 자신의 몸을 튕긴 후 역으로 팔뚝 가격을 시도한다.

저거 제대로 맞으면 얼굴 으깨진다. 진짜 맞았뿐 거 아이가?

사장이 제대로 맞은 시늉을 하는 다이몬을 가리키며 감탄을 한다. 사실 온 힘을 다 받은 건 아니겠지만, 2할이나 3할쯤은 틀림없이 맞았다고 봐야 할 것이다. 얄은 수를 쓰지 않는 두 사람은 실전만큼은 아니어도 분명 얼마만큼 타격을 주고 또 받을 것이다. 반격을 시도한 다이몬이 드래건의 머리를 그러쥐더니 그대로 바닥에 메쳐 버린다. 철판 울리는 소리가 크게 나자, 관중들이 자신도 모르게 아아, 하고 비명을 지른다. 모두들 머리에 뇌진탕이 생긴 듯한 느낌일 것이다. 하지만 드래건은 재빨리 일어나 다이몬의 얼굴에 제대로 오른발차기를 먹인다. 링 왼쪽의 관중들이 '멋지다!'를 외치자 오른쪽 관중들이 '드래건!'으로 받는다. 멋지다! 드래건! 이긴다! 드래건! 간간이 다이몬을 응원하는 목소리도 들리지만 압도적인 다른 소리에 묻혀 버린다. 최강자 레슬러들의 몸싸움으로 실내는 불가마처럼 달아오른다. 에어컨이 용량 딸리는 소리를 내며 맹렬히 돌아가지만, 무용지물이 된 지 오래다.

탈모를 일으키는 걱정은 사장에게 넘기자고 몇 번을 다짐했음에도, 나는 도무지 불안감을 떨칠 수가 없다. 미국 대통령이나 바람난 여자가 도대체 우리 레슬코와 무슨 관련이 있다는 말인가? 나는 조감독이 내게 그러는 것처럼 질문을 얼굴에 선명하게 띄운 채 사장을 바라본다. 그러고 보니 조감독은 그런 표정을 내게서 배우고 그대로 따라했음에 틀림없다. 착실한 친구다. 차라리 내가 조감독이었으면 좋겠다는 생각을 한다. 실수로라도, 아니면 두 레슬러의 변덕에 의해서라도 다이몬이 졌으면 좋겠다는 생각도 한다. 하지만 두 사람 모두 내가 쓴 각본을 결코 무시하지 않을 것이다. 도대체 왜 사장은 이렇게 무리한 설정으로 나를, 레슬러들을, 관중들을 괴롭히는 것일까? 나를 사장에게 소개시켜 준 군대 상사의 말처럼 '미친놈'인 것일까?

경기 직전에, 사장이 내게 이번 전략을 완성하기 위해 본인이 직접 준비했다는 '필수불가결한 옵션'을 제안하지 않았더라면, 나는 정말로 사장을 미친놈 취급했을지도 모른다. 나는 선택을 뜻하는 옵션에 왜 필수불가결하다는 말이 붙는지를 따질 겨를도 없이, 내 선택을 애초부터 무시한 관성에 의해 고개를 끄덕인 바 있다. 사장은 내가 레슬러들에게 잘 그러는 것처럼 내 어깨를 두 손으로 쥐고 흔들며 말했다.

이 감독, 니만 믿는다.

그러나 지금 이 순간, 나는 나를 믿을 수가 없다.

사장님.

소용없으리란 걸 알지만, 사장을 불러 본다.

와?

지금이라도…….

사장은 다이몬의 머리를 팔 사이에 넣고 뒤로 넘어지는 중인 드래건에게서 눈을 떼지 않는다.

니 겁나나?

겁나는 게 아니라 그래도…….

걱정 마라. 다 잘 될 기다.

어찌 다 잘 되겠는가? 어찌 걱정을 안 할 수가 있겠는가? 경기장 전체에서 나만 홀로 근심에 빠져 있는 것 같다. 관중들은 불만스럽던 순간을 잊고 경기 자체에 흥분한 채, 파도까지 만들며 응원을 이어가고 있다. 나는 결연하게, 마지막이라는 듯 사장에게 묻는다.

트럼프 얘기야 대충 알 것도 같습니다만……. 바람피운 그 여자, 그 후로 어떻게 됐나요?

사장이 고작 그런 게 궁금했냐는 듯 피식 웃는다.

우찌 됐기는 마, 원래 친구들하고 절교를 하고는 지를 혼내키 줄 또 다른 친구들을 찾아댕깄지.

네? 왜요?

더 웃긴 거는 그 여자 원래 친구들이었대이.

그 여자의 친구들은 또 왜요?

하지만 사장은 더 이상 내 질문에 답할 생각이 없다는 듯, 무대를 손가락으로 가리킨다.

저 봐라, 저.

두 거인이 뿜는 열기 때문에, 링이 끓어 넘치기 직전의 곰국처럼 자글거리고 있다. 드래건이 기선을 제압해 다이몬의 머리를 다리 사이에 끼우자, 카운트가 시작된다. 원! 투! 물론 셋을 세기 전에, 다이몬이 벌떡 일어난다. 곧바로 이번엔 드래건이 다이몬의 헤드록에 걸린다. 무자비하게 주먹질을 하는 다이몬을 향해 흥분한 관중들이 우, 소리를 길게 뱉는다.

나는 나 스스로 답을 찾기 위해 애를 쓴다. 바람피운 여자와 그녀의 친구들이라……. 눈이 펑펑 내리고 있는데도 눈을 치워야 했던 군 시절의 어느 날처럼 막막하다. 눈은 도대체 언제 그치려나? 눈을 다 치울 수나 있을까? 하지만 집중해서 생각을 할 수가 없다. 경기가 급박해지면서, 관중들이 경기장을 통째로 부숴 버리겠다는 듯 발을 굴러댔기 때문이다. 가까스로 헤드록에서 빠져나온 드래건이 다이몬의 뒤에서 허리를 안고 뒤로 구르는 롤업을 시도, 하지만 다이몬은 순식간에 도로를 건너 나무 꼭대기까지 올라가 버리는 다람쥐마냥 날쌔게 빠져나가고, 드래건만 링에 떨어진다. 다이몬이 다시 재빨리 드래건의 왼쪽 팔을 꼬아 돌린 후 등 위로 올라가 연속 두 바퀴를 구르자, 관중들의 야유가 극에 달한다. 이어 드래건을 응원하는 소리. 파이팅! 드래건! 파이팅! 레슬코! 다이몬의 선전에도 불구하고, 누구도 드래건의 승리를 의심치 않는다. 하지만 나는, 모두의 기대가 물먹은 소금처럼 녹아내릴 것임을 안다. 드래건은 챔피언 타이틀을 다이몬에게 뺏길 것이다.

아슬아슬한 몇 번의 카운트다운을 거쳐 마지막 장면이 전개된다. 다이몬이 바닥에서 비틀거리며 일어서는 사이, 드래건이 파이널 공격을 위해 톱로프로 올라간다. 이전과 같았다면, 드래건이 자신의 주특기인 '뒤로 돌아 내려차기'로 다이몬을 제압하며 경기를 끝냈을 것이다. 하지만 오늘 각본은 그렇게 짜여 있지 않다. 로프에서 막 발을 떼며 뛰어 오르려는 드래건에게 다이몬이 재빠른 다람쥐도 울고 가게 만들 속도로 달려가 제대로 킥을 날린다. 순식간에 균형을 잃은 드래건이 미리 대피할 준비도 하지 못한 관중들에게로 나가떨어지고 만다. 사람들의 몸을 거쳤다고는 해도 그대로 바닥에 떨어진 것과 다름이 없다. 실제'적'인 게 아니라 실제 그 자체라 느낀 관중들이 공포에 찬 비명을 지른다. 기절한 것으로 보이는 드래건은 진행요원들에 의해 들것에 실려 나간다. 심판은 다이몬의 승리를 선언한다.

관중들이 손에 쥐고 있던 것들을 아무렇게나 던지기 시작한다. 반쯤 찢긴 팸플릿, 구겨진 티켓, 과자 봉지, 플라스틱 컵 등이 무대로 날아든다. 다이몬 K가 뻐드렁니를 드러내며 벨트를 들어 올리지만 아무도 호응하지 않는다. 욕을 하는 사람, 삿대질을 하는 사람, 제 티셔츠를 벗어 들고 흔들어대는 사람들로 관중석이 아수라장이다.

우리 계획은 실패했나 봅니다. 레슬코는 망했어요, 완전히 망했다고요. 나는 그렇게 쓰여 있는 얼굴을 사장에게 보여주기 위해 고개를 돌린다. 그런데 방금 전까지 옆에 있던 그가 보이지 않는다. 순간, 경기장 전체에 불이 나간다. 스크린이 조용히 새로운 영상을 내보내고 있다. 이미 알고 있었던 대로, 주인공은 나다.

딴 생각 말고 넌 네 역할이나 제대로 해.

광마에게 말하는 내가 클로즈업되고 있다. 화면 속의 내 모습은 전직 레슬링 선수답게 우락부락하고 험상궂다. 어두컴컴한 골목길에서 기억나지 않는 누군가와 이야기를 나누는 내가 보인다. 돈 봉투로 보이는 것을 건네받은 후 재킷 안주머니에 넣고 있다. 술집에서 갈매기살을 뒤적이는 내 모습도 보인다. 물론 반대편에 앉아 있었던 사장의 모습은 비치지 않는다. 대기실 레슬러들의 옆구리를 때리고 이어 뱅 또라이 녀석의 따귀를 때리는 나, 레슬러들에게 악역이 이기도록 세세히 지시하는 나, 심지어 조금 전의 경기에서 대머리 장에게 귓속말을 하던 내 모습까지……. 내가 봐도 나는 비열한 음모를 꾸미는 놈, 철저한 악당으로 보인다. 이리저리 편집된 내 목소리가 조용한 경기장 안에 쩌렁쩌렁 울리고 있다.

그럼 어쩔 거야? 돈이 걸린 문제야.

너희들은 해산이다.

그게 레슬코랑 무슨 상관이야? 무슨 일이 있어도 각본대로 가야 한다.

어차피 레슬코는 망할 거야!

내가 하는 모든 말이, 내가 은밀한 거래를 진행하고 있는 천하에 나쁜 놈임을 증거하고 있다. 촬영 기사가 조금 전까지도 최선을 다해 영상을 제작한 것임에 틀림없다. 각오를 했음에도 절로 다리가 후들거린다. 성난 관중의 주먹들이 거대한 하나의 주먹으로 뭉쳐 나를 날려 버릴 것만 같다. 힘이 빠져 어벌쩡하게 서 있던 내게로 갑자기 하이라이트가 쏟아진다. 나는 모노드라마를 연기하는 주인공처럼 시선을 한 몸에 받는다. 사람들이 나를 향해 야유를 퍼붓고 발을 구른다. 갑자기 경기장 전체 조명들이 다시 켜지는가 싶더니 누군가가 나를 링 안으로 던져 넣는다. 모두의 얼굴이 보인다. 악역을 연기하는 방자, 광마, 울프, 로열 엘리트들 그리고 선역을 연기하는 짱돌, 풍산랑, 돌풍, 아직도 술이 덜 깬 또라이를 포함한 뱅 무리까지……. 어느새 아랑이 등장해 마이크를 쥐더니 나를 가리키며 말한다.

이 악당이 우리들의 감독입니다. 그는, 레슬코가 망하든 말든 상관하지 않고 우리를 상대로 돈을 벌려 했습니다.

관중들은 더 이상 질서정연하게 '우' 소리를 외치거나 발을 구르지 않는다. 알아들을 수는 없지만 욕설임에 분명한 소리들이 내 얼굴로 쏟아진다. 아랑이 갑자기 나를 들어 올리나 싶더니 메다꽂는다. 이어 팔을 비틀고 허벅지를 내리친다. 근육이 모두 지방으로 바뀐 지 오래인 나는 날렵한 제비 같은 아랑의 공격을 피할 도리가 없다. 사실 피해야 할 이유도 없긴 하다.

사장의 마지막 카드가 먹히고 있다. 관중들이 기뻐하고 행복해한다는 것을 뚜렷이 알 수 있다. 내가 아는 한 레슬코 창립 이래 관중들의 환호 소리가 이렇게 높았던 적은 없다. 두들겨 맞고, 조이고, 던져지는 동안, 나는 사장의 묘수가 먹혔음을 확인한다. 그는 역할을 잘 해내고 있는 나를 어디선가 흐뭇하게 바라보고 있을 것이다. 그렇다. 이게 진정한 내 역할이다. 사람들은 결코 '시늉'일 리 없는 이 반전 때문에 영화 표보다 조금 더 비싼 레슬코 입장권을 산 데 대해 후회하지 않을 것이다.

나는 '시늉'이 아니라는 인상을 주기 위해 예전의 기억을 더듬어 최선을 다해 연기한다. 제법 기술적으로 보일 만한 반격을 시도함은 물론, 두개골 쪼개지는 소리나 근육 터지는 소리를 효과적으로 내기 위해 애를 쓴다. 아랑 역시 혼신의 연기를 펼치고 있다. 관중들이 목이 터져라 외친다. 아랑아랑, 아랑랑! 사랑해요, 아랑랑! 레슬링계의 여신답게, 아랑은 온몸을 던져 웅장하게 나를 제압한다.

제35회 레슬코! 사장과 내가 '필수불가결한 옵션'을 붙인 이 마지막 경기는 모두를 위로하고 모두를 만족시키고, 나아가 다음 경기 전석 매진, 입장료 인상으로 이어질 것이다. 맞고 졸리고 던져지는 동안, 나는 확신에 찬다. 보이지 않는 곳으로부터 사장의 목소리가 흘러나온다.

사람이 뭣으로 사는지가 중하나? 뭣으로든 살기만 하믄 되지!

오키나와 연가

김 혁

하룻밤에도 만리장성을 쌓는다더니, 짧은 오키나와 여행 중에 김 선생에게 생긴 로맨스가 꼭 그랬다.

11월 하순의 오키나와는 춥지도 덥지도 않고 선선하였다. 공기도 맑고 쾌적하여 여행하기에 딱 좋은 날씨였다. 하지만 망망대해 한가운데 떠 있는 섬인지라, 바람이 수시로 거세게 불었다. 심심하면 거대한 태풍으로 변하여 무시무시한 힘을 과시하곤 하는 남서태평양의 바로 그 바람이었다.

야자수와 파초 같은 아열대 식물들이 반겨 주었다. 눈이 동그랗고 순박하게 생긴 사람들은 꽃무늬 남방이나 치마를 즐겨 입었다. 일본 내에서도 이국적인 곳으로 손꼽히는 남국 특유의 이런저런 풍광이 이채로웠다. 거리는 단출하고, 큰 건물도 별로 보이지 않았다. 차량 두 칸을 매단 모노레일이 도심 위를 가로질러 천천히 오가는 도시 또한 소박하고 조용하였다.

"왠지 제주도 같은 느낌이 드네요."

"그러게 말이에요."

모두 6명인 작가 일행은 나하 국제공항을 빠져나와서 모노레일을 탔다. 한국인 관광객이 많은지 여기저기 한글 안내판이 눈에 띄었다.

애시당초 목적은 거창하였다. '의식 있는 오키나와 작가들을 만나서 지난 역사의 아픔을 함께 공유하고, 점점 더 우경화되어 가고 있는 아베 정권 하의 일본 사회를 성토하며, 앞으로의 평화와 공존을 위한 결연한 연대를 하기 위해' 이루어진 여행이었다. 하지만 추진 과정에서 현지 작가들과의 접촉이 원활치 않아 차일피일 미루어지는 바람에, 애초의 목적은 흐지부지되고 단순한 여행으로 변질되고 말았다.

"그래도 우리가 명색이 글 쓰고 그림 그리는 사람들인데, 먹고 마시고 사진만 찍다 돌아가는 그런 여행만 할 순 없지요. 안 그러슈?"

6명 중 유일한 화가인 김 화백이 일행을 돌아보며 동의를 구했다.

"하먼요, 하먼요! 하지만 너무 막연해서, 우리가 처음에 계획했던 목적을 조금이라도 충족시키려면 어찌해야 좋을지 그걸 모르것어라."

오래전부터 우리의 피폐한 농촌 현실을 현장에서 끈질기게 파고들며, 묵직한 농촌소설을 써 오고 있는 한 선생이 말을 받았다.

"이제 와서 특별하게 누굴 만나거나 할 수는 없는 노릇이니까, 그냥 스쳐가는 일상 속에서 오키나와 사람들이 마음속에 지닌 아픔이라든가 한이라든가 하는 것들을 우리 나름대로 관찰하고 느껴 보는 수밖에 없지요."

평소엔 언행이 꼰대 같다가도 술만 한 잔 들어가면 예기치 않은 돌발 행동을 해서 동료들을 놀라게 하곤 하는 김 선생이 말했다.

“그것도 좋은 생각이에요. 하지만 그러다 보면 너무 피상적이고 가벼운 주마간산이 되지 않을까, 그 점이 좀 걱정되기는 해요.”

남편을 따라서 일본에 몇 년간 살았던 적이 있는, 단정한 외모만큼이나 깔끔하고 야무지게 소설을 쓰는 배 선생이 주를 달았다.

“작가들은 사실 책상머리에 앉아서 글을 쓸 때만 창작을 하는 게 아니라, 보고 듣고 마시고 노는 게 다 창작의 과정이지유, 뭐. 안 그래유?”

처음 오키나와 여행을 제안했던, 국제적 인맥을 자랑하며 날카로운 안목으로 제반 사회문제에 관한 소설을 쓰는 구 선생이 남편인 김 화백을 바라보며 태평스레 말했다.

“그럼 오늘밤에 아주 진하게 창작들을 하셔야겠네요, 호호호!”

가장 나이가 젊고, 중년의 나이에도 언제나 명랑소녀인 최 선생이 깔깔대고 웃었다.

일행은 마키시역에서 내려, 걸어서 10여 분 거리에 있는 숙소로 가면서 이런저런 얘기를 주고받았다. 대로변에는 아기자기하고 독특한 기념품을 파는 상점들이 죽 이어졌다. 모두 즐겁게 웃고 떠들며 관광객들이 북적이는 국제거리를 지나, 예약해 둔 호텔에 들어가 짐을 풀었다. 그리고 잠시 휴식을 취한 뒤, 호텔 옆에 있는 작은 가게에서 현지인들이 즐겨 먹는 음식 중 하나인 오키나와 소바를 맛있게 먹고 나서, 옛날 유구(류큐) 왕국의 왕궁이 있었던 슈리 성 탐방에 나섰다.

성은 나하 시내가 훤히 내려다보이는 높다란 곳에 위치해 있었다. 긴 언덕을 오르자 먼저 '수례지방守禮之邦'이라는 현판이 달린 커다란 문이 일행을 맞이하였다. 한자로 된 고색창연한 현판을 보니, 과거 유구 왕국이 중국으로부터 많은 영향을 받았다는 것이 피부로 느껴졌다. '예를 지키는 나라'라는 말 자체가 유교 문화권에 있었음을 짐작케 했다.

"글씨도 그렇고, 문 형태도 그렇고, 완전 중국 스타일이네요."

"그야 일본 본토보다 중국이 훨씬 더 가까우니까 당연한 일이겠지유. 실제로 과거에 유구 왕이 명나라 황제로부터 책봉을 받기도 했다네유."

"근데 중국에 귀속되지 않고 일본에 귀속된 게 이상하군요."

"그냥 귀속된 게 아니고, 19세기 말에 청나라가 무능하고 혼란에 빠진 틈을 타서 일본이 무력으로 병합한 거지유. 병합되기 전부터 일본 본토의 영향 아래 있었지만유."

"하여간 일본이란 나라의 침략 근성과 약삭빠른 건 알아줘야 한다니까."

"그 당시는 세계적으로 제국주의가 횡행하고, 침략전쟁을 당연하게 여기던 때였으니까요. 그때나 지금이나 강대국이 약소국 대하는 건 똑같아요, 힘없는 나라만 불쌍하다니까."

일행은 얘기를 주거니 받거니 하면서 천천히 성안을 둘러보았다. 옛날에 왕국의 궁전으로 쓰였던, 붉은 색을 칠한 목조 건물들은 그리 크지는 않았지만 짜임새가 있고 단아하였다. 그리고 내부는 방들이 미로처럼 복잡하게 배열되어 있어서, 어디가 어딘지 구별하기가 어려웠다. 문득 어디선가 복면을 한 닌자가 튀어나올 것만 같았다.

두세 겹으로 둘러싸인 성 외벽은 매우 견고하고 튼튼해서, 제아무리 막강한 적도 능히 물리칠 수 있을 것만 같았다. 태평양전쟁 말기에 일본군이 여기를 사령부 건물로 쓴 데는 다 그럴 만한 연유가 있었다. 그때 성안의 건물은 미군의 폭격으로 완전히 파괴되어 나중에 새로 지었다고 한다.

"그런데 허균의 《홍길동전》에 나오는, 거 뭐시냐, 홍길동이 나중에 건설했다는 율도국이 참말로 여기 오키나와에 있었으까?"

석양빛에 비껴 더욱 붉고 아름답게 빛나는 건물들을 바라보며, 한 선생이 문득 혼잣말처럼 입을 열었다.

"《홍길동전》의 내용이 실화라는 게 밝혀진 뒤, 몇몇 학자들이 그런 주장을 한 적이 있지요. 당시 조선에서 아주 멀리 떨어진 곳이기는 했지만, 새로운 이상향을 건설하려는 원대한 꿈을 지닌 홍길동 입장에선 온갖 차별과 수탈에 시달리던 지긋지긋한 조선 땅에서 최대한 멀리 떨어진 곳으로 가고 싶어 했을 수도 있겠지요."

김 선생이 차분하게 대꾸를 하였다.

"당시는 그야말로 헬조선이었지유, 호호호!"

구 선생이 재치 있게 말했다.

"그러게요, 호호! 율도국의 존재가 사실인지 아닌지는 몰라도, 어쨌거나 조선시대에 유구국의 존재를 알고 있었다는 게 놀라운 일이네요."

배 선생이 말을 보탰다.

"동남아시아에 있는 여러 섬나라들이 거리상 많이 떨어져 있는 것 같지만, 옛날 사람들은 해류의 흐름을 잘 알고 이용했기 때문에, 지금 우리가 생각하는 것보다 훨씬 더 빈번하게 교류를 했다고 하더군요. 그런 면에서 현재 일본에 남아 있는 유구국에 관한 자료 중 '홍가와라의 난'을 근거로 추론해 보자면, 율도국이 오키나와나 오키나와 근처에 존재했을 가능성도 충분히 있다고 봐요. 홍가와라는 홍길동의 일본식 이름이지요."

역시나 잡학 지식에 능한 김 화백이 자세하게 보충 설명을 하였다.

"홍가와라의 난이라! 와우, 정말 그럴듯하네요. 우리 이번 여행의 컨셉을 '홍길동의 발자취를 찾아서!'로 하는 게 어때요?"

막내인 최 선생이 호들갑스럽게 말했다.

"그럼 우리 모두 홍길동이 되어 봅시다!"

"그럽시다, 하하하!"

일행은 모두 웃으며 어둠이 깔린 슈리 성을 내려왔다.

밤이 되자 불을 환히 밝힌 국제거리는 더욱 앙증맞고 교태스러운 모습으로 여행자들을 유혹하였다. 골목골목에 들어찬 크고 작은 술집과 음식점에는 저마다 손님들이 들끓고, 소박하면서도 제법 화려한 축제 같은 분위기가 무르익고 있었다. 일본 내국인들은 물론, 한국 중국 등 외국 관광객들이 우선적으로 찾는 명소이니만치 붐비는 것도 당연하였다.

"자, 이제 우린 어디로 가서 한잔 할까요?"

"여행 첫날밤이니, 그래도 좀 분위기 있는 곳으로 가는 게 어떨까요?"

"그게 좋겠네요."

일행은 한껏 들뜬 기분으로 주변을 어슬렁거리며 기웃거렸다.

"술집 찾는 건 김 화백한테 맡겨유. 절대 실망시키지 않을 거유, 호호!"

구 선생이 남편을 바라보며 말했다.

"참, 그렇지. 김 화백, 이번에도 잘 좀 부탁해요."

평소 김 화백과 술집을 많이 다녀 본 김 선생이 맞장구를 쳤다.

"아니, 왜 또 나한테 그 무거운 짐을 떠넘기고들 그러슈?"

말은 그리 하면서도 김 화백은 싫지 않은 표정으로 앞장서서 걸어가며 주변을 날카롭게 살폈다. 흡사 먹잇감을 찾는 맹수와도 같았다. 그러다가 마침내 한 곳을 발견하고는 손가락으로 가리켰다.

"저 집이 괜찮아 보이네. 저리로 들어갑시다."

일행은 김 화백을 따라 조그만 술집으로 들어갔다. 실내는 간이 바처럼 꾸며져 있고, 바깥에도 의자와 탁자가 몇 개 놓여 있는 아기자기한 이자카야였는데, 벽에는 미국 영화배우 사진들이 죽 걸려 있었다. 여섯 명이 의자에 앉으니 좁은 실내가 꽉 찼다.

"어서 오세요!"

화사한 외모의 중년 여성이 배시시 웃으며 맞이하였다.

"와, 역시 김 화백이야!"

"그러게 말이요. 이 정도면 거의 동물적 본능이랄 수 있네요, 하하하!"

모두 김 화백의 실력에 감탄을 하였다.

"여기는 뭐가 제일 맛있나요?"

일본어에 능통한 배 선생이 대표로 대화를 하였다.

"저희는 오키나와에서 나는 소고기로 만든 안주밖에는 없어요."

마담이 일행을 재빠르게 훑어보며 말했다. 가까이서 자세히 바라보니, 짙게 화장을 한 얼굴에 주름이 깊게 패여 있었다.

"여기 소고기가 맛이 좋기로 유명하다던데, 한번 맛을 보는 게 어떨까요?"

"그래요. 그리고 술도 알아서 잘 시켜요."

배 선생은 마담과 얘기를 주고받더니, 소고기 모듬 안주와 함께, 오키나와 쌀로 빚은 청주를 증류해서 만든 소주의 일종인 아와모리를 시켰다. 마담이 주방으로 들어가자, 일행은 여행자 특유의 달뜨고도 홀가분한 마음으로 주변을 느긋하게 둘러보았다. 이제 세월이 많이 흘러서인지 과거의 아픔이나 고통 같은 것은 전혀 찾아볼 수가 없고, 사람들의 얼굴에는 평안과 여유로움이 흘러넘치고 있었다.

"아와모리는 독주라서 여기 사람들은 대부분 물을 타서 마시는데, 그렇게 해드릴까요?"

얼마 후, 마담이 안주를 두 접시에 나눠 양쪽으로 내놓으며 물었다.

"술은 원래대로 마셔야지 맛이지, 물을 타면 어디 싱거워서 쓰겠슈?"

김 화백이 대뜸 반론을 제기했다.

"하먼요, 하먼요! 그냥 스트레이트로 하지요?"

한 선생의 강력한 동의에 모두 그렇게 하기로 했다. 그러자 놀란 마담의 눈이 휘둥그레졌다.

"자 그럼 이빠이 간빠이!"

앞에 놓인 술잔을 높이 들고 김 선생이 외치자 다들 웃으며 따라 외쳤다.

"이빠이 간빠이!"

마담도 함께 따라 외치며 배를 잡고 웃어댔다.

오키나와 소고기는 명성대로 맛이 좋았다. 그리고 아와모리는 독주답지 않게 맛이 가볍고 산뜻하였다. 그래서 술을 계속 시키자, 원래는 잔에 삼 분의 일 정도 따라서 내오는 술을 마담이 술잔에 가득가득 부어주었다.

"홍길동과 율도국을 위하여!"

"오키나와의 사랑과 평화를 위하여!"

"예쁜 마담 언니를 위하여!"

도수가 높은 술을 그냥 계속 마시자 취기가 금방 올라왔다. 술자리만 벌어지면 과음하기 일쑤인 남정네 셋은 벌써 얼굴이 불콰하고, 혀가 조금씩 꼬이면서 횡설수설하기 시작했다. 알고 보니 대단한 기분파인 마담도 자기 술을 꺼내와 마시며, 어느덧 일행과 합세하여 이런저런 농담을 주고받으며 흥겹게 웃고 떠들었다.

"마담, 추라! 추라! 추라!"

김 선생이 문득 마담을 향해 외쳤다.

"추라? 뜬금없이 뭔 춤을 추라는 겨?"

옆에 있던 김 화백이 짓궂은 눈으로 물었다.

"춤을 추라는 게 아니고, 오키나와 말로 아름답다는 말이여."

"허허, 그려? 언제 그런 공부를 다 했어. 그러니까 시방 작업을 거는 거구만."

"작업이 아니라 창작여, 창작. 하하하! 마담, 추라! 추라!"

김 선생이 계속 들이대자 마담이 김 선생을 향해 엄지척을 하며 생끗 웃었다.

"허허, 김 선생! 이러다 참말로 기둥서방 되겠수?"

"그거 좋지, 히히히! 하지만 기둥서방이 돼 보았자, 3박4일 동안 뭘 하겠수?"

"아니, 그게 어디여, 이 불경기에!"

"하면요, 하먼요! 하하하!"

남정네 셋이 농을 주고받으며 킬킬거렸다.

오키나와에서 나고 자랐다는 중년의 마담은 썩 괜찮은 미모에다 성격이 활달하여 사람을 단번에 끌어당기는 매력이 있었다. 하지만 아이섀도를 짙게 한 양쪽 눈가에는 산전수전에 공중전까지 다 겪었을 법한 주름이 깊게 패여 있었다. 그래서 그런지, 잠시 스쳐가는 여행자는 헤아릴 길 없는 슬픔과 고단함이 미소 사이사이에 슬쩍 비치곤 했다.

"자, 내일 평화공원 순방도 있고 하니, 이제 그만 일어납시다요! 그리고 오늘 기분이 엄청 좋아서 내가 쏠 팅께 그리들 아시우."

한 선생이 나서서 계산을 한 뒤, 밤이 이슥해서 일행은 자리를 털고 일어났다.

"우리 어디 가서, 딱 한 잔만 더 합시다."

호텔 입구에 도착한 일행이 아쉬움을 달래며 안으로 들어가려는 순간, 김 화백이 발길을 잡았다.

"그거 좋지요."

한 선생과 김 선생이 기다렸다는 듯이 동시에 합창을 했다.

"어이구, 정말 못 말려. 그럼 남정네 셋이서만 마시고 오구려. 우린 피곤해서 들어가 잘 테니까. 근디 2차는 어디로 갈 거유?"

구 선생이 남편인 김 화백을 바라보며 물었다.

"뭐, 딴 데 갈 거 있나? 이왕지사 안면을 텄으니까, 아까 그 집으로 또 가지, 뭐."

김 화백이 한 선생과 김 선생에게 협조를 구하는 눈빛으로 말했다.

"좋소. 그리 합시다. 그리고 이번엔 내가 쏘리다!"

김 선생이 흔쾌히 동의하고 나섰다.

"헐! 남자들끼리 그 집에 또 가면, 완전 호구 돼요."

배 선생이 특유의 날카로운 촉을 세워 경고를 날렸다.

"당근이죠. 자기한테 반한 남자들 등쳐먹는 거야 술집 여자들의 기본이죠."

최 선생이 한술 더 뜨며 세게 꼬집었다.

"허허, 1차로 마신 집엘 또 가는 것이 내 주법에도 크게 어긋나지만, 이게 다 마담과 벌써 친해진 김 선생을 위해서요. 그러니 좀 너그럽게 봐주시오. 그리고 우리 그렇게 호락호락하게 호구가 되지 않을 테니까, 걱정하지 말아요. 여긴 오키나와요, 오키나와!"

김 화백이 호기 있게 말했다.

"호호호, 남정네들이 정말로 그 여자한테 푹 빠졌나 봐요."

"아무리 그래도 그렇지, 술집 마담들의 심리를 저렇게 몰라서야 원, 쯧쯧!"

"그러게요. 더군다나 일본말도 못하면서, 저리 객기 부리다간 바가지 쓰기 딱 알맞지."

여성 동지들의 놀림과 비아냥을 뒤로하고, 세 사람은 마치 오래된 단골집이라도 찾아가는 양 흥겹게 콧노래를 부르며 술집으로 향했다.

"와우! 짝짝짝!"

세 남자를 또 만난 마담은 함박웃음을 지으며 박수를 쳤다. 그리고 돌아가면서 하이 파이브를 했다.

"마담! 우린 말이야, 의리 있는 남자들이야. 그래서 오늘 밤엔 다른 집에 안 가. 알겠어?"

우리말을 알아듣거나 말거나 개의치 않고 김 화백이 걸쭉하게 말을 걸었다.

"하이, 소데스까?"

마담은 무슨 말인지도 모르면서 생글거리며 고개를 끄덕였다.

"마담! 아와모리 줘요. 이빠이 퀄리티 높은 걸로!"

김 선생이 손짓 발짓을 하며 주문을 하자, 눈치 빠른 마담이 대번에 알아듣고는 선반 위에 고이 보관해 두었던 병을 꺼내 술을 따랐다. 한 모금 마셔 보니 아까 마셨던 것보다 맛이 훨씬 좋았다. 대충 시킨 소고기 안주도 소담하게 나왔다. 그래서 거푸 마시다 보니, 전작도 있던 터라 취기가 빠르게 올라왔다.

세 사람은 또다시 술에 취해 횡설수설하면서, 과거 태평양전쟁 말기에 오키나와에서 벌어졌던 참상에 대해 한참 떠벌렸다. 특히 하마터면 오키나와 대신 제주도가 희생양이 될 뻔했었다는 얘기를 하면서 핏대를 올리기도 했다. 앞에 앉은 마담은 무슨 말이지 몰라 잠자코 듣기만 했다.

"어허허~ 헝!"

갑자기 김 화백이 큰 소리로 울음을 터뜨렸다. 덩치가 황소만 한 그는 마음이 어린아이처럼 여려서, 술만 취하면 이렇게 울기 일쑤였다.

"왜, 왜 또 그래?"

김 선생이 주변 눈치를 보며 등을 두드리고 달랬다. 옆자리에 앉아 있던 일본 젊은이 셋과 마담도 당황해서 눈이 휘둥그레졌다.

"어허~ 헝! 그때, 여기서 아무 죄도 없는 주민이, 10만 명이나 죽었대."

"……."

"더 기가 막힌 건, 징병으로 끌려와서 억울하게 죽은 한국인도 만 명이나 된대, 씨펄! 그러니 내가 시방 안 울게 생겼냐고. 허-헝!"

"자, 자! 여기서 이러지 말고, 내일 평화공원 가서 실컷 울자고."

"그려, 그려! 거기 가서 거 뭐시냐, 위령제도 조촐하게 지내고 그러자고."

한 선생도 옆에서 거들었다. 그러자 김 화백이 눈물을 훔치고는 멋쩍은 듯 씩 웃었다.

"오토 상!"

그때 옆자리에 앉아 있던 일본 청년 하나가 일어나서 휴지를 들고 다가오더니, 김 화백의 코를 정성껏 닦아 주었다. 우느라고 누런 코가 두 줄로 길게 나와 있었는데, 보기에 안쓰러웠던 모양이다.

"고맙수. 참말로 어른 공경을 할 줄 아는 훌륭한 젊은이로구만. 오! 이제부터 한·일 간의 우정과 평화는 내 코에서부터 시작될 것이오, 하하하!"

김 화백이 우리말로 한껏 칭찬을 한 뒤, 영어로 잠깐 문답을 주고받았다. 그리고 즉석에서 젊은이들의 캐리커처를 차례로 그려 주었다. 그러자 서로 킬킬거리며 좋아라 웃고 떠들었다. 알고 보니 젊은이들은 먼 북해도에서 왔다고 했다. 일본인들에게도 오키나와 관광이 로망이라고 했다. 덕분에 분위기가 화기애애해졌다.

"마담, 내가 마담을 위해서 노래 한 자락 부를라요."

한 선생이 문득 생각났다는 듯이 마담을 바라보며 말했다. 그러고는 특유의 처연한 표정으로 허공을 바라보며 단골 레퍼토리인 '어부의 노래'를 부르기 시작했다.

푸른 물결 춤추고 / 갈매기 떼 넘나들던 곳 / 내 고향집 오막살이가 /
황혼 빛에 물들어 간다 / 어머님은 된장국 끓여 / 밥상 위에 올려놓고 /

고기 잡는 아버지를 / 밤새워 기다리신다 / 그리워라 그리워라 /
푸른 물결 춤추던 그 곳 / 아, 아 저 멀리서 / 어머님이 날 부르신다……

한 선생이 눈을 지그시 감고 노래를 열창하는 동안, 김 선생이 엉터리 통역을 했다. 어머니가 오카상이고, 아버지가 오토상이고, 된장국이 미소시루라는 것만 알고 있던 터라, 입과 손짓 발짓으로 갈매기 흉내를 내고, 배 타고 고기 잡는 모습과 상을 차리고 기도하는 모습 등을 묘사하며, 노래 내용을 전달하려고 애를 썼다.

"아, 오토상! 오카상!"

한참 노래를 듣던 마담이 이윽고 촉촉해진 눈가를 훔쳤다. 그러고는 허공을 바라보며 한숨을 내쉬었다. 워낙 노래가 좋은 데다 한 선생의 목소리가 구성진 때문인지, 마음이 제대로 통한 것 같았다.

그렇게 술에 취해 웃고 떠들다 보니 어느덧 새벽 한 시가 되었다. 세 남정네는 비틀비틀 일어나 마담에게 작별을 고했다. 김 선생은 계산을 하려고 지갑을 꺼냈다. 그리고 계산서를 보고는 깜짝 놀랐다. 별로 많이 마신 것 같지도 않았는데, 아까 한 선생이 계산한 것보다 훨씬 많은 액수였다. 순간 당혹스럽기도 하고, 바가지를 쓴 것 같아 불쾌하기도 했지만, 마담에게 잠깐이나마 빠진 죄 때문에 따지지도 못하고, 꾹 참고 그대로 계산을 하고 나왔다.

"바이, 바이!"

밖에까지 따라 나온 마담이 공손하게 머리 숙여 인사를 했다. 그리고 뭔가를 김 선생 손에 몰래 쥐어 주었다. 꼭꼭 접은 종이쪽지였다.

다음날, 다들 숙취로 인해 늦잠을 자는 바람에, 아침 일찍 출발하려던 평화공원행은 오후로 미뤄졌다. 김 선생은 느지막하게 일어나 대충 씻은 뒤, 쓰린 속도 달래고 바람도 쐴 겸 호텔을 나서 어슬렁거리며 주변을 산책하였다.

한 골목으로 들어가니 전통 도자기 공방들이 옹기종기 모여 있었다. 진열장에는 토기나 유리로 만든 각종 컵 접시 등과 함께 크고 작은 시사(암수 사자상)도 눈에 많이 띄었다. 오키나와에서는 어딜 가나 재앙을 막고 행운을 가져다 준다는 민속신앙의 상징인 시사가 대문 앞이건 지붕이건 건물 입구건 가리지 않고 놓여 있었다.

날씨가 흐린 탓인지 바람이 제법 쌀쌀했다. 속도 출출하고 한기도 좀 들고 해서, 김 선생은 어디 가서 따끈한 오키나와 소바라도 한 그릇 먹고 싶었다. 발걸음을 돌려 골목을 나오는데 문득 호주머니 속에 잡히는 게 있었다. 어젯밤 마담이 건네준 쪽지였다. 마른침을 삼키며 꼭꼭 접은 쪽지를 펴보니, 뜻밖에도 삐뚤빼뚤한 한글과 함께 약도가 그려 있었다.

나의 집 위치입니다. 오전에는 한가합니다.
시간 되면 놀러오세요.
감사합니다.

‘아뿔싸! 그 여인네가 한국말을 할 줄 안단 말인가? 그런데 왜 모르는 척했을까?’

김 선생은 어젯밤 일들이 떠올라서 얼굴이 화끈거렸다. 크게 실수한 건 없었지만, 나이든 사람들이 술에 취해 과도하게 객기를 부린 것 같아서 부끄러웠다. 그리고 왠지 마담에게서 예전에 미군 접대부 생활을 한 것 같은 냄새가 난다는 얘기를 주고받은 게 마음에 크게 걸렸다.

‘그 얘기를 듣고 그녀는 얼마나 속이 상했을까. 또 우리를 얼마나 원망했을까.’

약도를 자세히 살펴보니 호텔 근처였다. 김 선생은 어찌할까 잠시 망설이다 그녀의 집을 향해 발걸음을 슬슬 옮겼다. 일단 만나서 사과할 건 사과를 하고, 오해가 있다면 풀 심산이었다. 무엇보다 그녀의 정체가 궁금해서 견딜 수가 없었다. 또한 자기한테만 은밀하게 쪽지를 건네준 데는 어떤 비밀스런 암시가 들어 있음이 틀림없다는 생각을 하자, 괜스레 얼굴이 달아오르고 가슴이 두근거렸다. 그리 번화한 곳이 아니라서 집은 생각보다 찾기가 쉬웠다.

“하이, 굿모닝!”

나지막한 담장 너머로 낡고 오래된 집 마당에서 화초를 가꾸고 있는 마담을 보고 김 선생이 손을 흔들었다.

“오하요 고자이마스!”

마담도 반갑게 손을 흔들더니 고개를 깊이 숙여 인사를 했다. 그리고 쑥스러운 듯 웃으며 옷매무새를 가다듬었다. 화장기 없는 수수한 얼굴이 어젯밤과 너무 달라서 낯이 설면서도 더욱 친근감이 들었다.

"안 오실 줄 알았는데, 잘 찾아오셨군요, 호호! 누추하지만 들어오세요."

김 선생은 오래전부터 안면이 있는 것처럼 스스럼없이 그녀를 따라 집 안으로 들어갔다.

"어젯밤에는 실례가 많았습니다. 술 취한 여행자들의 객기려니 하고, 널리 이해해 주십시오."

김 선생이 진심으로 사과하며 고개를 숙였다.

"아닙니다. 아닙니다. 덕분에 많이 즐거웠습니다. 정말로 감사합니다."

마담이 손을 황급히 내저으며 활짝 웃었다.

두 사람은 고풍스런 탁자에 앉아서, 그녀가 내온 따뜻하고 향긋한 녹차를 마시며 편안하게 담소를 나누었다.

"그런데 한국말을 참 잘하시네요. 언제 그렇게 배웠습니까?"

"사실은 아버지가 한국인이었어요."

"아!"

"태평양전쟁 때 강제로 일본군으로 끌려와서, 여기 오키나와 전투에서 부상을 입고 기적적으로 살아남았지요. 그때 충격이 얼마나 컸던지 몇 년간 정신이 오락가락하고 말을 못 하셨대요. 그리고 불구의 몸에다 동료들이 다 죽은 데 대한 죄책감에 고향으로 돌아가지도 못하고, 이곳 출신인 어머니와 결혼해서 살다 돌아가셨지요."

"그랬군요. 참 가슴 아픈 가족사네요……."

김 선생은 잠시 고개를 숙이고 말을 잇지 못했다. 그녀도 조용히 침묵을 지켰다.

"아버지 고향이 제주도라고 들었어요."

조금 뒤 마담이 입을 열었다.

"네. 당시 제주도에도 일본군이 결사항전을 하려고 군사기지를 많이 만들어 놓았었지요."

"전 어제 선생님이 하는 얘기를 듣고 속으로 정말 깜짝 놀랐어요."

"무슨 얘기를요?"

"오키나와 대신 제주도가 희생양이 되었을지도 모른다는 얘기요. 어쩌면 그렇게 두 섬의 운명이 똑같았을까요?"

"그러게 말이에요. 방패막이 섬들의 비극이지요. 참, 그런데 어제는 왜 한국말을 전혀 모르는 척하셨나요?"

"여기로 관광 오는 한국 사람들을 싫어해서요."

"왜요?"

"대부분 가벼운 기분으로 놀러와서 먹고 놀고 쇼핑할 생각만 하지, 진지하게 과거를 돌아보고, 역사를 생각하는 사람들이 없거든요. 물론 내가 탓할 바는 아니지만요."

"그랬군요. 제가 대신 사과할게요."

"어머, 그러실 것까지는 없어요. 호호!"

"이 집에 혼자 사시나요?"

"네. 아버지 어머니는 오래전에 돌아가시고, 남편은 여기 미군부대에서 근무하던 미군이었는데, 아이가 태어난 후 혼자 미국으로 떠나고, 그동안 나 혼자 아이를 키우며 살아왔죠. 그런데 다 자란 아들은 돈 벌러 도쿄로 간 뒤 몇 년째 연락도 없어요."

"저런! 마담이야말로 살아 있는 현대판 오키나와 역사로군요."

"그렇게 보면 뭐, 그런 셈이죠, 호호!"

두 사람은 또 잠시 침묵을 지켰다.

"이렇게 혼자 지내려면 외롭고 적적하시겠네요."

김 선생이 방 안을 새삼스럽게 둘러보며 말했다.

"팔자려니 하고 살지요. …… 참, 어제 2차로 마신 술맛 괜찮았나요?"

마담이 쓸쓸하게 웃으며 물었다.

"음, 아주 좋았어요. 취중에도 특별한 술이라는 생각이 들던데요."

"오키나와에서 가장 오래된, 값을 따질 수 없을 만큼 귀한 아와모리예요. 그래서 아주 특별한 손님들에게만 드리지요."

"아, 그랬군요. 정말 감사합니다."

"아니에요. 그런데 언제 한국으로 돌아가시나요?"

"모레 오후 비행기입니다. 전 그럼 평화공원을 가야 해서 이만 일어나겠습니다."

"네, 잘 다녀오세요. 가시기 전에 또 들러 주시겠어요?"

"내일은 북쪽으로 버스 투어를 하는 날이라 어렵고, 모레 오전에는 들를 수 있겠습니다."

"그럼 기다리고 있을 게요. 꼭 오셔야 해요."

김 선생이 주섬주섬 일어서자 마담이 빙긋이 웃으며 다가와서 가볍게 안아 주었다.

오후에 일행은 버스를 타고 남쪽으로 계속 내려갔다. 그리고 물어물어 평화기원공원을 찾아갔다. 섬의 남쪽 끝 깎아지른 절벽 아래로 태평양의 거센 파도가 끊임없이 몰아치고 있었다. 광활한 대지 위에 자리 잡고 있는 공원은 평일이라 그런지 한가로웠다. 수학여행을 온 듯한 소수의 일본 학생들만이 재잘거리며 망아지들처럼 여기저기 돌아다니고 있었다. 평화를 기원하고자 세운 거대한 조형물이 선입견 때문인지는 몰라도 평화를 강요하는 듯, 혹은 과시하는 듯 위압적으로 느껴졌다.

"자, 그럼 우린 한국인 위령비에 가서 참배를 좀 드립시다."

"그럽시다."

일행은 공원을 대충 돌아본 뒤, 한쪽에 조성되어 있는 1만여 혼령을 모신 위령탑을 찾아가서, 한국에서 준비해 온 소주와 과자 몇 봉을 놓고 간단하게 위령제를 지냈다. 위령탑은 한국 쪽을 향해 서 있었다. 그리고 탑 뒤에는 우리나라 각지에서 가져온 돌로 쌓은 커다란 무덤 모양의 조형물도 있었다.

"여기 계신 분들은 조선인으로 끌려와서, 한국인 혼령으로 잠들어 계시는구만요."

"그러고 봉게 그러네요. 혼령들도 헷갈리겠어라."

"혼령들만 그런 게 아니라 우리도 지금 헷갈려유. 북쪽은 조선민주주의 인민공화국이고, 남쪽은 대한민국이고, 영어로는 둘 다 코리아라고 하고, 또 남한에서 제일 큰 신문사 이름은 조선일보고 말이쥬."

"그래도 아무 문제 없어요. 아무도 신경 안 쓰고, 다들 잘 먹고, 잘 사는데요 뭐, 호호호!"

"그런 문제는 통일되면 잘 해결될 겁니다. 우리가 누굽니까? 다 같은 배달민족 아닙니까?"

"자, 이제 다들 절벽 구경이나 하러 가시죠."

이런저런 얘기를 나누면서 일행은 커다란 기념관 건물에 들러 잠시 내부를 둘러보고는 절벽 쪽으로 향했다. 조금 걸어가니 희생자들의 이름을 일일이 깨알같이 새긴 수십 겹의 돌 비석 조형물이 병풍처럼 길게 둘러서 있었다. 무모하고 어리석은 전쟁의 희생양이 된 20여만 명의 가여운 영혼들을 생각하니 보기만 해도 몸서리가 쳐졌다.

망망대해에서 바람이 거세게 불어왔다. 얼마나 거센지 머리칼이 온통 휘날리고 몸이 휘청거릴 정도였다. 곳곳에 나뭇가지가 꺾어진 게 보였다. 평상시에도 이 정도인데, 태풍이라도 몰아치면 그 위력이 정말 대단할 것 같았다. 바람 속에서 원통한 영혼들이 울부짖는 소리가 들려오는 것만 같았다.

절벽 위에서 아래를 내려다보니 기분이 묘했다. 전쟁 말기 오키나와 항쟁 때 수많은 사람들이 폭격에 희생되거나 스스로 뛰어내려 옥쇄한, 마부니라는 지명을 가진 곳이었다. 쉼 없이 거세게 울부짖는 태평양의 성난 파도는 마치 평화와 행복을 끊임없이 위협하는 어떤 보이지 않는 거대한 손길처럼 보였다.

"오키나와 섬 주민들은 대부분 태평양전쟁이 끝난 뒤 독립을 꿈꾸고 있었다는데, 그걸 잘 알고 있던 일제가 전쟁의 방패막이로 삼아 섬 전체를 쑥대밭으로 만들면서 독립의 싹을 완전히 짓뭉갰다고 하지라."

한 선생이 거센 파도가 일렁이는 난바다를 바라보며 혀를 찼다.

"제국주의 국가들이 하는 짓이 다 그렇지요. 심지어는 미군에게 항복하면 팔다리를 자르고 눈을 파서 죽인다고 세뇌를 시켜서, 수많은 주민들로 하여금 자결하도록 했다지 않소. 그중에는 꽃다운 여학생들도 다수 포함되어 있다니 참으로 가슴 아픈 일이요."

"그나저나 가장 원통한 건 한국인들이지유. 식민지에 태어난 죄로다 개처럼 끌려와서 억울하게 개죽음을 당했으니, 그 원한이 얼마나 사무쳤을까유?"

"그러게 말이에요. 국가처럼 거대하고 무시무시한 깡패가 따로 없어요."

"옛날에 홍길동이 여기까지 와서 율도국을 꿈꾼 것도 다 그런 때문이겠죠."

"맞아요. 국가라는 존재 자체가 모든 정치적·경제적·군사적 모순과 갈등의 핵심이지요. 그래서 하루빨리 국가 자체가 이 세상에서 깡그리 사라지고, 자유롭고 평화로운 시민들의 자발적이고 국제적인 연대를 통한 공동체적 삶을 실현하는 그런 세상이 와야 해요. 하하하!"

평소 아나키즘을 말로만 신봉하는 김 선생의 공허한 주장이 바람에 실려 멀리 사라졌다.

다음날은 하루 종일 버스투어를 하였다. 거대한 수족관도 구경하고 관광지 몇 곳을 둘러보며 오키나와의 속살을 유심히 살펴보았다. 소박하면서도 아름다운 오키나와의 아름다운 정취가 물씬 느껴졌다. 하지만 섬의 상당 부분을 미군기지로 내줄 수밖에 없는 아픈 현실 때문에 마음이 무거웠다.

밤에는 젊은이들이 운영하는 안주 1, 2백 엔짜리 싸구려 술집들을 전전하며, 불황을 극복하고 성공하려는 그들의 뜨거운 열정과 함께, 하루 일과를 마치고 간단하게 목을 축이러 나온 나하 시민들과 어울리는 기분을 만끽하였다. 공설시장 한가운데 위치한 작고 소박한 술집에 앉아 있노라니 현지인이 된 듯한 느낌마저 들었다. 김 선생은 내일 마담을 다시 만날 생각에 기분이 더욱 상승하여 마구 웃고 떠들었다.

이윽고 여행의 마지막 날, 오전에는 온전한 자유 시간이었다.

느지막하게 일어난 일행은 각자 시장에서 쇼핑도 하고, 작은 박물관이나 미술관을 구경하기 위해서 뿔뿔이 흩어졌다. 김 선생은 약속한 대로 마담 집을 향하여 발걸음을 옮겼다. 마치 오래된 연인을 만나러 가는 것처럼 가슴이 두근거리고, 다리가 후들거렸다.

"하이!"

마담은 술집에서 처음 봤을 때처럼 곱게 단장을 하고 마당에서 고야(여주)를 따고 있다가, 그를 보자 반갑게 인사를 하며 맞이하였다.

"안녕하세요. 그런데 어디 외출하려던 참이신가요?"

"아니요. 김 선생님을 기다리고 있었습니다."

마담이 수줍게 웃으며 그의 손을 잡고 안으로 이끌었다. 그녀의 몸에서 풍기는 은은한 향기가 순간 그의 정신을 아뜩하게 하였다.

"잠깐만 기다리세요."

차 한 잔을 내온 마담은 그를 잠시 식탁에 앉아 기다리게 한 뒤, 주방으로 가서 무언가를 만들더니 이윽고 조그만 술상을 내왔다. 뜻밖에도 오래된 개다리소반이었다.

"아니, 일본에도 이런 상이 있나요? 요즘은 한국에서도 보기 힘든 물건인데요."

김 선생이 놀라서 물었다.

"아버지가 생전에 즐겨 쓰시던 소반이에요. 해가 저물 무렵이면 여기다 술병과 안주를 놓고, 한국 쪽을 향해 앉아서 홀로 술을 마시곤 했죠."

"그랬군요. 아주 소중한 추억이 담긴 상이네요."

두 사람은 낡은 개다리소반을 가운데 두고 바닥에 마주 앉아서 얼굴을 바라보았다. 만난 지 겨우 2, 3일밖에 안 된 사이지만, 왠지 오랜 친구 같은 느낌이 들었다.

"아버지도 언제나 아와모리를 물에 타지 않고 그냥 마셨지요, 호호!"

마담이 잔에 술을 따르며 소리 내어 웃었다.

"아, 그러셨군요. 그럼 또 이빠이 간빠이를 할까요? 하하하!"

"좋아요. 이빠이 간빠이! 호호호!"

두 사람은 즐겁게 웃으며 건배를 하였다. 그리고 고야를 잘게 썰고 두부와 야채를 넣어 기름에 볶은 오키나와 전통 음식인 고야찬푸르를 안주로 먹으며 환담을 나누었다. 고소하고 담백하면서도 쌉싸름한 찬푸르 맛이 왠지 김 선생의 가슴을 아릿하게 했다.

"이번 오키나와 여행 어땠어요? 좋았어요?"

"네. 아주아주 좋았습니다."

"뭐가 그렇게 좋았나요?"

"작고 소박하고 아름답고, 나름대로 전통을 고이 간직하고 있는 게 좋았습니다."

"좋으셨다니 다행이네요. 감사해요. 이제 한국으로 돌아가시면, 오키나와에 다시 오기가 쉽지 않겠군요."

"네. 그럴 거 같아요. 하지만 마담이 부르면 언제든지 달려와야겠지요. 하하하!"

김 선생은 어젯밤 늦게까지 일행들과 시장 골목을 누비며 마신 술기운이 아직 많이 남아 있어서 속이 거북했지만, 독한 아와모리가 몇 잔 들어가니 오히려 편안해졌다. 그리고 특유의 소심함이 사라지고 대담해졌다.

"참, 어제 투어 하면서 추라우미 수족관에도 가보셨겠네요?"

마담도 약간 취기가 오른 얼굴로 더욱 친근하게 굴었다.

"당연히 들렀지요. 엄청나게 크고 훌륭하더군요. 또 주변 경치도 아름답고요."

"네. 정말 잘 만들었어요. 근데 거기서 돌고래 쇼를 하는 것도 보셨나요? 호호!"

"앞자리에서 자세히 봤지요. 너무나 멋지고 조련이 잘 되어 있더군요.

하지만 거대한 몸집을 가진 돌고래가 무대 위로 올라와서 앳된 여자 조련사의 지시에 따라 이런저런 애교를 떠는 모습을 보니 참 애처롭더군요."

"맞아요. 인간들이 하는 짓이 다 그 모양이지요."

"특히나 묘기를 부리기 위해 공중 높이 솟아오른 돌고래들의 눈에는 틀림없이 보일 거라고 생각했어요. 바로 옆에 펼쳐져 있는 태평양의 넓고 푸른 바다가요."

"아마 그럴 거예요."

"그 바다를 볼 때마다 돌고래들의 가슴이 무척이나 아플 거라는 생각이 들더군요. 얼마나 고향을 그리워할까요? 그리고 얼마나 인간들을 원망할까요?"

"언젠가는 저 넓은 어머니의 품으로 돌아가려는 꿈을 꾸고 있겠죠."

"그리고 문득 이런 생각도 들더군요. 우리 존재를 까마득히 거슬러 올라가다 보면, 진화의 어느 단계에서인가 돌고래와 만나게 될 텐데요. 당시 지구상에서 가장 몸집이 크고 영리했던 돌고래가 삶의 터전으로 육지를 택하지 않고 바다를 택한 데는 어떤 심오한 이유가 있었던 게 아닐까 하고요."

"무슨 이유가요?"

"육지에서 살게 되면, 먼 훗날 자신들의 후손이 문명이라는 것을 만들 수밖에 없을 거고, 그러면 동족끼리 끊임없이 전쟁과 학살을 자행하게 될 거고, 또 환경을 마구잡이로 파괴하여 결국에는 지구를 망치게 될 거라는 걸 본능적으로 알았던 게 아닐까요."

"아유, 선생님도! 돌고래를 너무 숭고하고 선지자적인 존재로 미화를 하시는군요, 호호호!"

"절대 그렇지 않아요. 인간보다 더 영리하고 착하게 생긴 돌고래를 찬찬히 들여다보면, 그들이 얼마나 평화를 사랑하고 또 어떤 희생을 치르고라도 지구를 온전하게 지키려고 노력하는 존재인가를 알 수 있어요."

"……."

"돌고래 대신 약삭빠르게 주인 자리를 독차지한 인간 종족의 후손들이 만들어낸 문명의 현재 모습을 보세요. 그리고 그들이 그동안 저지른 참혹한 전쟁들을 보세요. 정말로 소름이 끼치지 않나요? 그런 점에서 우리 인간 종족은 돌고래에게 많은 빚을 지고 있다고 생각해요. 돌고래들에게 정말로 면목이 없습니다."

"그러고 보니 그러네요. 그렇다고 그 옛날로 거슬러 돌아가서, 돌고래에게 주인 자리를 양보할 수도 없는 노릇이고……. 인간들이 그나마 진정으로 잘못을 사죄하고 빚을 갚으려면, 하루빨리 평화로웠던 옛날의 모계사회로 돌아가야겠죠."

"마담! 정말로 그렇게 생각하시나요?"

"그럼요. 저도 그 정도는 본능적으로 알고 있어요, 호호!"

"역시 대단해요. 그럼 마담이 앞장서서 그렇게 만들어 주세요. 잘 부탁드리겠습니다."

김 선생이 자리에서 일어나 마담에게 장난스럽게 넙죽 절을 하였다.

"왜 또 이러세요, 호호호!"

마담도 깔깔거리면서 맞절을 하였다.

"저 숭고한 돌고래를 위하여!"

"우리가 돌아갈 모계사회를 위하여!"

두 사람은 거푸 건배를 하며 잔을 비웠다. 이제 커다란 아와모리 술병도 거의 바닥이 나고, 취기가 제법 심하게 올라왔다.

"선생님! 이제 술은 그만 마시고 저를 따라 오세요, 호호!"

마담이 불쑥 일어나더니 붉게 충혈된 눈을 빛내면서 그의 손을 잡아끌었다. 그는 조금의 망설임도 없이 순순히 따랐다. 마담은 그를 데리고 침실로 들어갔다. 그러고는 천천히 옷을 벗기 시작했다. 그도 기다렸다는 듯이 따라서 옷을 벗었다.

이윽고 알몸이 된 두 사람은 침대에 누워 서로를 조심스럽게 어루만지다가 급격히 달아올랐다. 하지만 근래 들어 부쩍 부실해진 데다 술에 잔뜩 취한 김 선생의 몸은 제대로 말을 듣지 않았다. 그래도 무슨 중요한 의식을 행하듯 나름대로 최선을 다했다. 그런 그를 마담은 묵묵히 편안하게 받아 주었다.

"마담, 마담은 가슴에 아름다운 섬을 두 개 가지고 있군요."

한바탕 미적지근하고 어정쩡한 태풍이 지나간 뒤, 묵뫼처럼 무너져 내린 그녀의 가슴을 더듬으며 김 선생이 말했다.

"창피하게 왜 그러세요. 그렇지 않아도 나이가 들어 작고 흉해져서 부끄러운데……."

그녀가 그의 손을 가볍게 뿌리치고는 가슴을 가렸다.

"아니, 절대 그렇지 않아요."

"……."

"왜 그런지 아세요?"

"몰라요."

"마담이 아름다운 사람이기 때문이지요."

"정말이에요?"

"그럼요."

"고마워요. 근데 이게 젖무덤이 아니라 섬이라고요?"

"네."

"무슨 섬?"

"오키나와와 제주도."

그가 그녀의 가슴 사이에 아기처럼 얼굴을 묻었다.

"아, 그렇군요. 그렇게 봐주셔서 정말 고마워요. 정말 고마워요."

그녀는 그의 머리를 끌어안고 계속 쓰다듬었다.

두 사람은 그렇게 누워 있다가 깜빡 잠이 들었다. 꿈속에서 김 선생은 돌고래가 되어 제주도와 오키나와 사이의 푸른 바다를 마음껏 헤엄쳤다. 마담 돌고래도 옆에서 힘차게 헤엄치며 따라왔다. 지구상에 인간이 존재하지 않는 세상은 너무나 행복하고 평화로웠다. 문명도 전쟁도 없는 그 원초의 세상에서 두 사람은 영원히 그렇게 살고 싶었다…….

창문을 통해 들어온 설핏 기운 햇살에 김 선생은 잠이 깼다. 하지만 비몽사몽간에 잃어버린 무언가를 찾으려고 안타까이 헤매면서, 돌고래에서 다시 사람으로 돌아오기까지 약간의 시간이 필요했다. 이윽고 제정신이 든 그는 서둘러 옷을 입고, 초조한 마음으로 마담과 아쉬운 작별을 고했다.

"사요나라! 언젠가 다시 올게요."

"사요나라! 언제든 다시 오세요."

약속 시간보다 훨씬 늦게 숨을 헐떡이며 호텔 로비에 도착한 김 선생은 애타게 기다리고 있던 일행과 함께 서둘러 공항으로 향했다.

"기둥서방 노릇 하기가 생각보다 힘드시쥬?"

"떠나는 마음이 이렇게 무거워서 비행기가 잘 뜨려나 몰라요, 호호!"

"모처럼 마음이 통하는 연분을 만났는데, 삼박사일 더 놀다 오세요."

여성 동지들의 놀림과 염탐의 눈초리가 도처에 서 있는 시사들과 함께 따라왔다.

다행히 비행기를 놓치지는 않았다. 일행은 대기실 의자에 앉아 잠시 탑승을 기다리면서, 여행 내내 즐겨 마셨던 상큼한 오리온 맥주를 한 캔씩 나눠 마시며 간단하게 오키나와와 작별 의식을 했다. 그리고 석양이 비낄 무렵, 마침내 비행기가 나하 국제공항을 이륙해 하늘로 힘차게 날아오르는 순간, 김 선생은 한 방울 눈물처럼 멀어져 가는 섬을 내려다보며 고개를 깊이 숙였다.

사람의 마음, 귀신의 마음

초판 1쇄 찍은날 2018년 11월 5일
초판 1쇄 펴낸날 2018년 11월 8일

지은이 한상준·송 언·배명희·구자명·강 물·박명호·심아진·김 혁

펴낸이 최윤정
펴낸곳 도서출판 나무와숲 | 등록 2001-000095
주 소 서울특별시 송파구 올림픽로 336 1704호(방이동, 대우유토피아 빌딩)
전 화 02)3474-1114
팩 스 02)3474-1113
e-mail namuwasup@namuwasup.com

ISBN 978-89-93632-71-2 03810

* 값은 뒤표지에 있습니다.

* 잘못 만들어진 책은 구입하신 서점에서 바꿔 드립니다.

이 도서의 국립중앙도서관 출판예정도서목록(CIP)은 서지정보유통지원시스템 홈페이지(http://seoji.nl.go.kr)와 국가자료공동목록시스템(http://www.nl.go.kr/kolisnet)에서 이용하실 수 있습니다. (CIP 제어번호 : CIP2018035134)